AF238622

Thea Lehmann

Die Autorin

Thea Lehmann ist geboren und aufgewachsen am Ammersee in Oberbayern. Nach dem Studium der Germanistik entschied sie sich für den Beruf der Journalistin, weil das Schreiben sie schon immer faszinierte. 1998 verliebte sie sich in einen Sachsen und tauchte damit in eine völlig neue Welt ein: in die sächsische Seele, die liebenswerte Sprache und in eine Familiengeschichte, die eng mit dem Kirnitzschtal und seiner außergewöhnlichen Landschaft verbunden ist. Daraus entstand 2015 ihr erster Krimi »Tod im Kirnitzschtal«. In »Dunkeltage« erzählt sie einen weiteren Fall, der Kommissar Reisinger in die Sächsische Schweiz führt. Die Autorin lebt mit Mann und Kind in Oberbayern, verbringt aber so viel Zeit als möglich in der Sächsischen Schweiz.

Impressum

© SAXO'Phon GmbH
Ostra-Allee 20, 01067 Dresden
www.saxophon-verlag.de
© Reihengestaltung und Umschlagillustration
www.oe-grafik.de

FSC
www.fsc.org
MIX
Papier aus ver-
antwortungsvollen
Quellen
FSC® C083411

2. Auflage (1. Auflage 2016)
Autorin: Thea Lehmann
Grafische Gestaltung: Thomas Walther, BBK
Satz: www.oe-grafik.de
Karte: Karte Ottendorfer Land; R. Böhm, www.boehmwanderkarten.de
Druck: CPI Moravia books

ISBN 978-3-943444-62-9

Thea Lehmann

DUNKEL TAGE
IM ELBSANDSTEIN

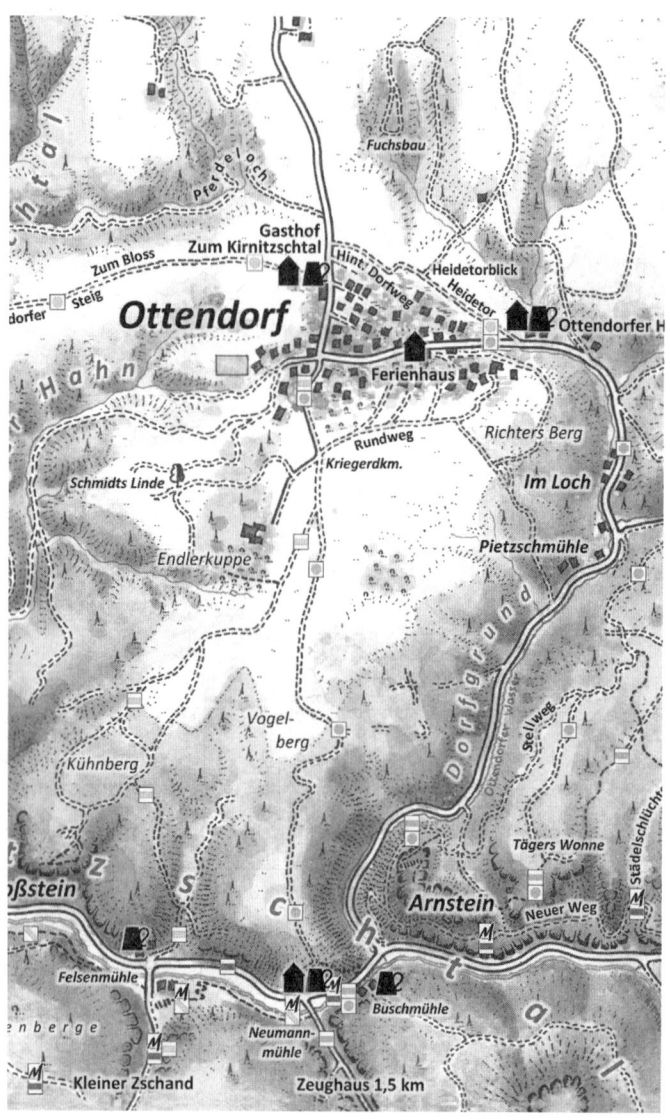

Karte Ottendorfer Land | R. Böhm Bad Schandau
www.boehmwanderkarten.de

Montag

»Gute Nacht, Tante Hermine!«

Detlef Watzke nickte in Richtung des Blumenbeets, ging durch den kleinen Garten zur Tür und öffnete die drei schweren Schlösser. Von den dunkelbraunen Balken des Umgebindehauses und von der Holztür rieselte der Lack in splittrigen Flocken zu Boden. Am Himmel hing ein käsiger, schmaler Mond gerade noch so über dem Bergrücken, um das nächtliche Tal ein wenig zu beleuchten. Die alten Holzbohlen in dem kleinen Flur knarzten unter Watzkes Gewicht. Vorsichtig und langsam drehte er sich mit seiner Last nach rechts und öffnete die Tür zum Stall. Die nackte Glühbirne, die von der Decke baumelte, erhellte den Raum nur spärlich. Obwohl hier schon seit über zwanzig Jahren keine Tiere mehr standen, konnte man sie immer noch ein wenig riechen. Der Sandsteinboden und die grob zusammengefügten Mauern hatten sich im Laufe der Jahre mit ihren Ausdünstungen vollgesogen. Watzke tappte die drei Steintreppen hinunter, durchquerte den kleinen, mit Gerümpel vollgestellten Raum und stieg vorsichtig die Aluleiter hoch. Oben angekommen kippte er den Inhalt seines Rucksacks über die Holzbohlenwand. Das Abteil dahinter war fast voll. Er konnte das eher hören als sehen, denn der Schein der Birne reichte nicht bis hinter die Wand. Die Steine und das Geröll klonkerten mit dumpfen Schlägen hinunter. In ein paar Wochen würde das Werk vollbracht sein. Außer dem metallischen Quietschen der Aluleiter auf dem Sandsteinboden war es völlig ruhig, als Watzke wieder nach unten stieg. Kein Auto, keine menschlichen Geräusche, nicht mal ein Käuzchen war draußen zu hören. So mochte er es.

Müde stellte er den ausgebeulten Rucksack neben die Küchentür, zog die Jacke aus und schlurfte an den Tisch. Der kleine Raum wurde beherrscht von einem alten, eisernen Küchenofen, den er nie benutzte. Auf dem stand die elektrische Kochplatte, auf der er sein Essen wärmte. Es gab eine hölzerne Eckbank mit Esstisch, den Kühlschrank und ein altertümliches Küchenbüfett. Neben dem hing ein riesiger blauer Müllsack, der halb gefüllt vor sich hin muffelte. Die liebliche Schnörkeltapete in Gelb und Blau mühte sich vergeblich, dem Raum noch etwas Gemütliches zu geben.

Es war drei Uhr morgens. Obwohl die Nacht kühl war, klebte Watzke das Flanellhemd schweißnass am Rücken. Er hatte von zehn Uhr abends bis jetzt wieder sein Arbeitspensum erledigt und war äußerst zufrieden mit sich. Sein Rücken schmerzte, aber es war ein gutes Gefühl, etwas geschafft zu haben. Jetzt kam der beste Teil der Routine, die Belohnung für all die Schufterei. Er holte eine Dose Billigbier aus dem Kühlschrank, setzte sich auf die Eckbank, klemmte seine langen Beine unter den Tisch und schlug ein Kreuzworträtselheft auf. Die Stapel schmutziger Teller schob er mit dem Ellbogen vorsichtig ein wenig zur Seite. Zwei saubere Teller von Tante Hermines kleingeblümtem Geschirr standen noch hinter der gelblichen Butzenscheibe im Schrank. Mit einem Seufzer registrierte Watzke, dass er spätestens übermorgen das Geschirr würde spülen müssen. Dummerweise war ihm letzte Woche ein Teller aus der Hand gerutscht und auf dem Steinboden der Küche zerschellt. Damit hatte sich der Rhythmus des Geschirrspülens von zehn auf neun Tage verkürzt. Watzke hasste Veränderungen, die sein sorgfältig organisiertes Leben durcheinanderbrachten.

Im Schein der blanken 40-Watt-Glühbirne über seinem Kopf füllte er mit einem Bleistift konzentriert Zeile für Zeile des aufgeschlagenen Kreuzworträtsels. Chemisches Element mit P, Nebenarm der Wolga, Schauspiel von Ibsen – ohne zu zögern füllte er alle Kästchen aus. Als er fertig war, holte er ein weiteres Heft ganz links aus dem Küchenschrank und radierte ebenso konzentriert die Eintragungen einer Seite wieder aus.

Gegen vier Uhr morgens hatte er sein Bier ausgetrunken und die Rätselstunde war beendet. Watzke stellte die Hefte an ihren Platz, ging kurz ins Bad und stieg die schmale Holztreppe nach oben. Wie im Erdgeschoss gab es auch hier nur zwei Zimmer, seines und das von Tante Hermine. Sein Schlafzimmer zeigte nach hinten in den Wald. Bei Tante Hermine war die Aussicht nicht so schön. Watzke ersparte sich nach Möglichkeit den Blick auf den schmalen Weg, der zur Straße hinunter ins Kirnitzschtal und zum Sägewerk mit seinen großen Lagerschuppen führte. Am liebsten war es ihm, keine Menschen zu sehen. Man wusste ja nie, was sie im Schilde führten.

Müde hing er sein schmutziges Hemd über den Stuhl und stieg aus seiner staubigen Arbeitshose. Die fadenscheinige Unterwäsche schlackerte an seinem Körper. Dass ihm die Unterhosen deshalb ständig herunterrutschten, nervte ihn gewaltig und er hatte versucht, das Problem mit einem Streifen Klebeband zu lösen. Aber das hielt maximal zwei Tage. Ärgerlich presste er den Klebestreifen auf den dünnen Stoff. Seit er aus Berlin weggegangen war, hatte er mindestens zehn Kilo abgenommen. Er öffnete das Fenster einen Spalt und ließ ein wenig von der kühlen Oktoberluft ins Zimmer. Dann zog er die Socken aus und schlug sie energisch am Bettpfosten tot.

Seine Socken waren ihm nicht geheuer. Irgendwann, wahrscheinlich während seiner Zeit im Gefängnis, hatte ihn die Sorge beschlichen, dass sie nachts, wenn er ihnen hilflos ausgeliefert war, lebendig wurden. Da ging er lieber auf Nummer sicher.

Fünf Minuten später war Detlef Watzke eingeschlafen und schnarchte leise vor sich hin.

Kriminalkommissar Leo Reisinger bemerkte erstaunt, dass er sich freute, als er die schwere Tür des Polizeipräsidiums in der Dresdner Schießgasse aufdrückte. »Meine zweite Heimat«, dachte er sich, als er in die Eingangshalle trat. Morgens um acht Uhr war hier ein reges Kommen und Gehen. Er begrüßte den Beamten am Empfang und zückte an der Schranke seinen Ausweis. Als er gerade an der Treppe um die Ecke bog, sah er seine Kollegin Sandra Kruse zur Tür hereinkommen. Was war denn das? Leo hatte nur noch einen kurzen Blick auf sie erhaschen können. Hatte sie tatsächlich eine Hundeleine in der Hand gehabt?

Na, das würde er gleich wissen. Im Büro begrüßte er zunächst die Sekretärin, Frau Kerschensteiner. Sein Chef, der Abteilungsleiter Reinhard Richter, war noch nicht da. Kriminalkommissar Reisinger schaute im Zimmer seiner Kollegen Kai Nolde und Uwe Kröger vorbei.

»Und, hast du dein Hochdeutsch verlernt und laberst jetzt wieder im Alpenjargon?«, fragte Nolde zur Begrüßung.

»Du willst nicht ernsthaft behaupten, dass ihr Sachsen Hochdeutsch sprecht, oder?«, konterte Leo und klopfte zur Begrüßung an den Türstock. Kröger sah ihn erwartungsvoll unter seinen buschigen, grauen Augenbrauen an: »Hast du ein extra frisches Oktoberfestbier auf mich getrunken?«

»Nicht nur eins!« Leo grinste schuldbewusst. »Ich habe zwei Kilo zugenommen.« Er kniff sich kritisch in seine Hüfte. »Ab morgen stehen wieder Joggen und Hanteltraining auf dem Programm.«

»Da solltest du Sascha mitnehmen, der hat vor lauter Kummer über deine dreiwöchige Abwesenheit gefuttert wie ein Scheunendrescher«, bemerkte Nolde.

»Ich feiere übernächsten Freitag meinen Geburtstag. Wir grillen im Garten, wenn das Wetter noch hält. Kommst du?«, fragte Kröger.

»Gern, wenn ich Zeit habe.« Leo wusste nicht recht, ob er sich über diese Einladung freuen sollte. Seit Beginn des Jahres war er bei der Dresdner Kriminalpolizei als Kommissar tätig und fühlte sich wohl mit den sächsischen Kollegen. Dass nun auch private Bande geknüpft werden sollten, war ihm jedoch nicht so recht. Er blieb lieber auf Distanz. Eine private Einladung unter Kollegen, das gab später nur Verwicklungen bei der Arbeit. Aber vielleicht würde er doch hingehen. Nachdem das letzte Treffen mit Veronika so schiefgelaufen war, würde er wohl nicht so schnell nach Bayern zurückkehren.

Er wandte sich um, um in sein Büro zu gehen, als ein tapsiger, schwarz-weiß-brauner Hund auf ihn zu gewedelt kam. Sandra Kruse hatte sich tatsächlich einen Welpen zugelegt. Sie ließ sich von dem kniehohen Tier den Flur entlang ziehen.

»Ah, hallo Leo, schönen Urlaub gehabt?«, fragte sie und versuchte den Hund zurückzuhalten. Der zog mit aller Macht Richtung Leo und hörte erst auf, als er dessen Hosenbein beschnüffeln konnte.

»Was ist denn das, bist du jetzt auf den Hund gekommen?«, fragte Leo ungläubig.

»Das ist Laika. Olli ist letzte Woche bei mir eingezogen und damit wir eine richtige Familie sind, haben wir uns Laika geholt. Sie ist ein Hovawart und noch ein Baby, wie man an den großen Pfoten sieht.« Sandra tätschelte liebevoll Laikas schwarzen Hundekopf. Leo registrierte, dass sie ihre Haare hatte schneiden lassen und statt des langen Pferdeschwanzes jetzt einen kurzen Bob trug.

»Und diesen Hund bringst du jetzt täglich mit ins Büro?«, fragte er entgeistert.

»Nein, nur diese Woche, weil Olli auf einem Lehrgang in Frankfurt ist. Nächste Woche nimmt er sie wieder mit.«

»Aha.« Leo wusste nicht, was er noch sagen sollte. Mit seiner Kollegin hatte er sich immer ganz schnell in der Wolle. Im Sommer noch war sie mit kohlrabenschwarz gefärbten Haaren und in schwarzen Gothic-Klamotten herumgelaufen. Nun sah sie eher brav aus und trug kein Make-up mehr.

»Bist du jetzt auf Öko?«, fragte er, nachdem er sie eingehend gemustert hatte.

Noch während er sprach, wanderte sein Blick nach unten, denn das Geräusch, das heraufdrang, war alarmierend. Es plätscherte. Laika hatte ihre rechte Hinterpfote ein wenig angehoben, balancierte wacklig auf drei Beinen und pinkelte auf seine neuen Schuhe.

»Verdammt!«, rief er und machte einen Satz zur Seite. Laika störte das nicht im Geringsten. Sie schnüffelte an ihrer kleinen Pfütze auf dem Linoleum-Boden und schaute Sandra dann schwanzwedelnd an.

»Ach, Laika!«, sagte die lächelnd und kramte ein Päckchen ungebleichte Papiertaschentücher aus ihrer Umhängetasche. »Sie ist noch nicht ganz stubenrein, aber das lernt sie schon noch«, erklärte sie Leo.

»Dieses blöde Vieh hat mich eben angepinkelt!«, rief der entrüstet. Inzwischen standen alle aus der Abteilung mit schadenfrohen Gesichtern im Flur.

Während Sandra den Boden wischte, tippte Frau Kerschensteiner Leo auf die Schulter. »Sie sollten den Schuh mit viel Wasser auswaschen, sonst stinkt der noch wochenlang und jeder Hund wird das riechen.« Wütend marschierte er in die Herrentoilette, um seinen neuen Lederschuh im Waschbecken zu versenken.

»Die Schuhe waren richtig teuer, Sandra. Du hast hoffentlich eine Versicherung für deinen blöden Köter!«, brüllte er noch im Gehen. Der Tag fing ja gut an! Mit einem beschuhten und einem nackten Fuß tappte er nach einer gründlichen Schuhspülung in sein Büro und begann, seine E-Mails durchzuarbeiten. Um zehn Uhr rief Richter zum Montagsfrühstück in den Konferenzraum. Leo hörte nur mit halbem Ohr zu, als Kai Nolde von einem aktuellen Fall von schwerer Körperverletzung am Dresdner Hauptbahnhof berichtete.

Nicht mal seine original bayerische Leberkäs-Semmel, die er sich wie jeden Montag bei der Fleischerei Sachse am Neumarkt geholt hatte, konnte seine Laune heben. Ärgerlich starrte er beim Kauen auf seinen nackten Fuß.

Unter dem Tisch rückte eine braune Hundeschnauze in sein Blickfeld. Stück für Stück robbte sich Laika in seine Richtung und blickte ihn mit feuchten Hundeaugen an. Sein Kollege, Sascha Pröve, der montags immer den Hackepeter für die ganze Runde besorgte, hatte Laika offensichtlich auch entdeckt. Blitzschnell knappste er etwas vom Hackepeter auf seinem Brötchen ab und warf es Laika unter dem Tisch zu.

Die schnappte es praktisch im Flug auf und hatte das Fleischbällchen bereits verschluckt, bevor Leo richtig registrierte, was hier passiert war. »Wenn du so weitermachst, ist der Hund bald so mopsig wie du«, knurrte er leise.

Sascha schüttelte den Kopf. »Quatsch, der ist doch noch jung und wächst. Der braucht Energie.«

Jetzt wurde auch Sandra aufmerksam. »Der Hund bekommt nichts vom Tisch zu fressen«, sagte sie mit drohender Stimme Richtung Sascha. Auch Richter hatte es mitbekommen und bat ärgerlich um Ruhe. »Wenn dieser Hund Sie mehr beschäftigt als unsere Arbeit, müssen Sie ihn zu Hause lassen, Frau Kruse«, sagte er mit drohendem Unterton.

Sandra zuckte zusammen und nickte. Sie zog an Laikas Leine, um sie aus Saschas Radius zu bekommen und vertiefte sich in die Unterlagen vor ihr.

»Darf ich jetzt wieder?«, fragte Nolde genervt und fuhr fort, vom Stand seiner Ermittlungen zu sprechen.

In dem Moment kam Frau Kerschensteiner mit einem Telefon in der Hand herein.

An diesem sonnigen Oktobermontag machte Helga Dünnebier den Fund ihres Lebens. Schon morgens, als sie die Fensterläden ihres Hauses in Ottendorf aufstieß und die herrlich frische Luft ins Schlafzimmer ließ, hatten sich ihre Nasenlöcher erwartungsfroh aufgebläht und Beute gewittert.

Den gesamten Sonntag hatte es ausdauernd geregnet, nun schien wieder die Sonne von einem knallblauen Himmel und aus dem Kirnitzschtal stiegen verheißungsvolle Dunstwolken auf.

Gleich nach dem Frühstück machte sie sich mit Messer und Korb auf den Weg. »Ich geh in de Pilze«, rief sie ihrem Mann Heinrich zu, bevor sie die Haustür hinter sich zuzog. In festen Wanderschuhen, einer karierten Kittelschürze und einer selbst gestrickten Wolljacke in Altrosa schnürte Helga Dünnebier durch den Wald unterhalb von Ottendorf und besuchte all die vielversprechenden Stammplätze, die sie nie im Leben jemandem verraten würde.

Eine Stunde später lagen in ihrem Korb gut zwei Dutzend Braunhedel, fünf bildschöne Steinpilze, neun Perlpilze, fünf Semmelpilze und acht Ziegenlippen. Nachdem ihr mit ihren dreiundsiebzig Jahren das Bücken langsam etwas schwerfiel, beschloss sie, dass es für ein deftiges Mittagessen reichte und machte sich über den unteren Feldweg wieder zurück auf den Weg ins Dorf.

Das Erste, das Helga Dünnebier sah, als sie neugierig um den schwarzen BMW mit Dresdner Nummernschild herumging, war, dass da jemand lag. Jemand mit komischen weißen Cowboystiefeln und einer schwarzen Lederjacke. Vorsichtig stellte sie ihren Pilzkorb ab und ging auf die Gestalt zu. Direkt unterhalb der einzigen flachen Stelle am Feldweg lag ein Mensch auf dem Bauch. Ein magerer, junger, pickeliger, blonder Mann, wie Helga Dünnebier feststellte. Und er lag da wohl schon länger, denn seine Kleider waren völlig durchnässt vom Regen und in den offenen Augen, die leer in die Wiese starrten, saßen schon die Fliegen.

»Nu, das is ja 'n Ding!«, staunte die Rentnerin.

Sie sah sich um, ob noch jemand den Toten entdeckt hatte, konnte aber niemanden sehen. Entschlossen griff sie sich ihren Pilzkorb und eilte ,so schnell es ihre Beine zuließen, nach Hause.

»Heinrich«, schrie Helga Dünnebier, kaum dass sie im Hausflur stand, »schnell, das Telefon! Ich hab was gefunden!« Noch ehe ihr verdutzter Gatte reagieren konnte, saß Helga am Telefontischchen im Wohnzimmer und blätterte im Telefonbuch nach der Nummer der nächsten Polizeistation. »Was meinst du, soll ich in Pirna oder in Sebnitz anrufen?«

»Was ist denn los?«, fragte Heinrich Dünnebier, der bis eben gemütlich am Küchentisch gesessen und seine Zeitung gelesen hatte.

»Da liegt einer auf dem Feldweg. Und ich, Helga Dünnebier, hab ihn entdeckt.« Sie strahlte über das ganze Gesicht.

»Das muss ich sofort der Marianne und der alten Lätsch erzählen. Aber erst mal de Polizei! Wer is denn für uns zuständig?«

»Nimm die in Sebnitz«, murmelte ihr Mann. »Die sind näher.«

Helga wählte.

»Polizeidienststelle Sebnitz«, melde sich eine freundliche Frauenstimme.

»Nu, hier is Frau Dünnebier aus Ottendorf. Ich hab einen gefunden. Also, eigentlich wollte ich ja nur Pilze suchen, weil heute Morgen war es so schön und da hab ich mir gedacht, bestimmt gibt es noch Pilze. Und ich hatte auch Recht und, also, als ich dann den Korb ganz voll hatte, ...«

»Moment mal«, unterbrach sie die freundliche Stimme.

»Sie sind in der Telefonzentrale. Wollen Sie ein Verbrechen melden oder mit jemandem Bestimmten sprechen?«

Helga Dünnebier stutzte einen Moment.

»Ein Verbrechen?«, echote sie. »Nee, das gloob ich ni. Ich hab Ihnen doch schon erzählt, dass ich beim Pilzesuchen ...«

»Was möchten Sie dann melden?«, fragte die Frau zunehmend ungeduldiger.

»Na, dass ich einen gefunden hab, so einen Jungen.«

»Aber Sie rufen hier doch wohl nicht an, weil Sie Pilze gefunden haben, oder?«, fragte es aus dem Telefonhörer.

»Nee, also, jetzt lassen Se mich doch mal ausreden«, rief Helga Dünnebier ärgerlich.

»Da liegt ein Toter auf dem Weg! Und den hab ich gefunden, Helga Dünnebier. Schreiben Se bloß meinen Namen auf. Dünnebier mit zwei ›n‹ und ›ie‹.«

»Sie haben einen Toten gefunden?«, fragte die Dame ungläubig.

»Nu«, strahlte Helga Dünnebier.

»Warum sagen Sie das denn nicht gleich? Moment, ich gebe Sie sofort an den zuständigen Beamten weiter.«

Noch ehe Helga Dünnebier etwas erwidern konnte, klickte es in der Leitung und Marschmusik drang ihr ins Ohr. Irritiert betrachtete sie den Hörer.

»Wenn du 'nen Toten gefunden hast, musst du die Kripo in Dresden anrufen, da sind die in Sebnitz ni zuständig«, grummelte ihr Mann vom Esstisch her, »und sag gleich, dass da ein Toter liegt.«

»Ach so?« Helga Dünnebier knallte den Hörer wieder auf die Gabel und suchte nach dem Telefonbuch für Dresden. Die Ausgabe war aus dem Jahr 2005 und reichlich angestaubt. Aber die Kripo, so tröstete sie sich, würde ja wohl nicht alle paar Jahre ihre Telefonnummer ändern. Sie zog ihre Strickjacke aus, wählte die Nummer, setzte sich kerzengerade in den Sessel und wartete.

Nachdem sie zweimal ihr Sprüchlein heruntergebetet hatte, jedes Mal etwas wirrer als zuvor, landete sie bei einer Frau Kerschensteiner. Die hörte sich das noch einmal an und fragte dann nach:

»Da liegt also ein toter junger Mann auf einem Feldweg unterhalb von Ottendorf?«

»Mausetot«, bestätigte Frau Dünnebier.

»Sie wohnen im Seifenweg 8 in Ottendorf?«

»Nu«, sagte Helga, »mein Name is Helga Dünnebier mit zwei ›n‹ und ›ie‹. Dass Se mir den ja richtig schreiben!«

»Frau Dünnebier, ich schicke sofort zwei Beamte zu Ihnen nach Hause. Bitte warten Sie, bis die zwei Sie abholen!

Von Dresden bis zu Ihnen raus sind die aber sicher eine Stunde unterwegs. Die Polizei aus Sebnitz wird solange den Fundort sichern.«

»Is gut«, sagte Helga Dünnebier und fühlte sich prächtig.

Heinrich Dünnebier hatte ihrer Erzählung am Telefon mit Erstaunen zugehört und war aufgestanden. Als seine Frau den Telefonhörer auf- und erwartungsvoll die Hände in den Schoß legte, um auf die Polizei aus Dresden zu warten, schlurfte er zur Haustür. Dort zog er sich Schuhe und Jacke an.

»Wo gehst du hin?«, fragte seine Frau erstaunt.

»Na, zur Wiese, den muss ich mir doch ansehen«, sagte er und machte sich mit kleinen, unsicheren Schritten auf den Weg.

»Wo fahren wir hin?«, fragte Leo und schnürte seinen Schuh zu, als Sascha Pröve den Wagen aus der Innenstadt Richtung A 17 lenkte.

»Nach Ottendorf.«

»Und wo ist das?«

»Oberhalb vom Kirnitzschtal, also gar nicht weit von da, wo wir im August den Fall mit der Straßenbahn hatten.«

»Na, das scheint ja eine interessante Gegend zu sein«, murmelte Leo und versuchte, seine kalten Zehen in dem nassen Schuh zu bewegen.

Er kannte die Strecke von den Ermittlungen zum Toten in der Kirnitzschtalbahn. Im Gegensatz zum Sommer war das Tal aber an diesem Montagmittag nur spärlich besucht und die Kirnitzschtalbahn, die ihnen unterwegs entgegenkam und sie auf die linke Straßenseite zwang, war nur mit drei Fahrgästen besetzt.

»Wenig los heute«, sagte Leo, nachdem er während der Fahrt nach Bad Schandau mit der Spurensicherung telefoniert hatte. Manni Tannhauser und sein Team waren ebenfalls auf dem Weg nach Ottendorf, hatten aber noch nicht gewusst, dass es auch ein Fahrzeug zu bergen galt. Wenn Leo aber versuchte, die Dame anzurufen, die den Toten gemeldet hatte, bekam er immer nur ein Besetztzeichen.

»Ja, dabei ist es jetzt am schönsten«, sagte Sascha. Er trug altmodische Cordhosen und einen vermutlich von seiner Mutter gestrickten Pulli mit breiten Querstreifen in Beige und Braun. »Die Wälder sehen im Herbst aus wie gemalt und das Licht ist einfach wunderbar.« Dann herrschte wieder Schweigen.

»Du bist so still, Sascha. Probleme?«, fragte Leo ins Blaue hinein. Für gewöhnlich bestritt Sascha das Gespräch, wenn sie beide unterwegs waren, aber bisher hatte er noch kaum einen Ton von sich gegeben.

Sie fuhren gerade am Gasthaus Lichtenhainer Wasserfall vorbei, wo nur wenige Autos auf dem Parkplatz standen.

»Geht so«, antwortete Sascha knapp.

Leo zuckte mit den Schultern. Er würde nicht darum betteln, in Saschas Sorgen eingeweiht zu werden.

Die Kirnitzsch führte recht viel Wasser und warf in ihrem Bett neben der Straße kleine Schaumkronen. Sie folgten weiter der gewundenen Talstraße, an zwei Gasthäusern und einem historischen Mühlengebäude vorbei, bis Sascha den Blinker setzte und im rechten Winkel in eine kleine kurvige Straße nach links Richtung Ottendorf abbog. Nach dem ausgiebigen Regen vom Wochenende war die Luft wie frisch gewaschen. Überall glänzten die bunten Blätter nass in der Sonne.

Die Straße führte nun in steilen Serpentinen bergan. Linkerhand passierten sie ein Sägewerk und erreichten nach wenigen hundert Metern die ersten Ausläufer des Dorfes.

»Ganz schön steil hier«, stellte Leo fest.

Sascha folgte den Anweisungen des Navigations-systems in die Parkstraße, folgte dem schmalen Gässchen immer weiter an den Dorfrand, bog nach links ab und blieb schließlich vor einem hübschen, alten Häuschen mit Blumenkästen und kleinem Vorgarten stehen.

»Da muss diese Helga Dünnebier wohnen, die den Toten gefunden hat«, erklärte Sascha. Vor dem Haus standen bereits zwei Polizeiwagen. Noch bevor sie ausgestiegen waren, stürmte eine drahtige, kleine Frau mit schneeweißen Haaren auf sie zu.

»Da sind Se ja endlich! Ich wart mir hier schon die Beine in den Bauch!«

»Frau Dünnebier?« Leo schaute von seinen einsfünfundachtzig hinunter auf die kleine Dame in Kittelschürze und Strickjacke, die ihn an seine Oma erinnerte.

»Genau die, und nun kommen Se schon, die Sebnitzer Polizei ist schon dahin gelaufen. Ich hab denen gesagt, ohne de Kripo aus Dresden sag ich nix!« Sie drehte sich um und marschierte die Straße entlang, die beiden Kripobeamten resolut hinter sich her winkend, damit die endlich in die Gänge kämen.

»Na, das kann ja heiter werden«, sagte Leo.

Sie folgten Helga Dünnebier zuerst entlang der Straße, dann in einen Feldweg, anschließend nach links zu einem Abzweiger und sahen schließlich kurz vor dem Waldrand einen schwarzen BMW auf einem kaum noch zu erkennenden Weg an der abschüssigen Wiese stehen. Hinter dem Wagen war anscheinend das halbe Dorf versammelt, denn da tummelten sich gut und gerne zwanzig Leute, vor allem ältere Herrschaften, aber auch ein paar junge Mütter mit kleinen Kindern waren dabei. Eine junge Frau warf sich gerade in Pose, um mit ihrem Smartphone ein Selfie mit Leiche zu schießen. Dabei lehnte sie sich über die Absperrung, die mehrere Polizeibeamte bereits um den Wagen und den Toten aufgebaut hatten.

»Das ist jetzt nicht wahr, oder?!«, kommentierte Leo den Menschenauflauf.

Auch Hauptwachtmeister Kopischke hatte das nicht komisch gefunden. Als er vor einer halben Stunde mit seinen Leuten am Tatort angekommen war, hatten bereits jede Menge Schaulustige herumgestanden und Fotos geknipst. Überall in der nassen Wiese waren Spuren von Kinderwagen eingegraben. Energisch hatte Kopischke die Menschen auseinandertreiben müssen, damit seine Leute das Gelände um den Toten absperren konnten.

Als Helga Dünnebier mit den beiden Kripobeamten auftauchte, nahm er sich die alte Dame zur Brust.

»Uns wollten Sie erst nicht sagen, wo der Tote liegt, aber dem halben Dorf haben Sie verklickert, dass hier die Leiche zu finden ist. Das ist Behinderung der Polizeiarbeit, Frau Dünnebier. Alle Spuren sind zertrampelt und wer weiß, was die Leute alles angefasst haben. So geht das nicht!«

Helga Dünnebier war sich keiner Schuld bewusst. »Ich hab denen allen gesagt, dass se erst kommen sollen, wenn de Polizei da is«, verteidigte sie sich. »Kann ich doch nix dafür, wenn die so lange brauchen.« Ihr strafender Blick fiel auf Leo und Sascha.

»Wenn Sie in Sebnitz angerufen hätten und nicht in Dresden, wären wir innerhalb von fünfzehn Minuten da gewesen«, blaffte Kopischke zurück. »So ein Fundort muss abgeriegelt werden!«

»Hast du das gehört, Heinrich?« Der zuckte trotz des scharfen Tons seiner Frau mit den Schultern, als ginge ihn das alles nichts an.

Manni Tannhauser traf wenige Minuten später ein. Er und sein Team machten Fotos und versuchten, noch verwertbare Spuren zu finden. Leo und Sascha sahen sich inzwischen den Toten genauer an. Es war ein junger, dünner Mann mit auffälligen, weißen Cowboystiefeln und einer schwarzen Lederjacke mit Fransen. Er lag auf dem Bauch, den Kopf zur Seite gedreht. Sein rechtes Bein war in einem unnatürlichen Winkel verdreht, die Jeans war allerdings kaum blutig, obwohl es sich um einen offenen Bruch handeln musste. Gesicht und Hals des Mannes zeigten mehrere blaue Flecke. Eine eindeutige Todesursache war nicht festzustellen. Leo schätzte den Mann auf etwa fünfundzwanzig Jahre, vielleicht war er auch jünger, denn in seinem Gesicht sah man neben den Blutergüssen auch einige Akne-Pickel.

Ein Leichenwagen kam nun auf dem Feldweg angerumpelt.

»Kommt Dr. Gräber noch?«, frage Leo den Chef der Spurensicherung. Tannhauser schüttelte den Kopf. »Der Doc ist auf einer Schulung, wir müssen selber ran.«

Leo zog sich Latex-Handschuhe über und suchte in den Taschen des Toten nach etwas, das ihn identifizieren könnte. Beim ersten Griff in die Jacke wurde er fündig. Er förderte eine feuchte Brieftasche mit diversen Ausweisen von Videotheken, reichlich Bargeld und einem deutschen Führerschein zutage. »Dirk Schmidt«, las er vor. Auch die Videothek-Ausweise lauteten auf diesen Namen. Sascha übernahm die Brieftasche und gab per Handy ans Kommissariat den Namen und eine erste Personenbeschreibung durch.

Leo inspizierte derweil weiter die Kleidung des Toten. In der Gesäßtasche seiner Jeans fand er ein durchsichtiges Plastiktütchen mit Spuren einer weißlichen, klebrigen Masse und ein Mobiltelefon.

»Das müssen wir untersuchen lassen«, sagte er zu dem Polizeibeamten, der neben ihm kauerte. »Sieht nach Rauschgift aus.« Der nickte und ließ das Tütchen in einem sterilen Beutel verschwinden. Das Telefon war klitschnass und mausetot. Vielleicht konnten es die Künstler von der Technischen Abteilung wieder zum Leben erwecken.

Als die Kollegen von der Spurensicherung den Leichnam anhoben, gab es ein saugendes Geräusch. Unter dem Bauch des Mannes hatten sich Schnecken, Regenwürmer und anderes Getier versammelt. Die Totenstarre begann sich schon wieder zu lösen.

»Hm, ich bin kein Pathologe«, sagte Leo, »aber das sieht so aus, als ob der Mann schon mindestens zwei Tage hier herumliegt.«

Er wandte sich an die umstehenden Dörfler, die immer noch gebannt zuschauten, was die Polizisten trieben.

»Ist das hier ein Weg, auf dem viele Leute unterwegs sind?«

Einige schüttelten den Kopf. »Nee«, sagte ein älterer Herr. »Hier geht selten jemand lang. Da vorne is ja auch schon Schluss.«

Leo richtete seinen Blick in die angezeigte Richtung, und tatsächlich endete der Weg in der steil abfallenden Wiese, die ein Stück weiter unten vom Waldrand begrenzt wurde.

Die Leiche wurde fotografiert und schließlich abtransportiert, in die gerichtsmedizinische Abteilung von Dr. Gräber. Wo sie gelegen hatte, war der Boden immer noch nass und voller Regenwürmer.

Sascha kam wieder, immer noch mit dem Telefon am Ohr. Er klappte es schließlich zu und meinte: »Weder der Name Dirk Schmidt noch das Kennzeichen sind aktenkundig. In der Zentrale prüfen sie noch, wo das Auto angemeldet ist und wo dieser Dirk Schmidt wohnt.«

Den schwarzen BMW fanden die Beamten unverschlossen vor. Auf dem Beifahrersitz lagen mehrere Fastfood-Verpackungen, die Rückbank war leer.

Die Sebnitzer Polizisten lotsten inzwischen den Abschleppwagen über den schmalen Feldweg, der den BMW in die Spurensicherung bringen würde.

»Irgendwie passt hier nichts zusammen«, sagte Leo zu Sascha. »Ein toter junger Mann mit einer dicken Brieftasche liegt ein ganzes Stück vor einem unverriegelten Auto. Das sieht weder nach einem Überfall noch nach einem handfesten Streit aus. Was wollte er in dieser abgelegenen Gegend auf einem noch abgelegeneren Feldweg?« Er sah auf und betrachtete die sanft geschwungenen Bergrücken in der Ferne.

»Die Aussicht hier ist ja ganz schön, aber das war wohl kaum der Grund für ihn hierher zu kommen. Woran ist er gestorben? Und wer oder was hat sein rechtes Bein zerschmettert?«

Seufzend schaute er um sich. Außerhalb der Absperrung trampelten die Schaulustigen die vom Vortag noch feuchte Wiese platt. Wenn da jemals Spuren gewesen waren, konnte man die getrost abschreiben.

»Hat jemand von Ihnen am Samstag oder Sonntag irgendetwas Auffälliges beobachtet?«, rief er in die Traube von Menschen.

Alle verneinten. Aber das überraschte ihn nicht. Auf eine so vage Frage konnte man keine vernünftige Antwort erwarten.

»Hat jemand von Ihnen diesen schwarzen BMW am Samstag oder Sonntag hierhergefahren sehen?«, versuchte er es noch mal.

»Ich wohne in der Parkstraße. Am Samstagnachmittag ist da ein sandfarbener Geländewagen hinter gefahren«, sagte eine junge Frau mit Kinderwagen. »Um welche Uhrzeit, wissen Sie das noch?«, fragte Leo nach. Sie überlegte. »So gegen drei vielleicht. Mein Kleiner ist da gerade wieder aufgewacht«, sagte sie. Sascha notierte ihren Namen und ihre Telefonnummer. Dann nahmen sie sich Helga Dünnebier vor.

»Wann genau haben Sie den Toten gefunden?«

»Na, so gegen viertel elf würd ich sagen. Da kam ich gerade vom Pilzesuchen zurück«, antwortete sie und straffte ihren krummen Rücken.

»Also zehn Uhr fünfundvierzig«, folgerte Leo.

»Nein, zehn Uhr fünfzehn«, verbesserte ihn Sascha. Helga Dünnebier sah irritiert von einem zum anderen. »Gehen die Uhren in Bayern anders?«

»Aber ...?« Leo sah Sascha an.

Der winkte ab. »Das verstehst du nicht. Mach einfach weiter.«

Leo erinnerte sich, dass er das schon öfter gehört hatte: viertel irgendwas. Jeder sagte in so einem Fall »viertel nach zehn« – nur die Sachsen, die machten ein viertel elf draus. Er wandte sich wieder an Frau Dünnebier:

»Haben Sie den Leichnam angefasst? Oder das Auto?«

»Iieh, Gott bewahre!«, sagte Helga Dünnebier entrüstet. »Wo der doch tot war. Und kennen tu ich den ja auch ni.«

»Ist Ihnen, bevor Sie das halbe Dorf hierher beordert haben, irgendetwas aufgefallen? Lagen Gegenstände herum, haben Sie Spuren wahrgenommen?«

Oma Dünnebier schüttelte den Kopf. »Ne, ich hab da nix gesehen, aber ehrlich gesagt, so gut sehen tu ich ja auch ni mehr.«

Als Watzke gegen Mittag aufwachte und aus dem Fenster sah, war er sofort höchst alarmiert. Zwei Polizisten marschierten vom Sägewerk kommend über den Waldweg auf sein Häuschen zu. In wenigen Minuten würden sie vor seiner Tür stehen. Die Gewissheit, dass sie ihn nun doch gefunden hatten, grub sich wie eine Bleikugel in seine Magengrube. »Der Notfallplan!«, schoss es ihm durchs Gehirn. Er hastete so schnell er konnte die enge Treppe hinunter und in den Stall. Dort klappte er die Aluleiter zusammen und legte sie an die Seite. Den Rucksack stellte er in den Vorraum im Stall. Als er die Stalltür zum Hausflur verschloss, klopfte es bereits. Ohne Hose, im lose hängenden Hemd und barfuß öffnete er.

Die beiden Polizisten musterten ihn erstaunt.

Watzke war sich der absurden Situation bewusst, aber sie tangierte ihn nicht. Er hatte im Dorf ohnehin den Ruf, ein komischer Kauz zu sein. Ihm war es egal, wenn er nun mit noch vom Schlaf zerwühlten Haaren und einer schlackerigen Unterhose zur Mittagszeit in der Haustür stand.

»Ja, bitte?«, sagte er so neutral wie möglich, obwohl ihm das Herz bis zum Hals schlug und er die Arme vor dem Körper verschränken musste, damit man nicht sah, wie sehr seine Hände zitterten.

Die Polizisten stellten sich als Beamte der Polizeiinspektion in Sebnitz vor und wollten wissen, ob ihm am Wochenende irgendetwas Besonderes aufgefallen war. Man habe einen verwaisten BMW und einen toten Mann oben beim Dorf gefunden.

Watzke war so erleichtert, dass er einen fahren ließ. Die beiden jungen Polizisten traten synchron einen Schritt zurück.

»Nee, also, da kann ich Ihnen nicht helfen. Ich schlafe immer sehr lange und sitze nachts über meinen Büchern, aber dass was Besonderes passiert wär, habe ich in den letzten Tagen nicht bemerkt.« Er sprach gepflegtes Hochdeutsch und nur bei genauerem Hinhören ließ sich eine leichte Berliner Färbung feststellen.

»Sie haben also nichts festgestellt? Keine nächtlichen Geräusche, ungewöhnlich viel Autoverkehr oder Ähnliches?«, fragte einer der Polizisten.

Watzke schüttelte energisch den Kopf. Die Spitzen seiner langen Haare flogen ihm um die Ohren, der Rest klebte am Schädel.

»Nein, leider, mir ist überhaupt nichts Merkwürdiges aufgefallen«, beeilte er sich zu sagen. Dem Naserümpfen des einen Polizisten zufolge schien er nicht nur optisch eine Zumutung zu sein.

»Na«, sagte der Polizist. »Wenn Ihnen doch noch etwas einfällt, dann rufen Sie bitte hier an.« Er reichte ihm mit ausgestrecktem Arm eine Karte, auf der mehrere Telefonnummern notiert waren. Die beiden hatten es eilig, von hier wegzukommen, und verabschiedeten sich. Das war Watzke nur recht. Er nahm die Karte und ging zurück ins Haus.

Sobald er die Tür hinter sich geschlossen hatte, verriegelte Watzke sie und lehnte sich mit zitternden Knien dagegen. Das war knapp gewesen! Die würden ihn nicht noch einmal in die Finger kriegen, niemals!

Wenn er einmal in der Woche nach Sebnitz zum Einkaufen ging, war er mental immer darauf vorbereitet, andere Menschen zu treffen. Aber gleich morgens auf leeren Magen zwei Polizisten! Diese Begegnung brachte ihn völlig aus dem Konzept. Was hatte das zu bedeuten? Waren sie gekommen, um ihn auszuspionieren? Hatten sie ihn letztlich doch gefunden? Wussten sie von seinem Geheimnis? Er wankte in die kleine Küche und ließ sich auf die Bank sinken. Stück für Stück analysierte er den Vorfall. War es nur ein Vorwand gewesen? Oder sprachen sie die Wahrheit und das Ganze hatte nichts mit ihm zu tun? Er drehte und wendete die Gedanken in seinem Kopf so lange hin und her, bis er sich wieder beruhigt hatte. Die Kälte kroch an seinen nackten Beinen nach oben und zwang ihn dazu, in den ersten Stock zu gehen und sich anzuziehen. Er schnupperte kurz an seinen Achseln und stellte fest, dass es wohl wirklich Zeit war, mal wieder zu baden. Unschlüssig starrte er auf den Kalender neben seinem Bett. Heute war Montag. Eigentlich badete er nur mittwochs.

Montag war sein Einkaufstag. Nervös setzte er sich auf sein Bett und konzentrierte sich auf seinen Atem. Nach einer langen Weile beschloss er, so zu tun, als wäre nichts geschehen. Er band seine Haare mit einem Haargummi zusammen und zog sich an.

Zum Frühstück kochte er sich wie immer einen Tee und aß drei Scheiben Zwieback. Als er fertig war, spähte er vorsichtig zum Fenster hinaus. Auf dem Waldweg waren keine Polizisten mehr zu sehen. Die Luft schien rein zu sein.

Er beschloss, es zu wagen. Watzke brauchte die Routine, um sich zu beruhigen. Da heute Montag war, würde er einkaufen gehen, wie immer. Nichts war auffälliger, als Routinen zu durchbrechen.

Weil er kein Auto besaß, ging er die acht Kilometer nach Sebnitz immer zu Fuß. Bei schönem Wetter war der Hinweg sogar ganz nett. Aber an diesem Montagnach-

mittag nieselte es wieder und das Wetter gab einen Vor-
geschmack auf den bevorstehenden Winter. Watzke griff
zu Tante Hermines altem Regenmantel und stopfte seine
langen, inzwischen ziemlich grau gewordenen Haare
unter einen speckigen Hut, bevor er aus der Haustür trat.
Ohne das Sägewerk eines Blickes zu würdigen, machte er
sich hinauf auf den Weg durch Ottendorf und wandte sich
dort nach rechts Richtung Sebnitz. Er vermied es, auf die
Häuser links und rechts der Straße zu schauen. Er wollte
niemanden sehen und von niemandem gesehen werden.
Am liebsten hätte er sich unsichtbar gemacht. Als sich
die gewundene Straße hinter der Ortschaft wieder hinunter ins Sebnitztal senkte, hörte der Nieselregen auf.
Die Sonne kam zwischen den Wolken hervor. Aus dem
Wald leuchteten Birken und Buchen mit buntem Laub,
und auf den Wiesen neben der Straße glitzerten die Regen-
tropfen im Sonnenlicht. Wenn die noch warmen Strahlen
auf die Straße trafen, stieg die Feuchtigkeit in kleinen
Dampfschwaden auf.

Watzke atmete tief durch. Einmal mehr beglückwün-
schte er sich dafür, dass er von Berlin hierher nach Ottendorf gezogen war. Ohne Tante Hermine wäre sein Leben
wahrscheinlich furchtbar kompliziert geworden. Jetzt
war er dagegen fast am Ziel seiner Träume und die Zukunft erschien ihm so rosig wie schon lange nicht mehr,
immer vorausgesetzt, dass die Polizisten nicht nach ihm
suchten.

Watzke hörte ein Auto kommen. Er trat nach rechts an
den Straßenrand, um den Wagen an der engen Stelle
vorbeizulassen. Doch der fuhr nicht vorbei, sondern hielt
neben ihm an. Eine junge Frau mit einer viel zu großen
Strickjacke und einem geblümten Kleid saß am Steuer
des silbergrauen Toyotas. Sie beugte sich über den Beifahrersitz und kurbelte das Fenster herunter. »Soll ich Sie
ein Stück mitnehmen? Ich fahre nach Sebnitz.« Erwartungsvoll sah sie Watzke an.

Der war vor Schreck wie erstarrt. In seinem Gehirn ratterte es. Das war nun schon das zweite Mal heute, dass er von einem anderen Menschen angesprochen wurde. Immer wieder boten ihm Autofahrer auf dem Fußmarsch über die Landstraße nach Sebnitz an, ihn mitzunehmen, selten stieg er ein. Aber gerade heute? Waren sie ihm doch auf der Spur? War sie eine gut getarnte Agentin? Oder doch harmlos? Machte er sich verdächtig, wenn er ablehnte? War er in Gefahr, wenn er mitfuhr? Woran sollte er erkennen, ob sie ein Spitzel war? Fieberhaft flitzten seine Augen durch das Wageninnere. Er sah einen Einkaufskorb auf dem Rücksitz, einige Bonbonpapierchen auf dem Boden und einen Nylonbeutel im Fußraum des Beifahrersitzes. Wahrscheinlich war eine Geldbörse drin, wie eine Waffe sah das jedenfalls nicht aus. Watzkes Herz schlug bis zum Hals. Die junge Frau wurde langsam ungeduldig und sah ihn immer noch fragend an: »Wollen Sie jetzt mitfahren oder nicht?«

Sie hatte ein paar Silberfäden in ihrem langen, dunklen Haar und war völlig ungeschminkt. War das jetzt ein gutes Omen oder ein schlechtes? Watzke wusste immer noch nicht, wie er reagieren sollte. Die Sonne wurde von einer grauen Wolke verdeckt und es wurde plötzlich dunkler. Er nahm das als Zeichen mitzufahren und öffnete die Beifahrertür.

»Danke für das Angebot. Ich will zu Aldi«, sagte er und ließ sich vorsichtig auf den Beifahrersitz sinken.

»Genau da fahre ich auch hin«, sagte die junge Frau und legte den Gang ein. Watzke kurbelte das Fenster wieder hoch und fummelte nach dem Sicherheitsgurt.

Ihm entging nicht, dass die Fahrerin die Nase rümpfte, als das Fenster zu war. Hin und hergerissen zwischen seinem Bedürfnis nach Routine und dem Bestreben, möglichst nicht aufzufallen, beschloss er, heute Nacht eben zu baden. Er würde auch seine Hemden einweichen, wenn es denn nötig war. Dieser Tag lief ja ohnehin schon völlig aus dem Ruder, da konnte er auch alle unangenehmen Dinge auf einmal erledigen.

Zehn Minuten später stieg er auf dem Parkplatz vor dem Discounter aus und bedankte sich höflich fürs Mitnehmen. »Gern geschehen«, sagte die junge Frau knapp. »Zurück mitnehmen kann ich Sie aber nicht. Ich muss noch ein paar andere Sachen erledigen.« Sie log, da war sich Watzke sicher. Er wünschte ihr einen schönen Tag und machte sich mit seinem Einkaufsrucksack auf den Weg. Im Laden versuchte er, der Frau aus dem Weg zu gehen. Hauptsache, sie erinnerte sich nicht allzu genau an ihn. Er würde in Zukunft nie wieder mit einem Auto mitfahren, schwor er sich.

Es war schon Abend, als Sascha und Leo wieder in Dresden waren. Sie brachten die Fundstücke, die sie bei dem Toten gefunden hatten, in die Asservatenkammer und Sascha meldete sich freiwillig, die erste Befundaufnahme in den Computer zu tippen.

»Du hast es nicht besonders eilig, nach Hause zu kommen, kann das sein?«, mutmaßte Leo.

Sascha brummte etwas Unverständliches vor sich hin.

Leo hatte es eigentlich auch nicht eilig, schließlich wartete niemand auf ihn. Aber seinen ersten Tag nach dem Urlaub gleich mit Überstunden zu beginnen, das musste nun auch nicht sein.

Seine kalten Füße erinnerten ihn überdies daran, dass er dringend den immer noch feuchten Schuh ausziehen musste.

»Sag mal«, wandte er sich beim Gehen an seinen Kollegen, »was ist denn mit Sandra los? Ich hätte sie beinahe nicht wiedererkannt und dazu noch dieser Hund. Was soll das?«

Sascha sah vom Computer auf. »Du kennst Sandra doch inzwischen. Wenn sie was macht, dann richtig. Jetzt hat sie offensichtlich beschlossen, Ehefrau und Mutter zu werden, und das zieht sie jetzt durch bis zur Perfektion. Anscheinend hat sie ihren Traummann gefunden.« Sascha schaute Leo düster an.

»Egal, was sie macht, ich finde, sie übertreibt immer ein bisschen«, bestätigte Leo.

»Na, da ist sie aber nicht die Einzige«, hörte er Sascha beim Hinausgehen noch sagen.

Dienstag

Die genauere Untersuchung des Führerscheins des Toten ergab schnell, dass der gefälscht war, ebenso wie das Nummernschild des schwarzen BMW und die Videothek-Ausweise. Der Wagen selbst war vor einem halben Jahr in Hamburg gestohlen worden. Frustriert verließ Leo am Dienstagmorgen seinen Platz am Schreibtisch, nachdem er die neuen Informationen gesammelt hatte. Im Grunde war gar nichts geklärt, sie hatten einen riesigen Berg Arbeit vor sich.

Das galt auch für ihn und sein Privatleben. Reichlich offene Fragen saßen dazu in seinem Kopf auf der Lauer. Missmutig drehte er den weißblauen Kugelschreiber zwischen den Fingern und starrte hinaus auf den Pirnaischen Platz. Eigentlich hatte er sich nur zwei Dinge für seinen Urlaub daheim in Bayern vorgenommen. Das eine war, mit seinen Freunden ausgiebig das Oktoberfest zu genießen, das andere, viel Wichtigere, war, Veronika zu treffen und zu sehen, ob es vielleicht doch noch eine Chance für sie beide gäbe. Er hatte sich vorgenommen, sie gleich nach seiner Ankunft in Mammendorf anzurufen und sie um einen gemeinsamen Spaziergang zu bitten. Beim Gehen hatten sie früher immer am besten reden können. Aber er hatte Angst gehabt, dass Veronika »nein« sagen würde. Außerdem hatten ihn gleich seine

Mutter und seine Oma in Beschlag genommen. Er hatte von Dresden und von seiner Arbeit und von den Kollegen erzählen müssen. Am nächsten Tag waren Onkel Josef und Tante Elli gekommen, das hatte in einer weiteren Kuchenschlacht und langen Gesprächen geendet. Dann hatte Michi angerufen und sie waren gemeinsam im Maisacher Bräuhaus versackt. Am vierten Tag hatte er Veronika immer noch nicht angerufen, und je länger er es hinausschob, umso schwieriger war es ihm erschienen.

Genervt fuhr er sich durch die kurzen braunen Haare und stand auf. Er musste sich beschäftigen. Arbeiten half immer am besten gegen trübe Gedanken.

Leo ging hinüber zu Saschas Büro.

»Wir müssen auf das Ergebnis von Dr. Gräber warten«, sagte der abwehrend, als Leo in der Tür stand. Er schaute konzentriert auf den Bildschirm und wischte sich über die Stirn, die durch seine Geheimratsecken schon ziemlich hoch war.

»Gibt es noch nichts Neues zur Identität des Opfers?«, fragte Leo.

»Nee!« Sascha wandte den Blick nicht von seinem Computermonitor. Als ihm Leo über die Schulter schaute, sah er, dass Sascha auf einem Immobilien-Portal unterwegs war.

»Du suchst eine Wohnung?«

»Muss«, seufzte Sascha mit einer theatralischen Geste, »meine Mutter meint, es wäre langsam Zeit für mich, auf eigenen Beinen zu stehen.« Seine Miene war so hoffnungslos, dass Leo lächeln musste.

»Naja, sieh es doch positiv«, meinte er. »Keiner redet dir drein, du kannst jederzeit jemanden mit nach Hause bringen und fernsehen solange du Lust hast.«

»Meine Wäsche selber waschen, meine Wohnung selber putzen, mein Essen selber kochen, meine Abende allein vor dem Fernseher verbringen, die Zeitung alleine lesen und zuschauen, wie meine Elefantensammlung langsam unter einer Staubschicht verschwindet, weil ich keine Zeit habe, sie täglich abzustauben«, leierte Sascha herunter. »Das war alles so harmonisch. Wozu brauche ich eine eigene Wohnung? Ich verstehe nicht, warum es nicht so weiterlaufen kann wie bisher. Ist doch alles prima.«

»Vielleicht, um mal ungestört eine Freundin einzuladen? Oder vielleicht verliebst du dich ja?«, versuchte es Leo noch einmal.

»All die Annehmlichkeiten aufgeben wegen ein bisschen Sex? Ich bin doch nicht bescheuert. Das kann man doch auch anders organisieren«, entgegnete Sascha.

Sandra kam hereingestürmt, in ihrer Hand ein Blatt Papier.

»Was gibt's?«, fragte Leo.

»Eben ist ein Anruf reingekommen. Ein Dietmar Böhmer aus Prohlis vermisst seit Sonntag seine Frau.«

»Und das ist ihm erst heute aufgefallen?«, fragte Leo mit einem Blick auf die Uhr an seinem Handgelenk.

»Siehst du, so ist das mit der Liebe«, sagte Sascha. »Der ist wahrscheinlich schon länger verheiratet und hat erst gar nicht gemerkt, dass seine Frau weg ist.«

Sandra sah die beiden irritiert an: »Habt ihr irgendwie ein Problem, ihr zwei?« Beide schüttelten den Kopf.

»Kann einer von euch mit mir kommen, um den Fall aufzunehmen? Kai Nolde und Uwe Kröger sind beide schon am Neustädter Bahnhof unterwegs.«

Sascha warf Leo einen waidwunden Blick aus großen Kulleraugen zu.

»Okay, ich gehe mit«, sagte der zu ihm, »unter der Bedingung, dass du mir sofort Bescheid gibst, wenn Dr. Gräber sich mit den Ergebnissen meldet. Und außerdem solltest du mit Fotos von dem Toten mal bei unseren Kontaktleuten im Drogenmilieu vorfühlen. Vielleicht kennt ihn jemand.«

Sascha nickte und klickte die Seite mit den Wohnungsanzeigen weg.

Leo schlurfte hinter Sandra her und schnappte sich beim Hinausgehen seine Jacke. Sandra holte Laika aus ihrem Büro und warf sich einen beigen Trenchcoat über. Dazu trug sie ein moosgrünes Strickkleid und flache Schuhe. Leo konnte sich noch nicht daran gewöhnen, dass sie neuerdings so brav aussah.

»Deinem neuen Kleiderstil nach zu urteilen, ist dein Olli ein langweiliger Spießer«, sagte er.

Sandra pustete genervt eine Haarsträhne aus dem Gesicht und bemühte sich, Laikas Zerren zu ignorieren. »Olli und ich definieren unsere Beziehung nicht über Äußerlichkeiten. Wenn du glaubst, du musst mit dieser Lederjacke auf die Balz gehen und den harten Macker geben, ist das deine Sache.«

Leo stutzte. Was hatte seine Lederjacke damit zu tun?

»Ich bin doch gar nicht auf der Balz!«

Sandra beeindruckte das nicht: »Ach, ich dachte, das ist dein Hobby?«

»Blödsinn. Aber du mutierst zur langweiligen Öko-Tante.«

Sandra blieb abrupt stehen und sah ihn aufmerksam an. »Welche Laus ist dir denn über die Leber gelaufen? Der Urlaub daheim bei Mama war wohl doch nicht so toll, oder wie?«

Da war es wieder! Leo schloss kurz die Augen. Sandra hatte genau den wunden Punkt getroffen, wie so oft, wenn sie sich in die Wolle bekamen. Missmutig trottete er hinter ihr her zum Auto und sagte nichts mehr.

Die Häuser in Dresden-Prohlis waren zwar frisch renoviert, sahen aber trotzdem traurig aus. Die neuen Fassadenfarben und die bunten Balkone konnten nicht über die Eintönigkeit der WBS-70-Plattenbauten hinwegtäuschen.

»Oh weia, ist das hässlich! Platte pur«, sagte Leo. Sandra sah ihn mit gerunzelter Stirn an.

»Ich bin in genauso einer Plattensiedlung aufgewachsen, allerdings in Gorbitz. Erzähl mir nicht, dass ihr so was in Bayern nicht habt.«

Leo dachte an die Betonwüsten in Neu-Perlach und gab zu, dass solche Bausünden durchaus auch in Münchner Satellitenstädten zu finden seien. Aber dass Sandra in so einem uniformen Wohnblock aufgewachsen war, interessierte ihn.

»In so einer Hochhaussiedlung warst du doch nie allein, oder?«

»Nee, wirklich nicht. Wenn ich für mich sein wollte, musste ich mich aufs Klo verziehen. Stell dir das bloß mal vor: Mit vier Kindern in einer Drei-Raum-Wohnung. Meine Brüder hatten ein Zimmer und ich musste mit meinen Eltern im anderen Schlafzimmer schlafen, bis ich zehn Jahre alt war. Es war absolut grässlich.«

Obwohl er sich immer Geschwister gewünscht hatte, dachte Leo bei sich, dass es durchaus auch Vorteile hatte, wenn man als Einzelkind aufwuchs.

»Und was machen deine drei Brüder so?«, wollte Leo wissen.

»Die Welt verbessern«, sagte sie kurz angebunden.

»So wie du?«, fragte Leo.

»Nein, ein bisschen anders. Der älteste ist Aktivist bei Greenpeace, der zweite ist Lehrer und der dritte ist Sozialarbeiter.«

Sie fanden die Adresse nach kurzem Suchen und parkten den Wagen vor dem bunt bemalten Müllhäuschen.

Sandra ließ Laika kurz auf der Grünfläche vor den Häuserblocks herumtollen, während Leo an der riesigen Klingelanlage den richtigen Knopf suchte.

»Der Hund kann aber nicht mit«, sagte er streng, als Sandra Laika an die Leine nahm und zu ihm kam.

Ärgerlich kehrte sie um und sperrte den Welpen in den Dienstwagen.

»Wenn sie was anstellt, bist du schuld«, sagte sie vorwurfsvoll.

»Erzieh deinen Hund ordentlich, dann gibt es keine Probleme«, entgegnete Leo.

Sandra ging das zu weit: »Hör auf mir zu erklären, was ich tun und lassen soll! Ich brauche nicht noch einen großen Bruder.«

»Aber ...« Nach einem Blick in Sandras Gesicht beschloss Leo, den Mund zu halten. Schweigend wandte er sich zur Haustür.

Sandra drückte auf den Klingelknopf und kurz darauf sprang die Haustür mit einem Summen auf. Sie gingen in den ersten Stock, wo schon ein magerer Mann mittleren Alters in einem schwarzen Sweatshirt mit goldener Designeraufschrift im Gang wartete.

»Dietmar Böhmer?«, fragte Sandra.

»Nu, genau der«, antwortete er und bat sie in die Wohnung. Im engen Flur hing eine moderne Tapete vor weißen Dielenmöbeln. Das Wohnzimmer linkerhand war so voll mit Zigarettenqualm, dass man die Sitzgruppe und den großen Flachbildschirm nur erahnen konnte.

Sandra musste sofort husten. »Kann man hier vielleicht mal die Fenster aufmachen und lüften?«, fragte sie Dietmar Böhmer. Der guckte sie erstaunt an.

»Lüften? Ach so, ja, das macht normalerweise immer de Christine.« Er hustete trocken. »De Christine is meine Frau. Also, die is einfach weg. Und die kümmert sich um solche Sachen.«

»Also machen Sie die Fenster jetzt auf oder nicht?«, fragte Sandra in scharfen Ton und hüstelte noch mal.

»Normalerweise macht das de Christine ...«, begann Böhmer wieder.

Leo sah, dass das zu nichts führte. Er ging ans Fenster und öffnete beide Flügel. Schon nach kurzer Zeit konnte man die Luft im Zimmer wieder atmen. Sandra setzte sich ungefragt auf die Couch und packte das Formular für die Vermisstenanzeige aus. Auch Leo und Dietmar Böhmer setzten sich. Zunächst nahm Sandra die Personendaten auf – Alter, Größe, Augenfarbe.

»Seit wann genau vermissen Sie denn Ihre Frau?«, fragte Sandra dann.

»Weeß ich ni«, sagte Dietmar Böhmer und zündete sich eine Zigarette an. Der Aschenbecher auf dem Tisch war am Überquellen. »Ich arbeite von Donnerstag bis Montag als Wachmann in der Fabrik. Da geh ich abends um acht aus dem Haus und komme morgens um sechs wieder. Als ich am Samstagmorgen heimkam, war se noch da. Am Sonntag aber ni mehr.«

»Könnte es sein, dass Ihre Frau bei Freunden ist oder bei Verwandten? Haben Sie da schon überall nachgeforscht?«, fragte Sandra.

Dietmar Böhmer nickte. »Erst hab ich gedacht, die is mit Chantal unterwegs, und hab mir nix gedacht, Essen war ja da und Bier auch.«

»Wer ist Chantal?«, wollte Sandra wissen.

Leo sah sich inzwischen die Wohnungseinrichtung an. Dunkler Wohnzimmerschrank, schwere Ledersessel, alles ein wenig zu wuchtig für den eher kleinen Raum. Überall auf den waagerechten Flächen stand bunter Nippes: Porzellanfiguren, Glastiere, Keramik-Eulen auf Stickdeckchen, eine von diesen Wetterstationen, die per Farbe der Figuren anzeigen sollten, wie das Wetter werden würde. Hier war ganz eindeutig eine eifrige Hausfrau am Werk gewesen, während die einzigen Gegenstände, die zu Dietmar Böhmer gehörten, die offene Bierflasche und die Zigarettenschachtel waren.

»Chantal is unsere Tochter. Die wohnt zwei Blöcke weiter, da hinten.« Er deutete aus dem Fenster nach links. »Aber da is die Christine ni. Und die Chantal auch ni, jedenfalls geht se ni ans Telefon.«

»Haben Sie da nicht mal vorbeigeschaut?«, hakte Sandra nach.

»Nee. Die hat ihr Telefon immer dabei. Die geht immer ran.«

»Das bedeutet, Ihre Tochter ist eigentlich auch vermisst, oder?«

Dietmar Böhmer zuckte hilflos die Schultern. »Nu, wenn Se das so sehen ...«

Leo hielt es nicht mehr auf der pflaumenblauen Couch. »Vielleicht ist den beiden Frauen ja was passiert und sie liegen in der Wohnung. Geben Sie uns den Schlüssel, wir gehen hin und sehen nach.«

»Was passiert?« Dietmar Böhmer schüttelte irritiert den Kopf. »Nee, das gloob ich ni. Oder doch? Ich weeß gar ni, wo die Christine den Schlüssel von der Chantal hat. Wahrscheinlich im Vorsaal.«

Im Vorsaal? Leo fragte sich, wo in dieser Wohnung bitte schön ein Saal sein sollte. Böhmer führte die beiden Beamten zu einem Schränkchen im Flur und zog nacheinander mehrere Schubladen auf. In einer lagen mehrere Schlüsselbunde zwischen ordentlich gefalteten Staubtüchern, Notizzetteln und Handschuhen. An keinem der Bündel hing ein Namensschild. Also nahmen sie einfach alle mit und machten sich auf den Weg in die Wohnung von Chantal Böhmer. Sie mussten nur um zwei Ecken zum übernächsten Häuserblock, der nicht gelb, sondern in leuchtendem Grün gestrichen war. Die Balkone waren auch hier bunt aufgepeppt. Am Klingelbrett herrschte ein wildes Tohuwabohu von handgeschriebenen und gedruckten Zetteln, die Namen aus aller Herren Länder trugen. Einer der Klingelknöpfe gehörte einer »C. Böhmer«.

Leo versuchte es mit heftigem Läuten, aber niemand öffnete.

»Sehen Se«, sagte Dietmar Böhmer, »de Chantal ist auch ni zuhause. Da hätten wir ni extra für herlaufen müssen.« Er schnaufte schwer nach dem kurzen Weg. »Also, Herr Böhmer«, wies ihn Sandra zurecht, »man muss doch nachsehen.« Sie nickte Leo zu.

»Also Plan B«, sagte der und probierte die Schlüssel durch. Schon der zweite am Schlüsselbund passte.

Die Einraumwohnung sah aus wie ein Kleinmädchen-Zimmer. Auf jeder ebenen Fläche stapelten sich plüschige Kuscheltiere in unterschiedlichen Größen und Farben. Die kleine Küche war ein Chaos aus aufgerissenen Pizza-, Chips- und Fertiggericht-Packungen. Im kleinen Bad musste Leo erst über einen Haufen Wäsche steigen, bevor er den Duschvorhang vor der Badewanne zurückziehen konnte. Auf Chantal und Christine Böhmer fand sich allerdings nicht der kleinste Hinweis. Auf dem Tisch vor der Schlafcouch stapelten sich Kekspackungen und halbleere Coladosen, dazwischen lagen die Fernbedienung und einige Modemagazine. Sandra versuchte in dem Chaos irgendetwas zu entdecken, was Aufschluss über Chantals Abwesenheit geben könnte, fand aber weder Notizen noch ungewöhnliche Gegenstände.

»Na, verreist oder ausgewandert scheint sie jedenfalls nicht zu sein, hier sieht es nach ganz normaler Unordnung aus«, meinte sie resigniert.

»Hat Ihre Tochter ein Auto? Und ist Ihre Frau mit einem Fahrzeug unterwegs?«, fragte Leo, als sie zurück in Böhmers Wohnung gingen.

Der schüttelte den Kopf. »Nee, unser Clio steht da vorne auf dem Parkplatz.« Er deutete auf einen weißen Renault. »De Chantal hat kein Auto.«

»Haben Sie Namen von Chantals Freunden, Leute, bei denen sie sein könnte?«, fragte Sandra, als sie wieder in der Wohnung waren.

»Nee, keene Ahnung. Da müssen Se de Christine fragen.«

Sandra warf Leo einen genervten Blick zu.

»Können Sie uns Fotos von Ihrer Frau und Ihrer Tochter geben?«

Böhmer nickte, stand dann aber wieder unschlüssig in seinem Flur. »Wo hat se denn die Fotos?«

»Da sollten wir wohl auch lieber Ihre Frau fragen, oder?«, bemerkte Sandra schnippisch, aber Böhmer lächelte sie nur dankbar an. »Ja, die kennt sich hier viel besser aus als ich«, sagte er nickend.

»Ach was?« Sandras Stimmte triefte vor Sarkasmus.

Sie begann im Wohnzimmer systematisch die Schranktüren zu öffnen. »Haben Sie Ihre Fotos in einem Album oder in einem Karton?«, fragte sie über die Schulter.

»Hm«, Böhmer überlegte kurz, »ich gloob, in so 'nem Karton.«

Leo beteiligte sich an der Suche und bald hatten sie die Pappkisten gefunden. Es stand jeweils ordentlich »Fotos« und die jeweilige Jahreszahl drauf. Sandra wählte den neuesten Karton und schob ihn Dietmar Böhmer hin. »Bitte suchen Sie uns ein paar Fotos raus, auf denen man Ihre Frau und Ihre Tochter gut erkennen kann.«

Böhmer ließ sich in seinen Sessel fallen, klemmte sich eine neue Zigarette zwischen die Lippen und begann die Bilder durchzusehen. Dann zog er zwei Aufnahmen heraus. Sie zeigten eine etwa fünfundvierzig Jahre alte, mollige Frau mit auffälliger Frisur und freundlichem Lächeln. Neben ihr saß ihre ziemlich übergewichtige Tochter, die den Betrachtern mit strahlendem Lächeln ein mit Glitzersteinen übersätes Handycover entgegenhielt.

»Das war Ostern«, sagte Böhmer. »Christine hat Chantal das Glitzerdings für ihr Telefon geschenkt. Da war se vielleicht happy.«

Die Ähnlichkeit zwischen Mutter und Tochter war unverkennbar, obwohl Chantal wahrscheinlich das Doppelte wog und blond war, während Christine einen auffälligen Kurzhaarschnitt mit roten Haaren und schwarzen Seitenpartien trug.

Sandra studierte das Foto aufmerksam. »Sehen die beiden jetzt immer noch so aus? Ich meine, speziell die Haarfarben?«

Dietmar Böhmer zog die Stirn in Falten und hustete. »Also, so genau weeß ich das ni«, antwortete er schließlich. »De Chantal hab ich schon länger ni gesehen und de

Christine, also, ich gloob, die hat de Haare jetzt ...«, er überlegte noch einmal, »... erdbeerblond.«

»Erdbeerblond?«, fragten Leo und Sandra wie aus einem Munde.

»Nu, das is jetzt total im Trend.«

Als Böhmer die verständnislosen Gesichter der beiden Kriminalkommissare sah, fügte er hinzu: »Na, de Christine, meine Frau, die is doch Friseuse, die probiert alle Tage mal was Neues aus.«

»Hm, das wird nicht einfach mit der Personenbeschreibung«, murmelte Sandra.

»Hatten Sie Streit mit ihrer Frau?«, fragte Leo unvermittelt.

»Nee, um Gottes willen«, beeilte sich Dietmar Böhmer zu versichern. »Sie sagt mir auch immer, wenn se wohin geht. Diesmal hat se nix gesagt, aber ich dachte, das is schon in Ordnung. Sie is ja ein ganz korrekter Mensch. Erst heute Morgen, als die Oma Sonneborn anrief und fragte, wo de Christine bleibt, hab ich so richtig gemerkt, dass se ni da is.«

»Wer ist Oma Sonneborn?«, wollte Sandra wissen.

»De Christine, die macht den Damen hier in der Gegend de Haare. De Oma Sonneborn hat gesagt, de Christine hat extra den Termin vom Samstag auf Dienstag verlegt und nu kommt se ni. War ziemlich sauer, die Oma Sonneborn.«

Sandra ließ sich von Dietmar Böhmer das Terminbuch seiner Frau geben. Die Termine pro Woche waren allerdings an zwei Händen abzuzählen. »Ihre Frau hat einen mobilen Friseursalon?«, fragte sie beim Durchblättern.

»Ja, die besucht die Leute und macht ihnen de Haare bei denen zuhause«, erklärte Böhmer. »Läuft aber ni so gut.«

»Haben Sie mal bei diesen Kunden angerufen?«, fragte Sandra. Böhmer schüttelte den Kopf. »Nee, die Nummern stehen ja ni dran. Das Handy mit den Kundennummern muss de Christine dabeihaben. Ich hab es jedenfalls ni rumliegen sehen.«

Umständlich drückte er seine Zigarette im überfüllten Aschenbecher aus.

»Und Chantal, wo arbeitet die?«, fragte Sandra.

Böhmer zog mit entschuldigendem Lächeln die Schultern hoch. »Das weeß ich ni so genau, die arbeitet ab und zu in der Stadt, aber wo genau ...«

Sandra klappte ihr Notizbuch zu und vollendete den angefangenen Satz.

»... das müssen Se de Christine fragen.«

»Genau«, sagte Böhmer und klopfte eine neue Zigarette aus der Schachtel.

»Ich nehme das mal mit«, sagte Sandra beim Verabschieden und steckte den Terminkalender und die Fotos ein.

»Bitte melden Sie sich sofort, wenn Ihre Frau oder Ihre Tochter wieder auftauchen oder wenn Ihnen noch etwas Wichtiges einfällt!«, ermahnte ihn Leo.

»Nu«, nickte Böhmer. »Was mach ich denn nu?« Etwas ratlos stand er in der Wohnungstür.

»Ich an Ihrer Stelle würde erst mal das Fenster wieder zumachen«, schlug Sandra vor. »Es wird langsam kalt.«

»Na, dem hast du es aber gegeben«, bemerkte Leo spöttisch, als sie wieder unten vor dem Haus standen. »Was für ein Waschlappen«, stöhnte Sandra. »Da muss ich die Christine fragen, das macht die Christine, das weiß die Christine«, äffte sie Böhmer nach. »Der Mann kriegt ja alleine gar nichts auf die Reihe!«

Worin sie sich täuschte, denn Dietmar Böhmer hatte soeben den blendenden Einfall, seine Kumpels auf eine Partie Doppelkopf einzuladen – etwas, das Christine hasste und, wenn immer er es versuchte, zu unterbinden verstand. Jetzt ergriff er die Gelegenheit und bestellte bei

Kuno, seinem alten Freund, gleich noch ausreichend Bier und Bockwürste für den Abend.

Als die beiden Kommissare am Auto ankamen, war Laika sehr damit beschäftigt, die Nackenstütze des Beifahrersitzes auseinanderzunehmen.

»Mensch Sandra, dein Hund ist die Pest«, fluchte Leo und riss die Beifahrertür auf. Laika stutzte kurz und hüpfte dann freudig auf den Parkplatz. Die Nackenstütze hatte sie bis zur Hälfte in ihre Bestandteile zerlegt, der Stoff hing in Fetzen und die Füllung war überall auf dem Sitz und darunter verteilt. Ärgerlich fegte Leo die Flocken und Stofffetzen vom Beifahrersitz nach draußen.

»Laika, böser Hund!«, rief Sandra und streichelte dem Tier dabei zärtlich über den Kopf. »Sie ist halt noch ein Baby. Sei doch nicht so ätzend!« Sie nahm Laika an die Leine und führte sie ein paar Schritte weiter auf den Wiesenstreifen zwischen den Parkbuchten. »Hoffentlich macht Richter da keinen Ärger«, murmelte sie, »und hoffentlich zahlt das die Haftpflichtversicherung.«

Obwohl Leo es niemals zugeben würde, konnte er sich dem Charme der tapsig-verspielten Laika nicht völlig verschließen. Sie blieb an jedem Grashalm stehen und beschnupperte aufgeregt alles, was ihr in die Quere kam. Er sah auf die Uhr – schon nach zwölf. Es wurde Zeit, dass sie zurück ins Büro fuhren. Und wieso hatte Sascha noch nicht angerufen? Es sollte inzwischen ein Bericht vom Gerichtsmediziner Dr. Gräber vorliegen. Sein Chef Richter würde außerdem alles andere als erfreut sein, wenn er sah, wie Laika im Dienstwagen gewütet hatte.

»Was ist denn nun, willst du hier ein Picknick veranstalten?«, fragte Leo.

»Warte noch ein paar Minuten, sie braucht ein bisschen Auslauf.«

Mit gespitzten Ohren und heftig wedelnd forderte Laika ihn zum Spielen auf. Aber Leo ließ sich nicht hinreißen. »Du bist nur so niedlich, weil du einen großen Kopf und große Kulleraugen hast«, belehrte er die erwartungsvoll vor ihm sitzende Hündin. Einmal noch scheuchte Sandra sie über die Grünanlagen, dann drängte Leo, zurückzufahren.

Auf dem Weg zurück ins Präsidium rollte sich Laika auf dem Rücksitz zusammen und schlief einen tiefen Welpenschlaf.

»Wir müssen die Fotos der beiden Frauen an alle Polizeidienststellen rausgeben und wir sollten die Medien informieren«, überlegte Sandra laut.

Leo nickte. »Machen wir. Allerdings glaube ich, dass Mutter und Tochter beschlossen haben, Urlaub in einem Luftkurort zu machen oder ein paar Tage auf einer Schönheitsfarm zu verbringen.« Er betrachtete das Foto. Diese Chantal war ein recht hübsches Ding, und wenn sie dreißig Kilo weniger wiegen würde, hätte sie durchaus in sein Beuteschema gepasst. Seit er sich von Veronika getrennt hatte, suchte er sich Frauen, die möglichst nicht wie sie aussahen.

Leo legte das Foto in die Mappe. »Sascha sucht eine Wohnung. Hast du nicht gesagt, dass Olli zu dir gezogen ist?«

Er sah Sandra an, die gerade durch den dichten Verkehr zurück ins Stadtzentrum kurvte.

»Du meinst Ollis Wohnung?« Sie zog eine Schnute. »Olli und ich haben vereinbart, erst mal einen Versuch zu machen. Er behält seine eigene Wohnung noch ein Weilchen, bis wir ganz sicher sind. Du weißt schon, mit jemandem zusammenzuziehen ist schon eine wichtige Entscheidung. Momentan geben wir uns beide unheimlich Mühe, aber man weiß ja nie, ob es auf Dauer klappt.« Sie warf ihm einen kurzen Blick zu. »Du bist ja nicht an ernsthaften Beziehungen interessiert, aber ich könnte mir schon vorstellen, ein Familienalbum aufzuklappen.«

Leo zuckte zusammen und ärgerte sich augenblicklich. Doch, das hätte er sich mit Veronika durchaus vorstellen können. Aber das würde er Sandra ganz bestimmt nicht auf die Nase binden. Eine Weile sah er aus dem Fenster, dann räusperte er sich.

»Jedenfalls braucht Sascha eine Wohnung und wenn du eine weißt, kannst du ja mit ihm reden.«

Sandra schien ihm nicht zugehört zu haben. Sie bog auf den Parkplatz des Polizeipräsidiums ein und sagte:

»Als nächstes mache ich mir eine Checkliste für diese Vermisstenanzeige.«

Leo nickte, sagte aber nichts mehr.

Sie gingen schweigend die Treppe hoch ins Büro, wo Sascha mit aufregenden Neuigkeiten auf Leo wartete.

Er wedelte mit einem Blatt Papier. »Uwe kennt den Toten. Er sagt, der Kerl ist ein Drogendealer aus dem Umfeld von Pawel Ostrowni.«

Leo ließ Sandra einfach stehen und drängte sich mit Sascha in Uwe Krögers Büro.

»Ein Drogendealer also, das passt. Und wer ist Pawel Ostrowni?«

Kröger ließ mit einem Tastendruck ein Foto auf seinem Bildschirm erscheinen und klärte Leo auf: »Pawel Ostrowni ist Tscheche mit deutschem Pass. Er besitzt eine Bar in der Nähe des Neustädter Bahnhofs. Wir vermuten, dass er seine Finger in allen möglichen Geschäften drin hat, Prostitution, Mädchenhandel, Drogen, Autodiebstähle, wer weiß. Aber bis jetzt konnten wir ihm noch nie etwas nachweisen. Er ist ein ziemlich gerissener Kerl, dem schwer beizukommen ist.«

Das Foto zeigte einen gepflegten Mann um die vierzig, dunkelhaarig und schlank mit hohen Wangenknochen und tiefen Augenhöhlen. Er wirkte wie ein Agenturchef oder ein Modedesigner. Allerdings wurde der etwas blasierte Eindruck durch eine Narbe quer über die linke Wange gestört. Sie reichte von der Schläfe bis hinunter zu Ostrownis ausgeprägter Falte zwischen Nase und Mundwinkel.

Kröger seufzte. »Wir sind schon seit zwei Jahren an ihm dran. Wenn diese Spur mit dem jungen Kerl endlich mal was Handfestes zu Tage fördern würde, wäre das fantastisch.«

»Der hat ja eine richtige Scharte im Gesicht«, murmelte Sascha.

Auch Leo war fasziniert von dieser auffälligen Narbe. Wahrscheinlich hatte er die schon als Kind bekommen und sie war mit ihm mitgewachsen. Abgesehen von diesem Mal sah der Mann eher eingebildet als gefährlich aus. Aber darauf, das wusste jeder Ermittler, konnte man sich nicht verlassen.

»Was weißt du über den Toten?«, fragte Leo seinen Kollegen Kröger.

»Den kennen wir deutlich besser. Jatzek Novotny ist vierundzwanzig Jahre alt, saß schon mal wegen Drogen im Knast, das war allerdings eine Jugendstrafe. Seit etwa zwei Jahren sehe ich ihn immer wieder in der Bahnhofsgegend und bin sicher, dass er da seinen Stoff verkauft. Bisher haben wir ihn aber nicht beim Dealen erwischt.«

»Wieso glaubst du, dass er für diesen Ostrowni arbeitet?«, wollte Leo wissen.

»Weil er sich oft in der Nähe von dessen Bar herumtreibt. Die Reviere sind klar aufgeteilt, da könnte er nicht dealen, wenn der Boss, und ich bin sicher, Ostrowni ist der Boss, das nicht zulassen würde.«

Leo nickte. »Dann haben wir also einen toten Drogendealer mit einem gestohlenen Auto und gefälschten Papieren und der liegt einfach so am Waldesrand. Sehr merkwürdig.« Er schaute von Kröger zu Sascha und versuchte, sich einen Reim auf den Fall zu machen.

»Vielleicht ist er einem anderen Dealer in die Quere gekommen und die haben eine Art Duell veranstaltet?«, sinnierte Sascha. Sein Pullover sah selbst gestrickt und so unförmig aus, dass Leo nicht länger als ein paar Augenblicke hinschauen konnte.

»Wie, ein Bandenkrieg?«, fragte er. Sascha zuckte ratlos die Schultern. Es kam öfter vor, dass sich die Drogenhändler gegenseitig die Reviere streitig zu machen versuchten, und das konnte auch durchaus blutig oder sogar tödlich ausgehen. Aber hier stimmte die Geschichte nicht.

»Nein«, verwarf Leo den Gedanken. »Wieso hätten sie sich erstens in dieser gottverlassenen Ecke treffen und zweitens den BMW stehen lassen sollen? Das macht keinen Sinn, wenn das eine Bandenfehde gewesen sein sollte. Und außerdem wissen wir noch nicht mal, woran der Mann gestorben ist. Nach einem Kampf sah das eher nicht aus, auch wenn er Blutergüsse im Gesicht hatte.«

»Und wenn er sich da mit einem Kunden getroffen und sich selbst einen goldenen Schuss verpasst hat, nachdem er seinen Stoff losgeworden war?«, mutmaßte Kröger.

»Wäre auch möglich«, meinte Leo, »aber sein Bein ist gebrochen und sein Gesicht voller blauer Flecke. Der hat sich da nicht einfach hingelegt, um zu sterben. Da ist was passiert.« Er wandte sich wieder Sascha zu.

»Hat man in dem Auto noch Drogen oder was Interessantes gefunden?«

Sascha schüttelte den Kopf. »Die haben den BMW gründlich auseinandergenommen, aber nichts gefunden, was nicht drin sein dürfte. Jatzek Novotny hatte aber ziemlich viel Geld, fast viertausend Euro, in der Tasche.«

Leo fand die ganze Sache sehr merkwürdig.

»Was sagt der Autopsiebericht?«

Sascha sprang auf: »Der kam vorhin erst rein. Moment, ich hole ihn.«

Zwei Minuten später war er mit den ausgedruckten Blättern zurück: »Dr. Gräber schreibt, dass der Mann an einem Genickbruch durch Fremdeinwirkung starb, du hast also schon richtig vermutet.«

Leo nahm den Bericht entgegen und überflog ihn. »Die Indizien sprechen eindeutig dafür, dass er von einem Auto überrollt wurde. Hier steht, dass ein Rad sein

Schienbein geknackt und ein anderes ihm das Genick gebrochen hat. Die Untersuchung hat eine Fraktur des Zahns des zweiten Halswirbels, der Dens Axis, ergeben. Ein klassischer Genickbruch also.«

Leo drückte die Freisprech-Taste des Telefons und ließ sich mit Dr. Gräber verbinden.

»Ist das eine von sich aus tödliche Verletzung?«, fragte er den Rechtsmediziner.

»Nein, per se ist das noch nicht tödlich«, antwortete Dr. Gräber. »Nur, wenn der Dorn des Wirbels nach innen auf das Rückenmark drückt, es praktisch abquetscht, dann kommt es zur Zerstörung des Atem- und Kreislaufzentrums. Das ist mit dem sofortigen Tod verbunden. Ein Genickbruch ist aber nicht automatisch tödlich.«

»Wir wissen also nicht, ob das Opfer ermordet wurde?«

»Nun ja, wenn ein Wagen mit entsprechendem Gewicht über den Nacken rollt, ist das dann Mord oder ein Unfall? Das müssen Sie herausfinden. Der BMW ist jedenfalls nicht über ihn gefahren, dieses Reifenprofil habe ich geprüft.«

Gräber hatte aber das Profil des todbringenden Autoreifens nicht eindeutig identifizieren können. Dafür lag das Geschehen zu lange zurück. Der Tod dürfte Samstagabend gegen Mitternacht eingetreten sein. Novotny hatte also schon sechsunddreißig Stunden im Regen gelegen, als man ihn fand.

»Und die blauen Flecken im Gesicht? War das Gewalteinwirkung, Dr. Gräber?«

Der Pathologe verneinte. »Wenn eine Leiche länger liegt, sackt das Blut nach unten, das gibt dunkle Flecken wie Hämatome. Aber bei Jatzek Novotny waren keine Spuren von Schlägen zu erkennen.« Gräber hatte es eilig, Leo verabschiedete sich.

»Er wurde also von einem zweiten Wagen überrollt und der Mörder ist dann damit weggefahren«, sinnierte Sascha laut vor sich hin.

Leo überlegte, während er im Büro auf und ab ging. Dann schüttelte er den Kopf.

»War er bewusstlos oder zugedröhnt oder betäubt, als das passierte? Man lässt sich doch nicht einfach so überfahren. Ein Feldweg ist keine Autobahn, ein Auto kann da weder schnell fahren noch lautlos. Du hast doch selbst gesehen, was für ein kleiner Weg das war. Da kann man locker ausweichen, wenn ein Auto auf einen zufährt.«

»Vielleicht wollte man ihm nur Angst machen, und er ist unglücklich gestürzt, was weiß ich?« Sascha ließ sich schwer auf Krögers Schreibtischplatte sinken.

»Sonst steht nichts in Gräbers Bericht? Gib mal her!« Leo nahm Sascha den Bericht aus der Hand und überflog den Text. »Aha, hier haben wir es. Dr. Gräber schreibt, dass der Tote eine ziemlich hohe Dosis Methamphetamin und zusätzlich Ecstasy im Blut hatte. Er war seit mindestens drei Jahren süchtig, also an das Zeug gewöhnt, aber er hatte einiges intus.«

»Woran kann der Gräber denn sehen, wie lange der schon süchtig war?«, fragte Sascha und sah Kröger, den Drogenspezialisten unter den Kollegen, an.

»Das kann der Arzt ganz gut aus dem Allgemeinzustand des Körpers lesen. Methamphetamin oder – wie die Junkies sagen – Crystal oder Crystal Meth oder auch Ice oder Glass macht die Leute unheimlich schnell süchtig und entwickelt auch schnell Nebenwirkungen. Nach wenigen Jahren ist der Körper eines Süchtigen ausgezehrt, die Haut wird schlecht, die Zähne faulen denen aus dem Mund, und wer das Zeug durch die Nase zieht, hat schnell eine zerstörte Nasenscheidewand.«

»Dann konnte er vielleicht nicht mehr richtig reagieren, weil er so zugedröhnt war und ist einfach sitzen oder liegen geblieben, als das Auto auf ihn zukam«, versuchte es Sascha.

Kröger schüttelte den Kopf: »Das halte ich für unwahrscheinlich. Crystal macht die Leute wach. Das ist ja der

Reiz, sie können nächtelang durchtanzen oder durchvögeln oder was auch immer, ohne müde zu werden.«

»Los, Sascha, wir besuchen jetzt diesen Ostrowni!« Leo zog Sascha vom Schreibtisch hoch und schob ihn zur Tür.

»Was, jetzt gleich?«, fragte Sascha widerstrebend.

»Na klar«, rief Kröger etwas höhnisch, »der Boss sitzt jetzt ganz bestimmt an seinem Bartresen und wartet auf euch.«

»Weil er so gern Besuch bekommt von der Kripo.«

»Genau.«

»Du warst ja schon länger nicht mehr da, oder?«

Kröger zog eine Grimasse.

»Hier, ich gebe euch die Adresse.«

In der Bar »Erotica« brannte schon Licht, obwohl das Schild am Eingang darauf hinwies, dass sie erst in einer Stunde ab siebzehn Uhr geöffnet werden würde. Das Lokal unter der Eisenbahnbrücke in der Nähe des Neustädter Bahnhofes hatte so gut wie keine Fenster nach außen. Ein älterer Mann ließ sie nach längerem Klingeln und Klopfen ein. Als Leo und Sascha ihre Polizeiausweise zückten, schrak der Alte ein wenig zusammen.

»Pawel Ostrowni?«, fragte Sascha betont langsam.

»Ich nix Deutsch«, versuchte der Mann abzuwiegeln. Er deutete auf einen Putzeimer und einen Schrubber. »Ich nur putzen.«

Leo und Sascha insistierten. »Wo ist der Boss?«, buchstabierte Leo. Sascha versuchte es mit ein paar Brocken Tschechisch, bis der alte Mann schließlich nachgab.

Er führte sie durch die Bar und einen düsteren Flur vor ein Hinterzimmer, auf dessen Tür das Wort »Büro« prangte. Der Alte klopfte vorsichtig an. Leo schob ihn auf die Seite und drückte die Tür auf.

Drinnen saß ein Mann mit dem Telefon am Ohr und schaute erstaunt auf. Im Gegensatz zur schummrigen Bar war der Raum modern und blendete fast. Eine kühne

Designerleuchte erhellte jeden Winkel. Die gebürsteten Stahlschränke, der aufgeräumte Schreibtisch in gekalkter Eiche, weiße Stühle, der weiße Ledersessel und ein ebensolches Sofa – das wirkte alles sehr sauber und elegant.

»Pawel Ostrowni?«, fragte Leo. Der Mann legte das Telefon auf den Tisch und erhob sich von seinem Platz hinter dem Schreibtisch. Mit einem Wink bedeutete er dem Putzmann, sich zu entfernen. Die Kommissare stellten sich vor und ließen sich auf den beiden Stühlen vor dem Schreibtisch nieder.

»Meine Herren?«, fragte Ostrowni mit fast akzentfreiem Deutsch. Er war ein gut aussehender Mann in den Vierzigern. Seit er es sich leisten konnte, trug er nur noch Maßanzüge und handgenähte Schuhe. Sein Haar war akkurat geschnitten und an den Schläfen farblich etwas aufgefrischt, aber das wussten nur sein Friseur und er. Er war mittelgroß und dass er fast täglich trainierte, sah man ihm nicht an, ebenso wenig seinen Hang zu Brutalität. Das einzig Irritierende in seinem frisch rasierten Gesicht war die Narbe, die über seine linke Wange lief.

»Kennen Sie Jatzek Novotny?«, fragte Leo, nachdem er seinen Polizeiausweis vorgezeigt hatte. Das leichte Flackern in Ostrownis Augen entging ihm dabei nicht.

Mit der Frage nach Novotny hatte der Barbesitzer wohl nicht gerechnet, denn er brauchte in paar Sekunden, um sich zu fangen.

»Möglicherweise«, sagte er gedehnt. »Was wollen Sie von ihm? Nicht, dass ich mich in irgendeiner Weise für ihn verantwortlich fühlen würde. Aber wieso kommen Sie überhaupt zu mir?«

Sascha nahm die Fotos des Toten aus der Tasche. »Jatzek Novotny, vierundzwanzig Jahre alt, Tscheche, wurde gestern Nachmittag tot aufgefunden. Wir untersuchen den Fall. Wenn Sie uns also bitte sagen, was Sie über den Toten wissen und wo und wie er eventuell die letzten Tage verbracht haben könnte.«

Pawel Ostrowni starrte auf das Foto. Sascha hatte ihm eines vor die Nase gelegt, auf dem im Hintergrund auch der Kotflügel des BMW zu sehen war.

»Wie bedauerlich für Herrn Novotny«, sagte Ostrowni und nahm das Foto zur Hand. Leo stellte fest, dass sowohl er in Jeans und Lederjacke wie auch Sascha in seiner Cordhose und dem schrecklichen Pullover im Vergleich mit diesem Mann wie hinterwäldlerische Penner aussahen. Ostrownis Krawatte war perfekt auf das Hemd und den dunkelgrauen Anzug abgestimmt. Die Fingernägel an den gepflegten Händen glänzten wie poliert.

»Wo haben Sie den armen Kerl denn gefunden?«, fragte der Tscheche.

»In Ottendorf, etwa fünfzig Kilometer außerhalb von Dresden«, antwortete Sascha. Leo überlegte, ob es nicht ein Fehler war, diese Informationen an den vermutlichen Chef des Toten herauszugeben. Andererseits stand es schon in allen Tageszeitungen, dass in Ottendorf ein Toter gefunden worden war. Offenbar hatte Ostrowni aber noch nichts davon mitbekommen.

Er lehnte sich nun entspannt in seinem Ledersessel zurück und meinte: »Diesen Novotny kenne ich nur vom Sehen. Er war ab und zu in meinem Lokal und öfter hier in der Bahnhofsgegend unterwegs. Ich kann Ihnen da leider nicht mehr sagen, denn ich weiß so gut wie nichts über diesen jungen Mann. Er fiel allen auf, weil er immer diese hässlichen weißen Cowboystiefel trug.«

»Wir nehmen an, dass er Drogendealer war, und haben auch etwas Crystal in seiner Tasche gefunden«, sagte Leo leichthin.

In Ostrownis Augen blitzte es kurz auf: »Damit habe ich nichts zu tun! Wenn Sie mich dann bitte weiterarbeiten lassen würden? Ich bin beschäftigt.«

»Kennen Sie den Wagen auf dem Foto? Einen schwarzen BMW mit Dresdner Kennzeichen?«, hakte Leo nach.

Pawel Ostrowni nahm das Foto in die Hand und warf einen Blick darauf. »Nein, tut mir leid, ich kenne das Auto nicht. Haben Sie sonst noch Fragen?« Er schob Leo das Foto zurück und trommelte ungeduldig mit seinen manikürten Fingernägeln auf die polierte Tischplatte.

Leo ließ seinen Blick schweifen. Ein teurer Reisekoffer stand in der Ecke des Raumes. Am Griff hing noch das Papierband, das den Koffer als Fluggepäck auswies. »Sie sind gerade von einer Reise zurückgekommen?«, fragte Leo und deutete auf den Koffer.

Ostrowni nickte ungeduldig. »Ich war drei Tage in London, geschäftlich.«

»Kann ich Ihre Bordkarten sehen?«, fragte Leo so freundlich wie möglich. Ostrowni runzelte die Stirn, dann wurde ihm wohl klar, dass er sich damit ein bombensicheres Alibi verschaffte. Sein Gesichtsausdruck wechselte sofort zu einem Lächeln, als er seine elegante Brieftasche aus dem Sakko holte und den Kommissaren die beiden Abschnitte der Bordkarten hinhielt.

»Samstag 9:30 Uhr nach London Heathrow, Dienstag 10:20 Uhr zurück nach Berlin«, las Leo laut vor.

»Sie waren also das ganze Wochenende über nicht in Deutschland«, stellte er fest.

»Nein, und ich habe jede Menge zu tun«, sagte Ostrowni und begann wieder auf der Tischplatte zu trommeln.

Sascha und Leo erhoben sich. »Falls Ihnen doch noch etwas zu Jatzek Novotny einfallen sollte, rufen Sie uns bitte an.« Leo legte seine Karte auf den Schreibtisch und war sich doch sicher, dass ein Pawel Ostrowni sich nie bei der Kripo melden würde. Dieses Ritual hätte er sich schenken können.

»Aber natürlich«, antwortete Ostrowni mit verbindlichem Lächeln und ging um den Schreibtisch herum, um den beiden die Tür aufzuhalten. »Die Polizei, dein Freund und Helfer. Hat mich sehr gefreut.«

Wie begossene Pudel schlurften Sascha und Leo durch

das Lokal und zur Tür hinaus. Über ihnen donnerte gerade ein Zug vorbei, denn das »Erotica« lag direkt unter dem Bahndamm. Leo war erstaunt, dass er in Ostrownis Büro weder Lärm noch Erschütterungen wahrgenommen hatte.

»Ich habe mir ja gleich gedacht, dass das für die Katz' ist«, maulte Sascha. »Der ist aalglatt, an dem beißt sich Kröger nicht umsonst schon seit Jahren die Zähne aus.«

»Aber er kannte Novotny und er hat sich das Foto sehr genau angesehen«, antwortete Leo. »Möglicherweise gehört der BMW seit dem Diebstahl zu seinem Fuhrpark. Wir sollten bei der zuständigen Polizeidienststelle nachforschen, ob die den Wagen kennen. Wir haben ja nun immerhin seine Fingerabdrücke.« Sorgfältig packte er das Foto des Toten, das Ostrowni angefasst hatte, in einen Plastikbeutel.

Zurück in seinem Büro machte er sich noch einmal auf den Weg zu Kröger.

»Kannst du mir alle Informationen über die Dresdner Drogenszene, Crystal Meth und diesen Pawel Ostrowni geben, die du hast?«

Kröger stand auf und öffnete seinen Büroschrank. »Über Ostrowni liest du am besten in der Computerdatei nach, da ist alles hinterlegt, was wir wissen. Zur Szene gibt es da auch einiges, aber hier, in diesem Ordner«, er drückte Leo eine prall gefüllte Akte in die Arme, »findest du das Wichtigste zusammengefasst. Ist 'ne schöne Bettlektüre – jedenfalls für Junggesellen.« Er grinste.

Leo rollte genervt mit den Augen, sagte aber nur knapp »Danke«.

Bis Detlef Watzke die acht Kilometer von Sebnitz bis zu Tante Hermines Haus zurückgelaufen war, war es bereits dunkel geworden. Das war ihm sehr recht, denn er mochte es nicht, anderen Menschen auf der Straße zu begegnen und gesehen zu werden.

Bevor er in den Weg zum Haus einbog, inspizierte er gründlich die Umgebung. Im Sägewerk war schon Feierabend, deshalb war es da unten ruhig und kein Mensch mehr auf dem Hof zu sehen. Auch auf der Straße tat sich nichts, und als er die paar hundert Meter in den Wald hineingelaufen war, lag das Haus bereits im dunklen Bergschatten. Watzke verriegelte das Gartentor hinter sich, zog vorsichtig den Schlüsselbund aus der Hosentasche und öffnete die Tür. Das kleine Holzstückchen, das er beim Gehen hinter der Tür platziert hatte, schob sich mit einem leichten, schleifenden Geräusch nach hinten. Also war niemand im Haus gewesen. Erleichtert trat er ein und sperrte sofort wieder ab. Im Licht der trüben Funzel ließ er seinen schweren Rucksack auf den Boden gleiten und zog Tante Hermines Regenmantel aus.

Jetzt war erst mal Essenszeit. Er öffnete eine Dose Eintopf und machte sie warm. Während die elektrische Kochplatte langsam zu summen begann, holte Watzke seinen Notfallplan aus dem Küchenschrank. Er war immer auf diesen Fall vorbereitet gewesen. Natürlich wäre es besser gewesen, wenn er noch ein paar Kubikmeter Gestein mehr hätte herausholen und in den Stall bringen können. Aber es würde gehen. Er war genügsam, er konnte sich beschäftigen, er würde sicher sein.

Zuoberst auf seiner Liste stand: Identität löschen.

Das hatte er weitestgehend erledigt. Er war in Ottendorf nicht gemeldet, bezahlte keine Steuern, besaß keinen Führerschein und kein Bankkonto eines Kreditinstitutes in der Region. Das Konto in Berlin lief zwar noch auf seinen Namen, aber auf die alte Berliner Adresse – und dieses Haus war ja längst abgerissen worden. Alle regelmäßigen Zahlungen für das Haus wurden von Tante Hermines Konto abgebucht und das bisschen Geld, das er brauchte, holte er vom Automaten mit Tante Hermines Karte. Die Tarnung war perfekt.

Die meisten Vorräte waren schon unten. Zusammen mit den Lebensmitteln, die er heute eingekauft hatte, würde er mindestens zwei Jahre über die Runden kommen. Was danach kam, darüber machte er sich keine Illusionen. Wenn die Apokalypse bis dahin eingetreten war, würde er unten bleiben. Wenn nicht, konnte er sich immer noch überlegen, ob er noch einmal an die Oberfläche kommen wollte, um einzukaufen und die nächsten Jahre wieder unten zu verbringen. Weder die Polizei noch die Mitglieder seiner früheren Gruppe würden ihn dort finden.

Der Eintopf blubberte. Watzke stellte die Herdplatte ab und rührte einmal kräftig um. Seit zwei Jahren lebte er von drei Scheiben Zwieback zum Frühstück und einer Dose Eintopf pro Tag. Er fand, dass das völlig ausreichend war. Das ganze Gewese um die Nahrungsaufnahme irritierte ihn. Er musste den Motor am Laufen halten, das war ihm klar, aber warum die Menschen so viel Theater darum machten, ihrem Körper die nötigen Kohlenhydrate, Fette und Eiweiße zuzuführen, war ihm ein Rätsel.

Der nächste Punkt auf seiner Liste war die intellektuelle Versorgung. Die war ihm bedeutend wichtiger. Im Gefängnis hatte ihn nur die Bücherei am Leben erhalten, selbst wenn der Großteil des Lesestoffs Schund gewesen war. Er hatte einiges an Büchern hinuntergeschafft, dazu drei Kisten mit Rätselheften und ausreichend Papier und Stifte. Das musste reichen. Er würde Zeit haben, sein Buch zu schreiben, die Erklärung all dessen, was das Leben so unsicher machte.

Mit seinem vollen Teller schob Watzke sich an den Küchentisch und stapelte das benutzte Geschirr des Vortages auf den bereits vorhandenen Haufen. Einen sauberen Teller hatte er noch, so gesehen, wäre es ökonomischer, wenn er erst übermorgen abtauchen würde, aber so, wie die Dinge jetzt standen, musste er handeln. Diese Polizisten konnten jederzeit wiederkommen. Sie würden Fragen stellen und seine Tarnung würde irgendwann auffliegen. Es war Zeit, abtauchen.

Konzentriert löffelte Watzke den Eintopf und überlegte, was er sonst noch mitnehmen musste. Er aß zügig, bis ihm einfiel, dass der Topf und die Löffel zu spülen waren.

Seufzend erhob er sich. In Tante Hermines Haus gab es kein warmes Wasser, außer man erhitzte es selbst. Geschirrspülen mit kaltem Wasser war wenig effektiv, das hatte er schon vor langer Zeit gelernt. Also machte er das Wasser in einem großen Topf warm.

Während er versonnen weiterlöffelte, erinnerte er sich, dass er mittags beschlossen hatte, ein Bad zu nehmen. Das war immer ein riesiger Aufwand, aber nachdem es für die nächsten zwei Jahre die letzte Gelegenheit sein würde, beschloss er, es tatsächlich zu tun. Er beendete seine Mahlzeit und ging, statt wie sonst an die Arbeit, in das kleine Bad von Tante Hermine, füllte Wasser in den Badeofen und schürte kräftig mit Holz und Kohle ein. Bis das Badewasser warm genug war, hatte er noch einiges zu tun.

Als erstes packte er seine letzten Vorräte an Bier und Eintopf in den Rucksack.

Dann kam der Abwasch. Da er die Porzellanteller nicht mitnehmen wollte, ließ Watzke sie auf dem Tisch stehen und fischte nur die Löffel heraus, um sie im warmen Spülwasser zu versenken, dazu den Topf zum Aufwärmen. Unschlüssig stand er in der kleinen Küche und sah sich um. Was würde er noch brauchen? Ein Messer? Er hatte keine Lebensmittel eingelagert, für die er ein Messer brauchte. Ein überflüssiges Messer konnte demnach nur als Waffe dienen. Aus Erfahrung wusste er, dass Waffen, wenn sie zur Verfügung standen, auch benutzt wurden. Also schüttelte er den Kopf und warf das lange Brotmesser, das er eben in die Hand genommen hatte, wieder in die Schublade. Der einzige, gegen den er das Messer erheben könnte, wäre er selbst. Also war es sicherer, es hier zu lassen.

Da das Badewasser erst lauwarm war, ging er die knarzende Holztreppe nach oben, um seine Kleider einzusammeln. Als er damals hier angekommen war, hatte er nur eine Umhängetasche mit einer Ersatzjeans und zwei Hemden, etwas Unterwäsche und einen Pullover dabeigehabt. Der große Koffer war ja voll mit seinem geheimen Vorrat gewesen. Der war längst sicher verstaut. Die Erinnerung an die Zeit im Gefängnis blitzte in ihm auf. An die Einsamkeit, zwischen all diesen mit ihm eingesperrten Männern. Für einen Moment überkam ihn Angst, dass er sich da unten, ganz allein mit sich selbst, nicht genügen würde. Andererseits, wenn er zurückblickte, dann war bisher noch jede Beziehung zu anderen Menschen in seinem Leben schiefgegangen. Angefangen mit seinen Eltern, bis zu Sybille. Nein, er war garantiert allein am besten dran.

Inzwischen hatte er kräftig abgenommen, sich zwei neue Hosen, mehrere karierte Holzfällerhemden und zwei warme Fleece-Pullis kaufen müssen. Alle Kleider lagen in einem bunten Haufen auf dem Boden. Nichts davon war sauber. Er raffte den kompletten Kleiderberg aus Hosen, Hemden, Pullis, Socken und Wäsche zusammen und trug ihn nach unten. Dabei stieg sein eigener ranziger Geruch empor und er hatte kurz Verständnis für das Naserümpfen der Frau, die ihn heute nach Sebnitz mitgenommen hatte. Nun ja, dieses Problem würde er heute zumindest vorübergehend beheben.

Weil das Wasser immer noch nicht warm genug war, legte Watzke ein paar Scheite Holz im Badeofen nach und machte sich an ein weiteres Kreuzworträtselheft. Es war erst zwanzig Uhr, also nicht die Zeit zum Rätseln. Normalerweise kam das erst nach getaner Arbeit gegen drei Uhr morgens. Heute war alles anders. Heute war sein letzter Tag und der Notfallplan angelaufen. Beherzt griff er zur Bierflasche und setzte sich mit Bleistift und Heft erwartungsfroh an den Küchentisch. In Windeseile war er mit dem ersten Rätsel durch. »Das war für Anfänger«, brummte er in seinen Bart.

Er erhob sich und ging ins Badezimmer. Das war eigentlich nur ein kleines Kämmerchen, das nachträglich in ein Bad umgebaut worden war. Das Waschbecken war draußen im Flur, hier drinnen standen nur der Badeofen und eine alte emaillierte Badewanne, die schon viele Blessuren davongetragen hatte. Vom Feuer war es gemütlich warm in dem kleinen Raum, der nur von einer matten Birne unter einem altmodischen, plissierten Porzellan-Schirmchen beleuchtet wurde. Watzke ließ das Wasser in die Wanne laufen und sich dann ins Bad sinken, nachdem er lediglich seine Schuhe ausgezogen hatte. Das heiße Wasser entspannte ihn auf angenehme Weise, er schloss für ein paar Momente die Augen. Für die nächsten Jahre würde dies sein letztes Bad sein, sinnierte er vor sich hin. Da Tiere ja auch nicht badeten, würde es interessant sein zu beobachten, ab wann sein Körper Selbstreinigungskräfte entwickeln würde. Mit dem letzten harten Rest von Tante Hermines Badeseife schrubbte er erst seine Haare und arbeitete sich dann vom Kopf bis hinunter zu den Füßen vor. Dazu zog er jeweils das Kleidungsstück aus, das er noch trug und stopfte es unter sich.

Nach getaner Arbeit stieg Watzke aus der Wanne, trocknete sich ab und hängte sich Tante Hermines geblümten Bademantel um. In einem Schwung warf er die Schmutzwäsche ins Badewasser und streute Waschpulver drauf. Einfacher wäre es jetzt natürlich gewesen, die Kleidung einen Tag lang einzuweichen und das schmutzige Wasser dann einfach weglaufen zu lassen. Aber er brauchte seine Kleider morgen trocken. Watzke stieg barfuß nochmals in die volle Wanne, raffte den Bademantel hoch und begann, auf der nassen Wäsche herumzusteigen.

Nach fünf Minuten fand er, dass es reichen müsse. Er zog den Stöpsel und begann, die nassen Kleidungsstücke ans hintere Ende der Wanne zu schieben. Nach mehrfachem Spülen wrang er die Stücke aus und hängte sie schließlich im Bad über die verblichenen Wäscheleinen, die über der Wanne hingen. Den Rest drapierte er in der Küche über die Stühle und das Fensterbrett. Jedes Fleckchen war jetzt voll mit feuchter Wäsche. Ein Anblick, den Tante Hermine nicht gutgeheißen hätte.

Inzwischen war es kurz vor Mitternacht. Detlef Watzke war zwar noch nicht richtig müde, aber da heute ohnehin nichts wie immer war, beschloss er, einfach ins Bett zu gehen.

In seiner Wohnung angekommen, packte Leo den Crystal-Meth-Ordner auf den Wohnzimmertisch und holte sich ein Bier aus dem Kühlschrank. Seine Reisetasche stand noch immer nur halb ausgepackt im Schlafzimmer. Er hatte es nach der langen Fahrt von Mammendorf nach Dresden nicht mehr geschafft, alles aufzuräumen. Und er wollte auch jetzt nicht an die Tasche denken, denn sie enthielt eine Art Zeitbombe. Ein Geschenk von Veronika, das sie bei seiner Mutter abgegeben hatte. Die hatte es ihm am Abreisetag aufgedrängt, denn er hätte es lieber dagelassen. Aber jetzt lag es da, zwischen sauberen Hemden in seiner Reisetasche, und wartete darauf, ausgepackt zu werden.

Leo stand unschlüssig an den Türpfosten der Küche gelehnt; rechts ging sein Blick ins Schlafzimmer, links auf den Couchtisch. Diese Begegnung mit Veronika während seines Urlaubs zu Hause war total aus dem Ruder gelaufen. Hätte er sich nur ein Herz gefasst und sie gleich nach seiner Ankunft angerufen. Er schimpfte sich selbst einen Feigling. Es war ihm recht gewesen, dass immer wieder etwas dazwischengekommen und er von seiner Familie und dann von seinen Freunden in Beschlag genommen worden war. Dabei hatte er doch herausbekommen wollen, ob Veronika ihm verziehen hatte, ob es noch eine gemeinsame Chance für sie beide gäbe. Aber es war alles anders gekommen. Er hatte sich benommen wie ein Idiot. Leo schloss die Augen und schämte sich. Nein, mit diesem Thema konnte er sich jetzt nicht weiter beschäftigen, das raubte ihm jegliche Energie.

Er ging zum Sofa, nahm sich den Ordner und studierte, was er über Crystal Meth und die Szene wissen musste.

Nach zwei Stunden ging es ihm deutlich besser. Er hatte einiges über die Droge gelernt. In Tschechien würden sich die Drogenküchen entlang der Grenze wie eine Perlenschnur aneinanderreihen, hatte der Innenminister erklärt, und schon seit 2013 gab es eine gemeinsam agierende Fahndungsgruppe aus sächsischen und tschechischen Beamten. Die kämpfte nicht nur gegen eine Vielzahl von kleinen, mobilen Drogenlabors, sondern auch gegen Vorurteile und Sprachprobleme unter den Beamten beider Länder. Die Zusammenarbeit war immer noch schwierig. Leo hoffte, dass er bei den Ermittlungen nicht mit dieser Fahndungsgruppe zusammenarbeiten musste. Er witterte jede Menge Papierkram und Kompetenzgerangel.

Jedenfalls war Tschechien einer der Hauptlieferanten für Crystal Meth in Sachsen. Die Droge kam massenhaft über die verschiedenen Grenzübergänge ins Land. Jatzek Novotny hatte wahrscheinlich ein eigenes Netz von Leuten, die den Stoff für ihn nach Dresden brachten, denn für ihn selbst wäre die Fahrt viel zu gefährlich gewesen. Die Zöllner der Mobilen Kontrollgruppen waren gut geschult und hätten den ausgezehrten jungen Mann mit Sicherheit sofort als drogenabhängig identifiziert und sein Auto gefilzt.

Was er von seiner Ausbildung nur noch vage wusste und nun wieder nachlesen konnte, war, dass Methamphetamin keine neue Designerdroge war. Schon seit über hundert Jahren wurde es hergestellt und zum Teil im

Auftrag von Regierungen eingesetzt. Vor allem im 2. Weltkrieg wurden in Japan, aber auch in Deutschland Soldaten, speziell Kampfflieger, mit der Droge wachgehalten. Nach dem Krieg wurde es auch von Zivilisten genommen, als Appetitzügler, Antidepressivum oder Aufputschmittel.

Halbwegs populär im Drogenmilieu wurde Crystal erst in den Sechzigerjahren, als es durch neue Produktionsmethoden möglich wurde, die Substanz zu spritzen. Seit den Neunzigern produzieren Drogenkartelle in Amerika, in Asien und auch in Tschechien das weiße Pulver. Die Produktion wird auf etwa fünfhundert Tonnen pro Jahr geschätzt. Bis heute, so konnte Leo schwarz auf weiß nachlesen, gab es keine griffige Erklärung dafür, warum sich die Tschechische Republik als Hochburg für die Produktion von Crystal Meth etabliert hatte. Die vielen Untergrundlabors versorgten nicht nur die Tschechen selbst, sondern exportierten die Droge, die dort meist noch unter dem alten Namen Pervitin gehandelt wurde, nach Deutschland und in die Slowakei, aber auch bis nach Kanada, Russland und in die skandinavischen Länder. Mit Crystal werden Millionen umgesetzt, und die Kunden werden so schnell süchtig, dass der Absatzmarkt immer gesichert ist. Für die Polizei war es ein Kampf gegen die Medusa; war irgendwo eine Küche oder ein Dealer aufgeflogen, wuchsen sofort neue nach.

Leo hoffte, dass Uwe Kröger sich bald gemeinsam mit ihm um den Fall kümmern könnte. Er war mit der Szene gut vertraut. Ob Novotny tatsächlich einer rivalisierenden Dealergruppe zum Opfer gefallen war? Oder hatte er sich mit einem Konsumenten getroffen, der nun, aus welchen Gründen auch immer, sein Leben auf dem Gewissen hatte? Und warum hatte er sich einfach so überfahren lassen? Ob Novotnys völlig durchnässtes Telefon noch ein paar Geheimnisse preisgeben würde?

Müde streckte Leo seine langen Beine unter den Couchtisch seiner spärlich möblierten Wohnung in der Dresdner

Neustadt. Ihm gegenüber an der Wand stapelten sich Bücher. Er würde ein zweites Bücherregal kaufen müssen, am besten gleich morgen. Mit ausgebreiteten Armen auf der Sofalehne ließ er seinen Kopf nach hinten sinken, schnellte aber sofort wieder hoch. Da hingen die drei Poster vom Oktoberfest. Er würde nicht nur ein Regal, sondern auch neue Bilder kaufen.

Gähnend machte er sich auf den Weg ins Bad und dann in sein Schlafzimmer.

Leo war dankbar, dass er gleich an seinem ersten Arbeitstag nach dem Urlaub einen neuen Fall bekommen hatte. Genau das brauchte er jetzt, um sich abzulenken und seinen Kopf wieder geradezurücken.

Es war schon kurz nach acht Uhr abends, als Pawel Ostrowni endlich alle Informationen zusammenhatte. Jatzek war offenbar mit seinem BMW am Samstagabend losgefahren, weil sein Kurier nicht zurückgekommen war. Das war einerseits eine gute Nachricht, weil es bedeutete, dass Jatzek nicht, wie er erst angenommen hatte, einfach mit seinem Auto und den Einkünften vom Samstag abgehauen war. Das war andererseits eine schlechte Nachricht, weil der Kurier offenbar immer noch nicht angekommen war. Er, der Boss, wusste nicht, was da draußen vorgegangen, wo die Lieferung abgeblieben und wieso Jatzek jetzt tot war.

Ostrowni musste noch im Nachhinein über den Besuch der beiden Polizisten lächeln. Sie hatten ihm enorm geholfen, den verschwundenen Jatzek aufzuspüren. Keinesfalls hätte er sonst so schnell erfahren, wo sein kleiner Dealer aus dem Bahnhofsviertel war.

Er überlegte kurz, ob er Stanislav mitnehmen sollte, entschied sich dann aber, allein zu arbeiten. Einen grobknochigen Schläger wie Stanislav im Schlepptau zu haben, war gut, wenn man mit anderen Dealern zu tun hatte. Er aber hatte nur vor, den Kurier aufzuspüren. Er hoffte, dass Jatzek tatsächlich in jedem Kurierfahrzeug einen Peilsender installiert hatte. Aber er musste wissen, welches Auto überfällig war und er musste in Jatzeks Versteck die Kenndaten holen. Normalerweise war es der richtige Weg, alle Informationen und alles belastende Material bei den Dealern zu lagern, so konnte die Spur kaum zu ihm zurückverfolgt werden. Aber nun machte ihm diese Vorkehrung Schwierigkeiten. Das würde eine lange Nacht werden.

Jatzek arbeitete, soweit er wusste, mit drei Leuten. Der erste war ein übergewichtiger Computer-Nerd, der sich damit schnelles Geld für seine technischen Spielereien verdiente. Der zweite Bote war eine arbeitslose Frau mit einem behinderten Sohn. Beide gingen an ihr Telefon und beide versicherten ihm glaubhaft, dass sie am letzten Wochenende keinen Auftrag von Jatzek bekommen hatten. Nur unter der dritten Nummer, sie gehörte einer Freundin seiner Bedienung Jessica, meldete sich niemand. Er setzte sich in seinen schwarzen Porsche und fuhr zur von Jessica angegebenen Adresse. Niemand öffnete, und auch als er die Tür mit seinem Universal-Dietrich aufgesperrt hatte, fand er nichts. Dieser Kurier war also möglicherweise überfällig. Die Wohnung war ein rosa Mädchenzimmer, voll mit Glitzerkram, Plüschtieren und aufgerissenen Kekspackungen. Ostrowni schüttelte sich bei dem Anblick. Die Bude war ein stilloser Saustall, und er hielt sich nicht lange dort auf. Er musste überprüfen, ob diese Chantal Böhmer sein vermisster Bote war – und dazu auch die zweite Adresse checken, die er von Jessica bekommen hatte.

Hinter der Wohnungstür, vor der Pawel Ostrowni kurze Zeit später stand, war lautes Gejohle zu hören. Ostrowni musste öfter klingeln und eine Weile warten, bis Dietmar Böhmer die Tür öffnete. Er hatte gerötete Wangen und glasige Augen in seinem unrasierten Gesicht.

»Heiko?«, fragte Böhmer jovial und schwankte ein wenig am Türpfosten, schrak dann aber zurück.

»Guten Abend, Herr Böhmer«, sagte Ostrowni mit drohendem Unterton. »Ich suche Chantal. Wissen Sie, wo sie ist?«

Böhmer glotzte den geschniegelten Mann vor seiner Tür an. »Sind Se auch von der Polizei?«, wollte er wissen.

Ostrowni folgerte daraus, dass die Polizisten schon hier gewesen waren und machte sich Sorgen. Wenn diese Verbindung bei der Polizei bereits bekannt war, konnte es eng für ihn werden.

»Nein«, sagte er deshalb versöhnlich. »Ich bin ein Freund von Chantal.«

»Ein Freund?« Böhmer fielen fast die Augen aus dem Kopf. Selbst in seinem umnebelten Zustand konnte er doch einschätzen, dass dieser Mann hier vor Geld nur so strotzte. Obwohl Ostrowni die Krawatte abgenommen hatte, stand er immer noch mit einem perfekt sitzenden Anzug und glattgebügeltem Hemd vor ihm.

»Naja, weniger ein Freund als ein Bekannter«, relativierte er. »Ab und zu fährt sie für einen meiner Kunden ein Auto in die Tschechei, Sie wissen schon, weil die Werkstattkosten da um einiges niedriger sind.«

»Na, Sie können sich das ja wohl leisten ...«, murmelte Böhmer und musterte sein Gegenüber. Das Licht im Treppenhaus erlosch. Der Besucher wurde nur noch vom Licht im Wohnungsflur beleuchtet und warf einen langen Schatten. Die Narbe in seinem Gesicht sah bei diesem Licht wie ein dunkler Strich aus. Böhmer schauderte ein wenig und wich in den Flur zurück.

»Wo ist denn nun Chantal? Können Sie mir das sagen? Sie hat am Samstag ein Auto übernommen und es noch nicht zurückgebracht.«

Das Licht im Treppenhaus flammte erneut auf und Ostrowni drängte Böhmer noch weiter in die Wohnung. Aus einem Zimmer am Ende des Flurs drangen mehrere Männerstimmen und dichter Zigarettenrauch.

»Nee, ich hab keine Ahnung«, schnaubte Böhmer. »Deswegen waren die von der Polizei doch da, weil ich de Christine vermisst gemeldet hab.« Er fuhr sich nervös über sein schütteres Haar.

Pawel Ostrowni sah ihn ungeduldig an. »Ich suche keine Christine, sondern Ihre Tochter Chantal!«

Von drinnen rief eine Stimme: »Didi, komm, du bist dran mit Abheben!«

Böhmer wandte sich um: »Komme gleich, Leute. Macht euch noch 'n Bier auf!«

Zu seinem Besucher sagte er: »Dann is de Christine, meine Frau, ja wohl mit der Chantal zusammen in de Tschechei rüber.« Er dachte kurz nach. »Muss ich das der Polizei melden?« Fragend sah er den Mann vor sich an. Irgendwie, fand Böhmer, hatte der was Fieses an sich, obwohl er so geschniegelt war.

»Nein, nein, lassen Sie nur, Herr Böhmer, das muss nicht sein.« Ostrowni verzog seinen Mund zu einem kleinen Lächeln. Sollte er den Kerl vor sich einlullen oder einschüchtern? Er war sich noch nicht ganz sicher.

Ostrowni legte seine rechte Hand auf Böhmers Arm und versuchte kumpelhaft zu klingen. »Wir wollen doch beide nicht, dass unsere Chantal Ärger bekommt, nicht wahr?«

Er rümpfte leicht die Nase. Der Kerl hier roch wie ein überfüllter Aschenbecher, das machte seine Laune nicht besser.

Über Böhmers Gesicht huschte ein dankbares Lächeln. »Oh, prima. Ich muss mich jetzt hier eh schon um alles kümmern, wo de Christine weg ist.« Der Mann im dunklen Anzug nickte grimmig.

»Noch eines, Herr Böhmer«, er machte eine schnelle Bewegung auf Böhmer zu, packte ihn an seinem Kragen und war froh, dass er seine feinen Kalbslederhandschuhe trug. »Wenn Chantal sich meldet oder hier wieder auftaucht, rufen Sie erst mich an. Ansonsten muss ich Ihre

Frau und Ihre Tochter wegen Autodiebstahls anzeigen. Ist Ihnen das klar?«

Die Augen dieses Mannes waren so eiskalt, dass Böhmer vor Schreck fast wieder nüchtern wurde.

Er taumelte zurück, als Ostrowni ihn abrupt losließ.

»Is gut«, stammelte er, »is gut.«

Der Mann steckte ihm eine Karte mit einer Handynummer zu und machte auf dem Absatz kehrt in Richtung Treppe.

Böhmer fühlte sich so eingeschüchtert, dass er erst mal ein frisches Bier und eine Zigarette brauchte. Seinen Kumpels wollte er allerdings nicht erzählen, was ihn so aus der Fassung gebracht hatte. Nach einer Stunde Doppelkopf und zwei weiteren Bieren beschloss er, dass das alles bis morgen warten konnte. Er hatte gerade eine Glückssträhne.

Mittwoch

Es war schon weit nach Mitternacht, als Pawel Ostrowni durch Ottendorf kurvte. Dieses kleine Dorf mit seinen winzigen alten Häusern und steilen Hängen roch geradezu nach hartem Leben und mageren Kühen, genau wie das Dorf im Riesengebirge, in dem er seine ersten fünfzehn Lebensjahre verbracht hatte. Ungeduldig umkurvte er mit seinem Porsche ein Schlagloch nach dem anderen und hatte Mühe, den flachen 911er Turbo S an den Steigungen nicht aufzusetzen. Die Autos seiner Kuriere waren allesamt mit einem kleinen Peilsender ausgestattet, denn der Boss, wie er sich selbst nannte, wusste gern, wo seine teure Handelsware unterwegs war.

Dummerweise hatte er von Böhmers Wohnung in Prohlis erst noch mal zurück in Novotnys Wohnung fahren müssen, um die Kennung für den Peilsender zu holen. Noch war die Polizei nicht bei Jatzek gewesen, so konnte er alles mitnehmen, was in dessen Versteck lag: Geld, Pillen, eine Tüte Crystal, Informationen über die Kuriere und die Daten für die Peilsender.

Das Bild auf seinem Smartphone, das ihm die Fahrtroute seines Kurierfahrzeugs anzeigte, war merkwürdig. Der Wagen war am Samstagnachmittag um 13:30 Uhr von der Grenze kommend ins Kirnitzschtal gefahren und hatte eine Stunde unten an der Buschmühle geparkt. Anschließend war er hinauf nach Ottendorf gefahren. Dort stand das Auto bis kurz vor Mitternacht, dann war es nochmals ein paar hundert Meter weitergefahren, um seither am selben Platz zu verharren. Die Peilung in dem bergigen Gelände war nicht ganz eindeutig, aber Pawel Ostrowni war sich ziemlich sicher, dass Jatzek das Fahrzeug, genau wie er jetzt, durch den Peilsender gefunden hatte. Aber was war dann passiert? Sicher war nur, dass Jatzek jetzt tot war und der BMW neben seiner Leiche stand. Keine Spur vom Kurierwagen, jedenfalls hatten die Polizisten nichts davon erwähnt. Hatten also diese beiden Frauen seinen besten Drogenhändler auf dem Gewissen? Das würden sie ihm büßen, und er freute sich drauf. Unter seinen schwarzen Lederhandschuhen drückten sich die Fingerknöchel ab, bis er wieder lockerließ. Auch wenn die Polizei die beiden und das Auto noch nicht entdeckt hatte – er, der Boss, würde sie finden.

Mit mahlenden Kiefern fuhr er die gewundene Straße weiter, bis er den Feldweg erreichte. Er zögerte weiterzufahren. Hier gab es nichts als magere, abfallende Wiesen und weiter unten einen Waldrand. Im Schritttempo tastete er sich den Feldweg entlang, bis dieser einfach in einer Wiese endete. Das musste in etwa die Stelle sein, an der Jatzek und sein BMW gefunden worden waren. Hier hatte laut seinem Smartphone auch der Pajero gestanden, jedenfalls bis Samstag kurz vor Mitternacht. Er stieg aus, um sich umzusehen. Die Luft war kühl und frisch, ein leichter Wind ließ den Wald rauschen.

Der Blick auf seine GPS-Karte ließ Ostrowni siegessicher lächeln. Das Signal war deutlich. Der Geländewagen war in der Nähe und die Polizei hatte ihn noch nicht gefunden! Es würde ihm ein besonderes Vergnügen sein, den Polizisten die kostbare Ladung direkt vor ihrer Nase wegzuschnappen. Er folgte der Linie zum Waldrand, die das Auto der digitalen Karte zufolge am Samstag kurz vor Mitternacht genommen hatte. Als er am Ende der Wiese angekommen war, schreckte ihn ein Geräusch auf. Ein Reh stürmte plötzlich aus dem Gebüsch an ihm vorbei. Selbst der hartgesottene Ostrowni zuckte kurz zusammen, als das Tier aus dem Nichts sprang. Dann war wieder alles ruhig. Er konnte mehr erfühlen als sehen, dass es hier keinen Weg nach unten gab. Das Gelände fiel steil ab. Der Boden war bedeckt von rutschigem, altem Laub. Die Bäume, die hier wuchsen, hatten dichte Kronen; sie standen wie ein Deckel auf dem Hang. Ab und zu trieb der Wind die Wolken vor dem Mond weg, der dann ein kaltes Licht bis auf die Wiese schickte, auf der er stand. Sollte er tatsächlich mitten in der Nacht durch den Wald streifen? Keine besonders schlaue Aktion. Er fragte sich, wer seinen Pajero verdammt noch mal in den Wald und diesen Abhang hinuntergefahren hatte. Hätte er Stanislav doch lieber mitnehmen sollen? Ostrowni wandte sich zurück zu seinem Porsche, der wie ein UFO oben am Feldweg stand.

Wahrscheinlich war es doch keine gute Idee gewesen, nachts in dieser finsteren Ecke nach dem Auto zu suchen. Er würde tagsüber wiederkommen müssen. Ärgerlich fuhr er zurück zur Straße und wollte sich schon wieder nach links Richtung Sebnitz wenden, als er noch einmal seiner Intuition folgte und nach rechts ins Tal abbog. Wie Pawel gehofft hatte, umrundete er so die Anhöhe, auf der er eben noch gestanden hatte. Das Dorf war menschenleer, die Straße lag da wie tot. Bald schon ließ Ostrowni die letzten Häuser hinter sich und war links und rechts umgeben von steilen Berghängen. Dann tauchte rechterhand ein Waldweg auf. Im Licht seiner Xenonscheinwerfer sah er weiter vorn die Umrisse eines größeren Wirtschaftsgebäudes. War er jetzt unterhalb der Wiese? Schwer zu sagen. Aber die Linie des Peilsenders endete ziemlich genau da, wo der Waldweg hinführte. Das bedeutete, dass das Auto ganz in der Nähe sein musste. Ostrowni lenkte seinen Porsche auf den Waldweg und folgte ihm im Schritttempo bis zu einem kleinen Haus, das am Ende des Weges an den Hang geklebt schien. Das einstöckige Gebäude lag dunkel vor ihm. Die Scheiben waren so blind, dass sie das Mondlicht nicht reflektierten Es war zu dunkel, um zu sehen, ob es bewohnt war oder nicht.

Nachdem sich nichts rührte, stieg Ostrowni aus. Es roch nach Herbstwald und Holzfeuer, merkwürdigerweise auch ein wenig nach Waschpulver.

Er übersprang den Zaun und stieg die Stufen zum Haus hoch. Linkerhand war der Eingang zum Wohnhaus, rechts ging es in einen Stall über. Ostrowni ging nach rechts. Wenn jemand einen Pajero-Geländewagen verstecken wollte, dann ja wohl eher im Stall als im Wohnzimmer. Das Haus war alt, die Farbe blätterte von den Balken ab. Die Sandsteinmauern waren von Moos und Flechten bewachsen. Der Weg am Haus entlang war schmal, aber ausgetreten. Er wurde offensichtlich regelmäßig benutzt. Die Frage war: Wer wohnte hier? Hatte diese Chantal etwa Komplizen, eventuell Leute, die – wie er selbst – eine Waffe bei sich trugen? Wieder bereute Ostrowni es, dass er Stanislav nicht mitgenommen hatte. Aber nun war er schon mal hier und er würde nachsehen, wo sein Auto mit der Lieferung abgeblieben war. Lautlos schlich er um die Ecke. Nach wenigen Schritten stand er an der Rückseite des Hauses vor einem großen, alten Stalltor. Der Mond beleuchtete die Szenerie nur spärlich. Auch hier blätterte die Farbe vom Holz, die Tore waren bauchig, alles sah lächerlich altertümlich aus. An einem alten, rostigen Riegel hing ein läppisches Vorhängeschloss. Diese Vorrichtung könnte er, da war sich Ostrowni sicher, mit bloßen Händen aus dem morschen Holz reißen. Trotzdem ging er zurück zum Porsche und holte sein Stemmeisen aus dem Kofferraum. Er war schließlich der Boss und würde sich ganz bestimmt keinen Schiefer in seine manikürten Hände ziehen. Bevor er den Kofferraumdeckel vorsichtig wieder zudrückte, sah er sich noch einmal um. Es regte sich absolut nichts, weder im Wald noch im Haus. Nur ein einsames Käuzchen rief in der Dunkelheit.

»Grässliche Gegend«, murmelte er, stieg wieder die Stufen hoch und ging um das Stallgebäude herum. Als er vor dem alten Holztor stand, warf er noch mal einen Blick auf sein Smartphone. Der Empfang war mehr als mäßig, aber die Linie des Peilsenders endete eindeutig ein wenig abseits von der Stelle, an der er stand.

Nachdem sich seine Augen an die Dunkelheit gewöhnt hatten, konnte er in der angezeigten Richtung einen freistehenden Holzschuppen erkennen, der an den steilen Hang gebaut war. Zögernd wandte sich der Boss dem Verschlag zu und stieg mit dem Stemmeisen in der einen und dem Mobiltelefon in der anderen Hand die unregelmäßigen, von Gras überwucherten Stufen hoch. Der Schuppen war rechts und links eingewachsen von dornigem Gestrüpp, soviel konnte man erkennen, und er hing ziemlich schief.

Ostrowni konnte sich beim besten Willen nicht vorstellen, wie man einen Mitsubishi Pajero in diese am Hang hängende Holzhütte bugsieren sollte, aber der Peilsender war definitiv da drinnen. Das Schloss am Holztor war genauso alt und rostig wie am Stallgebäude.

Geschickt klemmte Ostrowni das Stemmeisen zwischen Tür und Türstock und drückte dagegen. Die einfache Holztür bewegte sich nur langsam und knirschend in ihren Angeln. Das machte den Boss ernsthaft wütend.

Sollte er hier wegen eines windigen Schuppens tatsächlich ins Schwitzen kommen? Er setzte das Stemmeisen nochmals an und warf sich mit seinem ganzen Gewicht und aller Kraft dagegen.

Pawel Ostrowni staunte nicht schlecht, als die Holztür daraufhin mit lautem Krachen aus den Angeln sprang. Ihm kam nicht nur sein ziemlich verbeulter Pajero entgegen, sondern das Jüngste Gericht.

Detlef Watzke schreckte nach nur zwei Stunden Schlaf hoch. Ihm war, als hätte ein Krachen und Scheppern die Stille der Nacht zerrissen. Oder hatte er das nur geträumt? Er sah auf seinen Wecker: Es war 1:46 Uhr. Das war normalerweise die Zeit, in der er arbeitete. Seufzend setzte er sich auf und überlegte, was er tun sollte. An Schlafen war nicht mehr zu denken, er fühlte sich hellwach und unruhig. Er öffnete das Fenster und lauschte, aber nichts war zu hören.

Schließlich stand Watzke auf und tappte im trüben Schein der Flur-Lampe nach unten in die Küche. Seine frisch gewaschenen Sachen waren noch klamm. Er fand ein Hemd, das fast trocken war, und bei der Hose war es ihm ohnehin egal. Obwohl er es nicht erwartet hatte, freute er sich über den frischen Geruch seiner Kleider. Mr. Pilecross fiel ihm ein, der ihm und seinen Mitschülern im Internat gepredigt hatte, dass ein Gentleman immer ordentlich und sauber zu sein habe. Das war vor über dreißig Jahren gewesen und Watzke hatte ewig nicht mehr an seine Schulzeit gedacht.

Wahrscheinlich passierte das, weil er nun den nächsten entscheidenden Schritt in seinem Leben tun würde: völlig abtauchen. Er verstaute sorgfältig seine Kleider in eine Plastiktüte und trug sie hinaus in den Flur, wo schon der gepackte Rucksack stand. Dabei fiel sein Blick durch die Scheibe in der Eingangstür hinaus auf die Straße – und Watzke traf fast der Schlag.

Vor dem Haus stand ein dunkler Porsche.

Watzkes Puls war im Nu bei hundertachtzig und er konnte fühlen, wie die Schlagader an seinem Hals hämmerte. Mit all seinen Sinnen versuchte er herauszubekommen, ob sie jetzt da waren. Aber weder rührte sich draußen im Tal etwas, noch konnte er drinnen ein Geräusch ausmachen. In seinem Kopf ging es wild durcheinander. Wer waren die und was wollten sie von ihm? Wie kam er jetzt noch ungesehen aus dem Haus? Besaß er eine Waffe, um sich zu verteidigen? Was hatte ihn verraten?

Nach einer gefühlten Ewigkeit ließ Watzke vorsichtig die Plastiktüte mit den Kleidern neben sich auf den Boden gleiten. Ohne ein Geräusch zu machen schlich er auf den ausgetretenen Steinfliesen zurück in die Küche. Aus der Schublade holte er das Brotmesser. Eine bessere Waffe, um sich zu verteidigen, hatte er nicht. Er würde es benutzen, falls es nötig war.

Er schlich zurück in den Flur, aber nach wie vor war nicht das leiseste Geräusch zu hören. Lediglich sein eigener Herzschlag und seine stockenden Atemzüge drangen an Watzkes Ohr. Er schlüpfte in seine derben Stiefel, zog sich die warme Jacke über und griff sich das Messer. Lautlos öffnete er die Haustür. In die Stille knallten das Geräusch einer zerberstenden Holzlatte und danach ein blechernes Quietschen.

Watzke wusste, was das bedeutete: Sie waren da. Er schloss die Tür wieder und stand unschlüssig im Flur.

Sollte er es wagen? In Windeseile überflog er seine Optionen: Hierbleiben konnte er auf keinen Fall. Sie würden ihn finden. Er würde in jedem Fall auffliegen.

Hinausgehen und riskieren, dass sie ihn stellten? Er wog das Brotmesser in seiner Hand. Keine besonders gute Waffe, aber doch ein Argument, ihn in Ruhe zu lassen. Welche Möglichkeiten hatte er noch? Sich im Stall verstecken? Negativ. Vor zur Straße rennen? Negativ. Hilfe holen? Negativ.

Er entschloss sich, sofort zu verschwinden. Fieberhaft ging er in Gedanken die Ausrüstung durch. Hatte er alles, was er brauchte? Sein Puls raste immer noch. Es fiel ihm schwer, sich zu konzentrieren. Dann schüttelte er sich und zwang sich zur Ruhe. Da ihm Sicherheit über alles ging, hatte er gründlich vorgearbeitet. Er wusste, dass er sich auf sich selbst verlassen konnte. Die einzige Aufgabe, die er jetzt noch hatte, war, ungesehen abzutauchen. Er nahm den Rucksack auf den Rücken, die Tüte mit den Kleidern in die linke und das Messer in die rechte Hand. Eine Weile stand er so vor der geschlossenen Haustür und spähte hinaus. Nichts regte sich. Ob sie irgendwo im Hinterhalt auf ihn lauerten?

Vorsichtig löste er den Riegel und drückte die Klinke herunter. Die oktoberkühle Nachtluft empfing ihn mit dem leisen Rauschen der Baumwipfel. Eine Weile stand er im Eingang, doch nachdem kein Geräusch zu vernehmen war, schlich er leise am Haus entlang nach hinten. Der schwarze Porsche war leer. Watzke sah, dass er ein Dresdner Kennzeichen hatte. Vorsichtig lugte er um die Hausecke. Das Stalltor war verschlossen. Im Hintergrund konnte er undeutlich erkennen, dass der alte Holzschuppen zusammengebrochen war.

Von dort hörte er ein menschliches Geräusch.

Watzke atmete tief durch und nahm all seinen Mut zusammen. Er packte das Messer fester mit der rechten Faust. Nichts und niemand würde ihn jetzt noch aufhalten.

Als Leo am Mittwochmorgen in sein Büro kam, wartete Sandra nervös vor seinem Schreibtisch, während Laika freudig mit dem Schwanz wedelte.

»Unser Suchaufruf hat geholfen«, verkündete sie. »Zwei Zollbeamte, die beim Grenzübergang in Schmilka Dienst schieben, haben die beiden Frauen erkannt. Sie sagten aus, dass sie Mutter und Tochter ein- bis zweimal im Monat auf einem Kurztrip nach Tschechien sehen würden. Ob sie letztes Wochenende auch dahin unterwegs waren, können sie allerdings nicht hundertprozentig beschwören.«

»Hast du dich bei unserer böhmischen Konkurrenz erkundigt?«, fragte Leo, während er seine Jacke in den Schrank hängte.

»Nee, aber ich habe den russischen Geheimdienst angezapft«, sagte Sandra und rollte mit den Augen.

»Such dir einen anderen Spielplatz für dein Baby«, grollte Leo. Er schob Laikas Kopf aus seinem Schrank.

»Also, es gibt keine Nachrichten über einen Autounfall, keine Berichte über Frauen, die in ein Krankenhaus eingeliefert wurden, keine Meldungen über zwei Frauen, auf die die Beschreibung in etwa passt, bei denen irgendwas Polizeirelevantes vorgefallen wäre. Die sind wie vom Erdboden verschluckt.«

»Hm.« Leo ließ sich auf seinen Stuhl fallen und schaltete den Computer ein. »Wozu fahren die beiden denn alle paar Wochen in die Tschechische Republik? Haben die da Verwandte? Gibt es da was Besonderes?«

»Böhmische Knödel!«

»Was?«, Leo hob den Blick vom Bildschirm und sah Sandra an. »Wegen Knödeln fahren die nach Tschechien?«

Sandra lächelte mitleidig. Heute trug sie Jeans und einen blauen Pulli, eine echte Verbesserung zum gestrigen Öko-Outfit, wie Leo feststellte.

»Warst du noch nie auf dem Tschechenmarkt?«, fragte sie erstaunt.

»Bitte, wo?«

»Das ist 'ne echte Bildungslücke«, stellte Sandra fest. »Jetzt bist du schon fast ein Jahr in Dresden und kennst eine der beliebtesten Shopping-Meilen noch nicht. Los, wir fahren an die Grenze und hören uns da mal um. Wenn die beiden da öfter einkaufen waren, kennt die bestimmt jemand.«

»Moment mal«, Leo ging das alles zu schnell, »ich muss erst noch mit Sascha reden. Wenn es etwas Neues in unserem Fall mit dem Toten in Ottendorf gibt, kann ich dich nicht begleiten.« Insgeheim hoffte er, dass er um diese Fahrt herumkäme. Sandra war ihm einfach zu anstrengend.

Die baute sich jetzt mit in die Hüfte gestemmten Armen vor seinem Schreibtisch auf:

»Mein Fall mit den beiden vermissten Frauen hat natürlich Priorität! Die leben hoffentlich noch und sind eventuell in höchster Gefahr. Möglicherweise sind sie Mädchenhändlern in die Hände gefallen. Euer Kandidat ist schon tot, da können die Ermittlungen auch noch ein paar Stunden warten. Los, komm schon!« Wie zur Bekräftigung bellte Laika und sprang zur Tür.

Leo zog seine Jacke wieder an. Er folgte Sandra auf den Flur hinaus. Beim Vorbeigehen klopfte er an Saschas Tür: »Morgen, Sascha, gibt es was Neues im Fall Jatzek Novotny?«

Der sah kurz auf und schüttelte den Kopf. »Nö. Die Spurensicherung hat noch nichts im Auto gefunden und die Beamten, die die Wiese um den Fundort herum durchkämmt haben, auch nicht. Ich kümmere mich gleich mal um eventuelle Kontaktpersonen von Novotny.«

Sascha leierte das so teilnahmslos herunter, dass es selbst für ihn auffällig war. Leo hätte darauf wetten können, dass sein Kollege mehr mit seiner Wohnungssuche und seinem Weltschmerz beschäftigt war als mit ihrem aktuellen Fall.

Die Strecke über die Autobahn nach Pirna und von da weiter auf der Landstraße über Königstein nach Bad Schandau war Leo nach dem Mordfall im Sommer schnell wieder vertraut. Jetzt im Oktober hingen allerdings dichte Nebelfelder über den markanten Tafelbergen Königstein und Lilienstein. Die Wälder dagegen leuchteten prächtig in Rot und Gelb.

»Wo fahren wir jetzt noch mal hin?«, fragte Leo, der die gesammelten Unterlagen zum Fall Böhmer auf dem Schoß liegen hatte. Er blätterte darin herum.

»Zum Tschechenmarkt nach Hřensko«, antwortete Sandra knapp. »Wenn du das siehst, weißt du sofort, warum die zwei Frauen da öfter hingefahren sind. Wart's ab.«

Leo hatte seine Lederjacke über die zerfledderte Kopfstütze gehängt, aber das war unbequem, daher vermied er es, den Kopf anzulehnen.

»Hast du Richter schon gebeichtet, was dein Hund hier angerichtet hat?«, fragte er mit einem Wink Richtung Kopfstütze.

»Jetzt sei doch nicht so ätzend«, maulte Sandra. »Laika ist noch ein Baby, da passiert halt mal was. Ich finde es gut, diese Erfahrung mit dem Hund zu machen. Ich werde nächsten Monat immerhin schon dreißig.«

Der Zusammenhang erschloss sich Leo nicht gleich. Er studierte Sandras Profil, bis der Groschen gefallen war. »Ah, du hörst das Ticken deiner biologischen Uhr? Du machst das als Vorübung?« Er drehte sich zu Laika um, die ihn erwartungsvoll von der Rückbank aus ansah. »Hätte es da nicht auch was Kleineres getan, ein Hamster oder von mir aus ein Mops?«

»Nein. Wenn schon, denn schon. Ich mache keine halben Sachen! Olli findet das auch richtig. Außerdem brauchen wir einen Hund, mit dem man lange Strecken wandern kann.«

»Aha.« Leos Aufmerksamkeit wanderte wieder zu den Unterlagen auf seinem Schoß.

»Die Theorie mit dem Mädchenhändler kannst du glatt vergessen«, sagte er, nachdem er nochmals die Fotos der beiden Frauen studiert hatte. »Die Mutter ist zu alt dafür, die Tochter zu dick.«

»Spinnst du?« Sandra warf ihm einen grimmigen Blick zu. »Es kommt doch nicht darauf an, ob dir die Frauen gefallen! Die beiden sind weiblich und damit potentielle

Opfer für jede Menge von Perversen, die in der freien Wildbahn herumlaufen. Vielleicht sitzen sie im Keller von so einem durchgeknallten Kerl, der die beiden wie Sklavinnen hält. Oder sie müssen in einem tschechischen Puff arbeiten. Vielleicht kommt ja auch noch ein Erpresserbrief.«

»In einem tschechischen Puff, ja?«, fragte Leo mit vor Ironie triefender Stimme. »Wir haben hier Mädchenhandel in die andere Richtung, falls dir das entfallen sein sollte. Frauen aus dem Ostblock werden nach Deutschland in die Etablissements geschafft, nicht umgekehrt. Oder denkst du, die eröffnen mit den beiden Damen eine Anlaufstelle für sächsische Freier, damit die keine Sprachprobleme haben, wenn sie Sonderwünsche anmelden oder einen Plausch halten wollen?«

Sandra fuhr inzwischen hinter Bad Schandau an der Elbe entlang. Einige Radfahrer tummelten sich neben ihnen auf dem Elberadweg, der Fluss daneben sah im trüben Herbstwetter graugrün und schmutzig aus.

»Ich habe den Eindruck, du hast kein großes Interesse, diese Frauen zu finden«, sagte Sandra kühl. »Du interessierst dich ja auch nicht wirklich für Frauen, stimmt's?«

»Wie bitte?« Leo klappte die Mappe zu.

»Frauen sind für dich doch nur Mittel zum Zweck, keine gleichberechtigten Lebewesen.« Leo schluckte. So was warf ihm Sandra einfach vor die Füße. Allerdings musste er zugeben, dass er es den Sommer über ziemlich bunt getrieben hatte. Sandra hatte seine wechselnden Liebschaften am Rande mitbekommen. Sie hatte auch erlebt, dass er eine seiner Eroberungen ziemlich brüsk abservierte, als die ihm zu nahe kam. Aber diese Bestätigung hatte er für sein waidwundes Ego gebraucht.

Sandra folgte weiter der Straße nach Schmilka, bis der ehemalige Grenzposten vor ihnen auftauchte.

»Hier haben die Leute früher stundenlang Schlange gestanden«, versuchte Sandra die peinliche Stille zu durchbrechen. »Ein Trabbi am nächsten, mit einer gewaltigen Auspuffwolke über dem Elbtal. Hřensko, auf Deutsch Herrnskretzschen, liegt an der Kamenice, der Ort ist der niedrigste in ganz Böhmen und oft vom Hochwasser betroffen.«

Die Straße lag eingezwängt zwischen der Elbe rechterhand und hochaufragenden Sandsteinwänden auf der anderen Seite. Nach dem Grenzübergang tauchten bald die ersten Häuser von Hřensko auf. Sandra parkte den Wagen gleich links am Straßenrand und deutete nach vorn: »Da ist der Tschechenmarkt.«

Leo staunte. Hier ging es zu wie auf einem Jahrmarkt, wobei das wohl eine Dauereinrichtung zu sein schien. Entlang der Straße und um die Ecke herum ins enge Tal der Kamenice stand eine Verkaufsbude an der nächsten. Gartenzwerge, Vogelhäuschen, T-Shirts, Baseball-Caps, alle mit wohlklingenden Designernamen, Schuhe, Socken in Zehner-Packungen, dazwischen Zigaretten, billige Parfums und überall asiatisch aussehende Menschen, die das alles verkauften.

»Wo kommen die denn her?«, fragte Leo irritiert. Seit seinem Fehltritt in Thailand war er nicht gut auf Asiatinnen zu sprechen.

»Das sind Vietnamesen. Die kommunistischen Länder haben gewissermaßen Personal ausgetauscht und viele Vietnamesen sind nach dem Mauerfall und dem Zusammenbruch der kommunistischen Systeme in der Tschechischen Republik geblieben. Der Grenzhandel ist fest in ihrer Hand. Was hier verkauft wird, kommt aus Vietnam und anderen asiatischen Ländern.«

Sandra holte die Fotos von Chantal und Christine Böhmer aus der Mappe und ging auf die erste Verkäuferin in einem T-Shirt-Stand zu. Laika zog heftig in die andere Richtung und Sandra hätte beinahe die komplette Mappe fallen lassen.

Leo stand ungerührt daneben.

»Hier, nimm du den Hund!« Sandra drückte ihm energisch die Leine in die Hand und wandte sich an die kleine Vietnamesin.

Laika machte einen Satz und zog Leo fast von den Beinen, aber er ließ nicht los. »Na warte«, dachte er, schließlich kannte er sich mit Hunden aus. Sein Onkel Josef in Fürstenfeldbruck hatte, seit er denken konnte, immer einen Schäferhund gehabt. Jeder einzelne hatte Seppi geheißen, der jetzige dürfte Seppi der Sechste sein. Leo nahm die Leine straff, zwang Laika, ihn anzusehen, und sagte laut und deutlich: »Bei Fuß!« Laika sah ihn zunächst nur interessiert an, ging schließlich aber brav neben ihm her. Die beiden folgten Sandra in den nächsten Verkaufsstand. Dort wurde sie sofort von einer älteren Asiatin abgewimmelt und weitergeschickt.

In der angrenzenden Bude zeigte sie wieder die Fotos der Frauen vor. Aus den Augenwinkeln beobachtete Leo, dass aus dem ersten Verkaufsstand ein junger Mann auftauchte, der mit einem letzten gehetzten Blick auf Sandra auf ein Fahrrad sprang und lossprintete.

Leos Instinkt sagte ihm, dass das kein Zufall war. Er machte kehrt und rannte dem Fahrrad hinterher, Laika galoppierte begeistert mit. Der Fahrradfahrer verließ das enge Tal der Kamenice und wandte sich nach links Richtung Děčín. Er hatte schnell gemerkt, dass Leo ihm auf den Fersen war, und trat wie ein Verrückter in die Pedale. Leo sah ihn um eine Kurve verschwinden.

Ärgerlich kehrte er zu Sandra zurück. »Was war denn los?«, fragte sie verwundert.

»Da ist einer losgezogen, um irgendjemanden zu warnen«, keuchte Leo immer noch atemlos. »Sofort, nachdem du aus dem Laden raus warst, ist er losgespurtet. Das war kein Zufall.«

»Tatsächlich?« Sandra zog die Stirn kraus. »Bisher haben mir alle gesagt, dass sie die beiden nicht kennen und keine Erinnerung an sie haben. Aber wenn deine Beobachtung richtig ist, dann sind die Frauen wahrscheinlich hier. Los, wir gehen noch mal zurück.«

In der Verkaufsbude, aus der der junge Vietnamese gekommen war, stand die gleiche Frau, mit der Sandra vorhin gesprochen hatte. Sie war abweisend, als Sandra wieder bei ihr auftauchte. Leo trat auf sie zu, hielt ihr die beiden Fotos vor die Nase und fragte: »Wann waren die beiden Frauen das letzte Mal hier?« Die warm verpackte, etwa vierzig Jahre alte Vietnamesin schüttelte unwillig den Kopf. »Ich nicht kennen«, sagte sie in gebrochenem Deutsch. »Sie jetzt gehen!«

»Warum hatte es der Mann so eilig, der eben hier herauskam?«, fragte Leo.

Die Vietnamesin presste die Lippen zusammen. Schließlich sagte sie. »Ich nicht verstehen. Sie gehen.« Mit deutlichen Handbewegungen unterstrich sie die Aufforderung. Inzwischen waren drei weitere Standbesitzer, alle augenscheinlich asiatischer Abstammung, dazugekommen. Sie standen drohend im Eingang und machten grimmige Gesichter.

»Wir sind Polizisten aus Deutschland«, sagte Sandra. »Helfen Sie uns doch bitte, diese Frauen zu finden. Sie werden seit Sonntag vermisst.«

Einer der Männer trat einen Schritt vor und sagte: »Hier Tschechische Republik. Sie Deutschland. Sie nichts sagen hier. Gehen Sie!«

Leo war erstaunt, wie offensiv die Leute wurden, und beschloss, nichts zu riskieren.

Nach einem Blick auf Sandra, die ebenfalls verblüfft und etwas eingeschüchtert wirkte, packte er die Fotos weg und nahm seine Kollegin am Arm. »Komm, wir gehen. Das hat keinen Zweck. Die werden uns nichts sagen.« Sie zwängten sich an den vier Männern im Eingang vorbei und gingen zurück zu Sandras Dienstwagen.

»Wir sollten in die nächste tschechische Polizeistation fahren und uns Unterstützung holen«, sagte Sandra.

Leo schüttelte den Kopf. »Du musst den offiziellen Dienstweg gehen. Es gibt eine gemeinsame Arbeitsgruppe aus tschechischen und deutschen Polizisten am Grenzübergang in Gottleuba-Petrovice.«

»Hier ist irgendwas faul«, stellte Sandra fest und warf einen letzten Blick zurück ins Tal der Kamenice.

»Das Gefühl habe ich auch«, bestätigte Leo, »aber es könnte auch ganz andere Gründe haben, dass die so unfreundlich sind. Da liegen ja jede Menge Sachen mit gefälschten Designer-Logos herum, das allein ist für den Zoll ja schon interessant. Wahrscheinlich bekommen die hier regelmäßig Besuch von den Beamten.«

»Nein, das glaube ich nicht«, entgegnete Sandra. »Die Imitationen sind so schlecht, das glaubt kein Mensch, dass das Sachen von berühmten Designern sind.« Sie scheuchte Laika wieder auf die Rückbank und setzte sich ans Steuer. »Aber diese Frau, die vorher ganz normal mit mir geredet hat, behauptete einfach, dass sie uns nicht versteht. Das ist schon irgendwie verdächtig, oder?«

»Allerdings.« Leo nickte. Seit seinem Ausrutscher mit der thailändischen Bardame war er sowieso der Meinung, dass man asiatischen Frauen nicht trauen durfte. Erst lächeln sie einen an und versprechen das Blaue vom Himmel. Doch wenn sie haben, was sie wollen, lassen sie jeden über die Klinge springen.

Kaum waren sie über den Grenzübergang wieder in Schmilka angekommen, zeigte Sandras Handy einen verpassten Anruf an.

»Soll ich die Mailbox abhören?«, fragte Leo. Sandra nickte.

»Du sollst im Sekretariat bei Frau Kerschensteiner anrufen.« Leo war baff. »Es gibt drei Meldungen zum Verbleib der beiden Böhmer-Damen.«

Helga Dünnebier hatte die Aufregung im Dorf in vollen Zügen genossen. Jeder wollte von ihr ganz genau wissen, wie sie die Leiche am Montagmorgen gefunden hatte. Seit die Polizei dagewesen war, kam sie zu nichts mehr. Heinrich, ihr Mann, hatte sich bitter beklagt, dass es nichts Ordentliches mehr zu essen gab, aber wieso sollte sie sich zum Kochen in die Küche stellen, wenn es so viel Aufregenderes zu tun gab? Das Wohnzimmer war ständig voll mit Leuten, die ganz zufällig, mit Kuchen unter dem Arm, vorbeischauten, nachdem sie gehört hatten, dass Helga Dünnebier einen Toten gefunden habe ... So ging das den ganzen Montagabend und den Dienstag, und die Krönung war der Besuch von zwei Reportern des Morgenblatts gewesen. Weil sie die Geschichte nun schon ein paar Dutzend Mal erzählt hatte, begann sie, das Ganze etwas auszuschmücken.

Sie erzählte dem Reporter, dass der Tote übel zugerichtet gewesen sei. »Also wie nach einer großen Schlägerei?«, fragte der junge Mann und schaute sie erwartungsvoll an. Helga zögerte, aber beschloss dann, dass es ja nun auch schon egal sei, tot war tot.

»Nu, der war total voll blauer Flecke und hatte soo eine Beule am Kopf.« Sie deutete an ihre Stirn.

»Schusswunden?«, fragte der Reporter begierig.

»Keine Ahnung«, sagte Helga Dünnebier, »ich bin doch kein Doktor. Außerdem hatte der 'ne dicke Lederjacke mit Fransen an.«

»Blutspuren?«, wollte der Reporter wissen.

Helga zuckte mit den Schultern: »Hatte ja de ganze Nacht geregnet, da sieht man so was doch ni mehr.« Der junge Mann schrieb eifrig. »Aber es könnte sein, oder?«

Helga Dünnebier nickte zögernd.

»Was haben Sie gedacht, als Sie den Mann da so liegen sahen?«

Die alte Dame regte sich unbehaglich. Ja, was hatte sie gedacht? Dass da ein Besoffener seinen Rausch ausschlief? Das war nichts, was man diesem Reporter erzählen konnte. Sie war vielleicht nicht mehr die Schnellste, aber blöde war sie ganz bestimmt nicht.

»›Heilige Minna!‹, hab ich gedacht, ›das is ja wie in 'nem Krimi bei den Amis, wo die Gangsterbanden aufeinander losgehen.«

»Ein Gangsterkrieg?«, darauf sprang der Reporter sofort an.

»Der eine Polizist hat gesagt, der Tote sieht aus wie ein Drogensüchtiger«, erinnerte sich Helga Dünnebier.

»Frau Dünnebier«, lobte der Reporter, »Sie sind ein echtes Goldstück!«

Beim anschließenden Foto wollte der Fotograf Heinrich Dünnebier mit auf dem Bild haben, aber Helga wehrte sich entschieden. »Das is meine Geschichte, ganz alleine. Da hat der Heinrich gar nichts mit zu tun.« Also knipste der Fotograf eine Serie von Helga Dünnebier in ihrem Wohnzimmer und draußen auf der Wiese, wo sie mit wichtiger Miene auf die noch immer abgesperrte Stelle zeigte, wo sie den Toten gefunden hatte.

Das war am Dienstag gewesen und sie hatte heute, am Mittwoch, das Gefühl, dass es jetzt langsam reichte mit dem ganzen Trubel. Sie war müde und überreizt und nachts konnte sie nicht mehr gut schlafen, weil ihr ständig die Fragen der Leute durch den Kopf gingen.

Am Mittwochnachmittag beschloss sie, endlich die Pilze vom Montag zu braten. Sie suchte und fand den Korb in der Garderobe im Flur, doch ihr Fund war inzwischen matschig geworden und roch streng. Missmutig brachte sie den Korb hinaus auf den Komposthaufen und kippte die ganze Ladung weg. Dabei hatte sie nun schon seit dem Wochenende Lust auf Pilze mit Kartoffelpüree.

Die Sonne schien warm vom Himmel und Helga beschloss, dass es ihr guttun würde, nach all dem Trubel wieder allein in den Wald zu gehen, die Stille zu genießen und nach Pilzen Ausschau zu halten.

»Heinrich, ich geh in de Pilze.«, rief sie wie üblich ins Wohnzimmer hinüber, wo ihr Mann über der neuesten

Ausgabe des Morgenblatts brütete. »Drogenkrieg im Kirnitzschtal: Beherzte Rentnerin findet totgeprügeltes Opfer«, las er gerade. Seit er die Überschrift und das Foto seiner Frau auf der Titelseite gesehen hatte, sprach er kein Wort mehr mit ihr.

Helga Dünnebier zog sich die Jacke an, nahm sich ihren Pilzkorb und das kleine Messer und marschierte erleichtert hinaus in den Wald.

Zwei Stunden später, als es zu dämmern begann, kam sie mit einem Korb voller Braunhedel, ein paar Pfifferlingen und drei prächtigen Steinpilzen zurück. Heinrichs Laune besserte sich schlagartig bei diesem Anblick. »Ich geh mal Kartoffeln holen«, bot er an. Helga Dünnebier setzte sich an den Küchentisch und begann die Pilze zu putzen, während Heinrich, über die Küchenspüle gebeugt, eine Kartoffel nach der anderen schälte.

»Du, Heinrich ...«, begann Helga Dünnebier etwas zögerlich.

Er drehte sich um. So einen Ton hatte er von seiner Frau seit Tagen nicht vernommen.

»Ich hab da was im Wald gesehen, was vorher ni da war.«

Heinrich schaute sie entgeistert an: »Wieder 'ne Leiche?«

Helga Dünnebier wehrte ab. »Nee, nee. Ni so was. Da is ein Loch, wo vorher keins war.«

»'N Loch?«, wunderte sich Heinrich Dünnebier.

»Nu, groß wie 'ne Scheunentür, einfach so, mitten im Wald.« Helga sah ihren Mann erwartungsvoll an.

»War was drin?«, fragte der.

»Nee, nichts. Bloß Dreck. Was meinst du, soll ich das der Polizei melden?«

Heinrich Dünnebier drehte sich um und wandte sich wieder den Kartoffeln zu. »Nun hast du in Ottendorf den Drogenkrieg angezettelt, da brauchst du denen ni mit 'nem Loch kommen«, sagte er.

Helga Dünnebier hatte das Gefühl, dass ihr Heinrich damit nicht ganz falsch lag.

»Hast recht«, sagte sie versöhnlich. Nach der Hektik und dem Streit der letzten Tage waren sie endlich mal wieder einer Meinung. Vor ihr lag ein bildschönes Braunhedel mit hellgelbem Stil und einer tiefbraunen Kappe, so schön, dass man es nicht besser hätte malen können. Sie schnitt es durch, sog den würzigen Duft des frischen Pilzes ein und hoffte, dass sie trotz allem noch ein wenig auf dieser belebenden Ruhmeswoge schwimmen möge in Ottendorf.

Die erste Meldung über den Verbleib von Mutter und Tochter Böhmer fand Sandra völlig absurd. Die beiden seien im April gemeinsam mit der Anruferin auf einem Luxuskreuzfahrtschiff in der 1. Klasse im Mittelmeer unterwegs gewesen. Die Arztwitwe aus Leipzig war sich ganz sicher, dass es sich dabei um die beiden vermissten Frauen gehandelt habe, die sie eben in der Zeitung entdeckt hatte. Sandra notierte sich die Reederei und den Termin und versprach, dem nachzugehen. Der zweite Anruf kam aus Dresden und stammte von einer gewissen Jessica Schwarz. Sie habe auf dem Zeitungsfoto Chantal Böhmer erkannt. Chantal sei eine entfernte Bekannte.

Sandra erreichte Jessica Schwarz auf ihrem Handy. Jessica erzählte, dass sie Chantal einen Job in einem Dresdner Nachtclub besorgt hätte, aber die Gäste hätten da sehr ungut auf ihre etwas üppige Figur reagiert. Sie sei nur drei Nächte da gewesen. Seither sehe sie sie nicht mehr oft. Sandra notierte sich die Nummer des Nachtclubs und legte ein ordentliches Telefonprotokoll an. Dieser Spur würde sie dringend am Donnerstag nachgehen müssen. Die nächste Meldung klang wieder etwas skurril. Eine Frau von Köckritz meldete, dass Chantal Böhmer jeden Montagabend als Pizzabotin bei ihren Nachbarn erscheine. »Stellen Sie sich das mal vor«, eiferte sich die Anruferin. »Jeden Montag essen die Pizza! Wahrscheinlich können die wie alle jungen Leute heutzutage nicht mehr kochen. Erstaunlicherweise sind die immer noch ziemlich dünn, aber das kann ja nicht mehr lange dauern, bis die auseinandergehen wie so ein Hefekuchen.«

»Sind Sie sicher, dass es sich bei der Pizzabotin um Chantal Böhmer handelt?«, fragte Sandra skeptisch. »Unserer Information nach arbeitet Frau Böhmer als Bedienung, nicht als Pizzabotin.«

»Oh, da bin ich mir aber ganz sicher«, behauptete Frau von Köckritz mit fester Stimme. »Was ist das überhaupt für ein Name, Chantal? So kann man doch höchstens seinen Rehpinscher nennen, also wirklich! Würden Sie Ihre Tochter Chantal nennen?« Sandra stutzte kurz. Würde sie? Aber sie fing sich sofort wieder.

»Frau von Köckritz, das tut doch jetzt nichts zur Sache. Seit wann haben Sie beobachtet, wie Chantal Böhmer Pizza ausliefert?«, wollte Sandra mit Nachdruck wissen.

»Die steht seit Januar jeden Montag bei meinen Nachbarn vor der Tür und liefert die Kartons ab. Ich sehe das jeden Montag, weil ich um diese Uhrzeit zum Bridge-Abend gehe.«

»Ich komme morgen bei Ihnen vorbei, Frau von Köckritz.«

Gedankenverloren legte Sandra den Hörer zurück.

Eine nasse Nase schob sich auf ihren Schoß. Laika schaute sie erwartungsvoll an und fiepte. Sandra schüttelte den Kopf und sah zur Uhr. »Du musst noch eine halbe Stunde aushalten, Laika«, sagte sie streng, »vorher kann ich nicht nach Hause gehen.« Sie tippte ihren Bericht über die Telefonate und missachtete das Winseln, das aus der Ecke kam. Sie durfte den Hund nicht zu sehr verwöhnen, sagte sie sich. Als sie endlich aufsah, war es wieder ruhig.

In der Ecke neben ihrem Schrank entdeckte sie allerdings eine Pfütze. »Ach, Laika!«, stöhnte Sandra, »du wirst doch mal zwei Stunden lang aushalten können.«

Ärgerlich holte sie Papiertücher aus dem Schrank und wischte die Pfütze auf. Wie sollte sie das jahrelang mit einem Säugling und Kleinkind durchstehen, wenn sie nach vier Tagen mit dem Hund schon genervt war? Sandra kramte die Pro-und-Contra-Liste zum Thema Kind aus ihrer Schublade und schrieb auf die Contra-Seite: Windeln wechseln ist eklig. Dummerweise standen auf der Contra-Seite schon drei Punkte mehr als auf der Pro-Seite.

Kriminalkommissar Leo Reisinger war kurz vor sechs noch seinem Chef Reinhard Richter in die Arme gelaufen: »Na, Reisinger, was gibt es im Fall von diesem Toten in Ottendorf? Wie weit sind Sie?«

Leo seufzte. Tja, wie weit waren sie? Ganz am Anfang. »Bisher haben wir noch nicht viel Konkretes, Chef. Wir wissen, dass der junge Mann im Dresdner Drogenmilieu als Dealer unterwegs war, aber nicht, wieso er da draußen war und wieso er da überfahren wurde.«

»Wie, das ist alles?«, brummte Richter unzufrieden.

»Sascha Pröve und ich arbeiten intensiv an dem Fall, aber Sie haben mir ja auch noch Sandra Kruse und ihre Vermisstenanzeige aufgebrummt. Es ist wirklich ein bisschen viel für nur zwei Leute.«

»Na, jetzt hören Sie aber mal auf zu jammern«, posaunte Richter durch den langen Flur. »Sie kommen frisch aus dem Urlaub und schon ist Ihnen alles zu viel! Das Arbeiten habt ihr Bayern aber auch nicht erfunden, was?«

Grinsend über diesen in seinen Augen gelungenen Witz machte sich Richter auf den Weg in sein Büro. Leo stand da wie ein begossener Pudel und wollte nur noch nach Hause.

Da ging es ihm aber auch nicht viel besser. Die noch immer nicht ausgepackte Reisetasche stand wie ein Mahnmal in seinem Wohnzimmer.

Er machte sich ein Bier auf, glotzte die Tasche an und stand schließlich auf. Veronikas Päckchen lag unter den beiden neuen Pullis, die er sich gekauft hatte. Es war eingeschlagen in oranges Papier. Als er es aufgerissen hatte, guckte ihn ein kleiner Buddha aus Bronze an. Er stellte die Figur vor sich auf den Wohnzimmertisch. Buddha saß im Schneidersitz und sah ihn fragend an. Die rechte Hand zeigte nach unten, die linke lag mit der Handfläche nach oben in seinem Schoß. Keine Karte, kein Brief, solange er auch in dem Papier wühlte, er fand nichts und wurde nicht schlau aus diesem Geschenk. Die Handhaltung hatte etwas zu bedeuten, das war Leo klar. Nach längerem Suchen im Internet fand er eine Erklärung.

Die Handhaltung symbolisiere die Niederlage des Dämonen Mara, bei der Buddha die Erde als Zeugin für seinen Weg anrief. Sie stehe für die Unerschütterlichkeit des Buddhas. »Was, um Himmels willen, will sie mir damit sagen?!« Leo starrte die Figur an. »Dass ich nicht so perfekt wie Buddha oder Jesus bin und mich habe verführen lassen?« Machte sie sich über ihn lustig?

Leo hatte mit allem Möglichen gerechnet. Seit er Veronikas Begleiter im Festzelt auf dem Oktoberfest beinahe niedergeschlagen hatte, war er auf jede Art von Verachtung von Veronikas Seite vorbereitet. Er hatte eindeutig zu viel Bier getrunken und sich nicht mehr unter Kontrolle gehabt. Seine Faust hatte so dringend in das Gesicht von diesem Florian Rintelsbacher gewollt, dass sein Freund Michi sein gesamtes Körpergewicht hatte aufwenden müssen, um ihn davon abzuhalten.

Immer wenn er an diese Situation dachte – er mit erhobener Faust, Veronika mit schreckgeweiteten Augen und dieser dämliche Rintelsbacher, der ihn schadenfroh angrinste –, spürte er wieder die Wut in sich hochsteigen und dann die Scham darüber, dass es Michis ganze Kraft gebraucht hatte, um ihn zur Vernunft zu bringen.

»Leo, du bist Polizist, das geht auf gar keinen Fall!«, hatte er ihm ins Ohr gebrüllt. Und trotz der zwei Maß, die er schon getrunken hatte, war ihm schlagartig klargeworden, dass das das Ende seiner Karriere hätte bedeuten können. Es war ihm verdammt schwergefallen, seine Faust wieder zu lockern und sich von Michi einfach aus dem Festzelt führen zu lassen. Wie betäubt war er an den lärmenden Menschen, den gestressten Bedienungen und den Bauchladenverkäufern vorbei nach draußen gegangen. Vor dem Zelt war die Luft kühl und frisch, er war langsam wieder zu sich gekommen.

»Du bist ein kompletter Depp«, hatte Michi zu ihm gesagt, als sie langsam in Richtung S-Bahnhof gingen. »Erst lässt du sie einfach stehen und gehst nach Dresden, und dann führst du dich auf wie ein eifersüchtiger Idiot.«

Er nahm den Buddha in die Hand und starrte auf das leicht lächelnde, entrückte Gesicht. »Was würdest du an meiner Stelle tun?«, fragte er ihn, bekam aber keine Antwort. Er hatte die Situation seither unzählige Male in seinem Kopf analysiert, hin und her überlegt, welche Schlüsse er aus Veronikas Auftauchen mit diesem Typen ziehen sollte, wieso sie überhaupt erschienen war und wie er angemessen darauf hätte reagieren sollen. Was ihn dabei immer wieder aufs Neue zutiefst erschreckte, war, dass er sich von seinen Gefühlen hatte mitreißen lassen. Er, der sich normalerweise immer im Griff hatte, der theoretisch genau wusste, wie man sich aus kniffligen Situationen heraushielt, hatte die Faust gegen einen Menschen erhoben, den er nur vom Sehen kannte. Das bereitete ihm nach wie vor beinahe körperliche Schmerzen. Er starrte den Buddha vor sich lange an. Dann kippte er ihn nach hinten, weil er dessen seliges Lächeln nicht mehr ertragen konnte. Unter dem Fuß des Buddhas fand er endlich den Zettel, den Veronika dorthin geklebt hatte. Drei Worte standen darauf und ein fettes Ausrufezeichen: »Rede mit mir!«

Für Christine war diese Nacht die schwärzeste ihres fünfundvierzigjährigen Lebens. Sie war bis auf die Knochen durchgefroren, hatte Hunger, Durst und einen verstauchten Knöchel. Chantal hing heulend wie ein Baby an ihrem Arm, und sie wusste nicht, ob sie den nächsten Morgen noch erleben würden.

Donnerstag

Nach dem zwanzigsten Klingeln gab Sandra auf. Wahrscheinlich war es auch nicht verwunderlich, dass eine Bardame morgens um halb neun noch nicht ans Telefon ging. Sie versuchte es bei Frau von Köckritz, die sofort einverstanden war, dass Sandra vorbeikäme.

Da Leo in der Abteilung Drogendelikte unterwegs war, erkor sie den nur widerwillig mitschlurfenden Sascha zu ihrem Begleiter. Als er neben ihr im Auto Platz genommen hatte und Laika auf der Rückbank platziert war, sagte sie mit einem Seitenblick: »Leo sagt, du suchst eine Wohnung?«

Sascha zog eine Schnute. »Meine Mutter findet, ich solle jetzt mal langsam auf eigenen Füßen stehen«, brummte er.

»Ziehst du dich deswegen neuerdings an wie ein Kleinkind?«, fragte Sandra. »Damit deine Mutter sieht, dass du unmöglich alleine für dich sorgen kannst?«

Sascha hatte heute wieder seine alte Cordhose, den von seiner Mutter gestrickten Pullover und darunter ein farblich absolut nicht passendes lila Hemd an.

Sascha schwieg lange. Dann meinte er: »Bisher funktioniert das aber nicht. Die zieht das jetzt erbarmungslos durch.«

Sandra musste lächeln. Richtig erbarmungslos war es wohl nicht, wenn eine Mutter fand, dass ihr zweiunddreißig Jahre alter Sohn alleine leben sollte. »Vielleicht hast du es dir ein bisschen zu einfach gemacht, Sascha?

So eine Wohngemeinschaft funktioniert halt nur, wenn beide Seiten etwas davon haben. Was tust du denn für deine Mutter?«

Sascha starrte sie überrascht an. »Ich bin doch ihr Sohn!«

»Das stimmt«, bestätigte Sandra, »aber du bist kein Baby mehr. Wenn ich dich so ansehe, überlege ich ernsthaft, ob ich mir eigene Kinder lieber aus dem Kopf schlage. Irgendwann will man als Mutter ja nicht mehr für alles verantwortlich sein und sich um alles kümmern müssen. Bist halt nicht mehr süß und niedlich wie mit drei Jahren. Dieses Arrangement muss auch Vorteile für deine Mutter haben, sonst ist das zu viel für sie.«

»Aber sie ist doch meine Mutter«, sagte Sascha. »Ich dachte ...«

»Nein!« Sandra schüttelte heftig den Kopf.

Sie standen kurz darauf vor der stattlichen Gründerzeit-Villa in Blasewitz, in der Frau von Köckritz lebte. Dem Haus gegenüber lag ein moderner Glas- und Betonwürfel, der laut dem hypermodernen Schild am Gartentor eine Werbeagentur beherbergte.

Frau von Köckritz erwartete sie schon. Sie trug ein elegantes Kostüm in erdigen Farben. Ihr schneeweißes Haar war auftoupiert und mit so viel Haarspray fixiert, dass es nicht die kleinste Bewegung machte, als sie den beiden Kriminalbeamten an der Haustür die Hand schüttelte. »Sie suchen also diese beiden Frauen?«, begann sie und deutete auf die Zeitung vom Vortag.

»Genau, Frau von Köckritz«, ergriff Sandra das Wort, »der Ehemann und Vater hat beide am Dienstag als vermisst gemeldet.«

»Also, am Montag letzter Woche war die Jüngere in jedem Fall noch da, die hat wie jeden Montag da drüben ihre Pizza-Kartons abgegeben.«

Obwohl es erst halb zehn war, knurrte Sascha der Magen bei dem Gedanken an eine saftige Pizza. Aber eines machte ihn doch stutzig: »Jeden Montag? Immer um die gleiche Zeit?«

Frau von Köckritz musterte ihn kurz, spitzte ihre perfekt mit korallenroter Farbe geschminkten Lippen und wandte sich wieder Sandra zu. »Jeden Montag ein Stapel Pizzakartons um 18:30 Uhr. Von anderen Tagen kann ich Ihnen nichts berichten, da habe ich nichts gesehen.«

»Konnten Sie erkennen, für welchen Pizzaservice Chantal Böhmer unterwegs war?«, Sandra hatte inzwischen Notizblock und Stift gezückt.

Die Dame schüttelte den Kopf, kein Härchen regte sich: »Nein, das konnte ich nicht. Es hätte mich auch nicht interessiert. Ich glaube, es handelte sich auch nicht immer um dasselbe Auto. Ich kann mich nicht erinnern, dass da auf den Fahrzeugen irgendein Schriftzug oder ein Name stand.«

»Und diesen Montag ist sie auch gekommen?«, fragte Sandra nach.

»Nein. Diese Woche kam sie nicht. Ich gehe um diese Zeit nämlich immer in meinen Bridge-Club, müssen Sie wissen. Ich dachte, oh, nun haben diese Werbeleute endlich erkannt, dass man sich weitaus gesünder ernähren kann. Es kam auch kein anderer Bote. Was weiß ich? Das geht mich ja auch nichts an. Jedenfalls habe ich dann in der Zeitung das Foto der beiden gesehen.«

»Können Sie sich erinnern, wann Chantal Böhmer da drüben zum ersten Mal als Pizzabotin auftauchte?«

Frau von Köckritz machte wieder ein spitzes, rotes Kussmündchen und zog die Augenbrauen hoch.

»Das hat ziemlich genau nach Weihnachten begonnen«, begann sie langsam, »ich kann mich erinnern, dass es mir kurz vor Silvester aufgefallen ist, dass die gegenüber eine Lieferung bekommen, als ich abends um halb sieben das Haus verlassen habe. Wissen Sie, meine Freundinnen und ich treffen uns ja schon seit fast zwanzig Jahren jeden Montag in einem Nebenzimmer im Parkhotel auf dem Weißen Hirsch.«

Sandra nickte ihr lächelnd zu. »Danke, Frau von Köckritz! Das ist sehr interessant. Schön, dass Sie sich alles so genau gemerkt haben. Wir werden die Angelegenheit weiterverfolgen.«

»Na, über diese Leute da drüben könnte ich Ihnen ganze Bände erzählen«, legte Frau von Köckritz nun los. »Stellen Sie sich vor, die übernachten da manchmal im Büro, und der Chef fährt ein aberwitzig teures Auto, und die kleinen Lehrlinge ...«

Sandra wandte sich entschlossen ab und ging zwei Schritte zurück. »Vielen Dank für Ihre Hilfe und Ihren Anruf! Wir werden in der Agentur nachfragen, wieso die Pizza diesen Montag ausblieb. Auf Wiedersehen, Frau von Köckritz.« Sandra hatte es eilig zu gehen. Sascha trottete ihr hinterher.

Als sie das Gartentor hinter sich geschlossen hatten, maulte er: »Die hat mich völlig ignoriert. Ich war nicht mal Luft für die.«

Sandra klopfte ihm tröstend auf den Rücken. »Zieh dich besser an und verteil Komplimente, dann liegen dir die älteren Damen zu Füßen. Aber so wie du jetzt aussiehst, kann man dich nicht ernst nehmen.«

Sie klingelten am gegenüberliegenden Tor, aber es regte sich lange nichts. Dann sprang ein Tonband an, das ihnen mit blecherner Stimme mitteilte, dass sie außerhalb der Bürozeit klingelten. Die Kreativen der Agentur waren erst ab elf Uhr zu sprechen.

»So ein Mist«, stöhnte Sandra, »wir sind überall zu früh. Komm, wir fahren zu Böhmer und fragen ihn, was das für ein Pizzaservice ist und warum er uns davon nichts gesagt hat.«

Als sie eben wieder ins Auto steigen wollten, hielt eine schwarze Limousine vor der Agentur. Der Fahrer zückte eine Fernbedienung und das Tor schwang langsam auf. Sandra und Sascha stiegen wieder aus und gingen die Auffahrt hinauf.

»Wir haben noch nicht geöffnet«, rief ihnen der junge Mann in Schwarz entgegen. »Kundenverkehr erst ab elf Uhr, bitte!«

»Wir sind keine Kunden«, entgegnete Sandra. Als sie ihn erreicht hatten, zückten die Kripobeamten ihre Dienstausweise.

Der junge Mann stellte sich als Ingo Schlotter und Teilhaber der Agentur vor.

»Wir kommen, weil wir auf der Suche nach zwei vermissten Frauen sind«, sagte Sandra. »Ihre Nachbarin von gegenüber hat eine der Frauen als Ihre regelmäßige Pizzabotin identifiziert. Können Sie uns bitte sagen, wo Sie Ihre Pizza bestellen und wann Sie Frau Böhmer zum letzten Mal gesehen haben?«

»Was?«

Ingo Schlotter drückte sich seine schicke kleine Filztasche vor die Brust. »Ich verstehe nicht ganz ...«

Sandra hielt ihm das Foto von Mutter und Tochter vor die Nase und deutete auf Chantal. »Ist das die Frau, die hier seit Monaten jeden Montag Pizza vorbeibringt?«

»Also, dazu kann ich nichts sagen«, erklärte Schlotter nach einem kurzen Blick auf das Foto und fuhr sich durch die langen Haare. »Montags essen einige Kollegen in der Agentur Pizza, aber wo die herkommt und wer die bringt, dazu kann ich Ihnen nichts sagen. Am besten kommen sie später wieder und fragen unsere Praktikantin. Die erledigt solche Sachen bei uns. Bitte entschuldigen Sie mich.«

Er drängte sich an Sandra vorbei und marschierte energisch zur Eingangstür.

»Erkennen Sie die Frau?«, fragte Sascha.

Schlotter fummelte am Türschloss. »Ich ..., nein, ich denke nicht. Ich esse keine Pizza.«

»Moment mal!«, Sandra stellte sich Schlotter energisch in den Weg. »Entweder, Sie geben mir jetzt eine ordentliche Auskunft oder ich lade Sie bei der Kripo vor.« Sascha schaute sie verwundert an, sagte aber nichts dazu.

Schlotter ließ die Hand vom Türknauf sinken und starrte Sandra böse an. »Ich leite diese Agentur, ich nehme weder Pizzabestellungen entgegen noch gebe ich sie auf. Kommen Sie in einer Stunde wieder, dann können Sie mit Pia, unserer Praktikantin, sprechen, die kümmert sich um solche Angelegenheiten. Und jetzt lassen Sie mich durch!«

Sandra trat zu Seite.

Schlotter verschwand im Eingang und ließ die beiden Kripobeamten einfach vor der Tür stehen.

»Sehr freundlich, du Arsch«, grummelte Sascha und zog Sandra, die erstaunt auf die Tür starrte, zum Auto.

»Auf zu Böhmer. Der sagte doch, seine Tochter arbeite irgendwas in der Stadt. Vielleicht haben wir ja Glück und bei ihm fällt der Groschen, wenn wir ihn nach einem Pizzaservice fragen.«

Uwe Kröger klopfte an Leos Bürotür: »He, alter Bajuware, ich habe eben mit meinem Kontaktmann aus der Drogenszene gesprochen. Da ist was im Busch. Der Stoff ist so knapp wie noch nie. Offenbar gibt es fast nirgendwo mehr Crystal zu kaufen, und die Preise explodieren. Keiner von Ostrownis Dealern lässt sich blicken. Eine ganze Reihe Junkies hat sich auf den Weg nach Niederbayern gemacht, um neuen Stoff einzukaufen. Ich weiß zwar nicht genau, was das mit dem Tod von diesem Novotny zu tun hat, aber irgendwas hat es damit zu tun, das sagt mir meine Nasenspitze.« Er rubbelte liebevoll die dicke Knolle in seinem Gesicht. Leo war lange genug bei der Kripo, um zu wissen, dass die alten Hasen mit ihrem Bauchgefühl meist richtiglagen.

»Da ist also offensichtlich mindestens eine größere Lieferung aus Tschechien ausgefallen, oder?«

Kröger nickte. Leo mochte seinen Kollegen, der immer die Ruhe bewahrte und nie vorschnelle Urteile fällte. Das hatte er mit seinem Onkel Josef gemeinsam.

»Um welche Menge handelt es sich da in etwa, was denkst du?«, fragte Leo.

»Wahrscheinlich so ein halbes Kilo. Dresden hat ja Zulauf von vielen Landgemeinden, ist ein Umschlagplatz für eine größere Region. Da werden jede Woche fünfstellige Summen umgesetzt.«

Leo blickte gedankenverloren auf den belebten Pirnaischen Platz vor seinem Fenster. »Sollte dieser kleine, süchtige Dealer Jatzek Novotny doch in was Größeres verwickelt gewesen sein?«

Uwe Kröger schüttelte den Kopf. »Das hätte Pawel Ostrowni nie zugelassen. Der hat seine Schlägertrupps, der wird nicht umsonst ›Der Boss‹ genannt. Du kannst in dieser Szene nicht für so jemanden arbeiten und gleichzeitig für jemand anderen. Das kriegen die ganz schnell spitz. Drogensüchtige sind nicht loyal, die verraten dir alles für den nächsten Schuss.«

»Wie kommen wir an diesen Ostrowni ran?«, überlegte Leo laut.

»Tja, an dem beiße ich mir auch schon seit Jahren die Zähne aus«, seufzte Kröger, »du hast ihn ja erlebt. Ganz der korrekte Geschäftsmann.«

Böhmer stand ziemlich zerknautscht in der Tür, in einem bunten Schlafanzug und einem schwarz-goldenen Bademantel. Die wenigen blonden Haare an seinem Kopf standen wirr in alle Richtungen. Laika schnüffelte interessiert an seinen nackten Füßen.

»Was wollen Sie denn hier um diese Zeit? Haben Se meine Frau endlich gefunden?«, fragte er und hustete erst mal kräftig. Nur widerwillig ließ er die beiden Beamten ein.

»Ich muss doch heute Abend zur Nachtschicht, da können Se mich ni vormittags um halb elfe aus dem Bette holen«, maulte er und begann, nach seinen Zigaretten zu suchen. Sandra öffnete schon mal vorsorglich ein Fenster.

»Herr Böhmer, wir haben eine wichtige neue Erkenntnis bezüglich Ihrer Tochter. Wussten Sie, dass sie für einen Pizzaservice als Botin gearbeitet hat?«

»Was?« Böhmer blinzelte Sandra ungläubig an und ließ sich aufs Sofa sinken. »Chantal und Pizza ausfahren? Das gloob ich ni.«

»Wir haben mit einer Dame aus Blasewitz gesprochen, die sich sicher ist, dass Chantal seit Monaten jeden Montag bei ihren Nachbarn Pizza ausgeliefert hat.« Böhmer zuckte ratlos mit den Schultern. »Da müssen Se de Christine fragen ...«

Sandra seufzte. Sie hatte ja eigentlich nichts anderes erwartet. »Übrigens habe ich auch eine Meldung bekommen, dass Ihre Frau und Ihre Tochter im April eine Luxuskreuzfahrt im Mittelmeer gemacht haben sollen. Was sagen Sie dazu?«

Die Mischung aus trockenem Raucherhusten und glucksendem Lachen, die aus Böhmers Brust drängte, hörte sich nicht gut an. »Nu klar, wir machen jedes Jahr zwei Luxuskreuzfahrten. Wir haben's ja!«

Als sich sein Husten wieder beruhigt hatte, blitzte er Sandra böse an. »Mein letzter Urlaub war vor drei Jahren bei Tante Elli in Bottrop. Dort versteh ich die Leute ni. Da fahr ich ni mehr hin. De Christine hat im Frühjahr mit der Chantal 'ne Busreise nach Rom gemacht. Da wollte ich ni mit, die Italiener sind mir zu stressig.«

Sandra nickte, während Sascha interessierte Blicke durch Böhmers Wohnzimmer schweifen ließ.

»Gibt es sonst irgendwelche Neuigkeiten? Hat sich hier jemand gemeldet?«

»Nu ja«, Böhmer strich sich über das stoppelige Kinn, was ein schabendes Geräusch erzeugte. »Da war so ein Mann da, der hat nach Chantal gefragt. Der war, gloob ich, auch von der Polizei, oder nee, er hat gesagt, dass de

Chantal für ihn nach de Tschechen fährt, um seine Autos reparieren zu lassen.«

Sandra fuhr aus dem Sofa hoch. Laika erschrak so, dass sie aufsprang und sich den Kopf unter der Tischplatte anschlug. »Was? Wann war das? Warum informieren Sie uns da nicht?«

»Das wollte der Mann doch tun. So 'n ganz geschniegelter Schnösel. Hat gesagt, er informiert Sie, brauch ich mich ni drum kümmern.« Sandra sah Böhmer entgeistert an.

Sascha saß jetzt kerzengerade in seinem Sessel. »Wann genau war das, Herr Böhmer?«

Der überlegte kurz. »Ich gloob, am Dienstagabend. Oder war's Mittwoch?« Er zog die Stirn in Falten und dachte angestrengt nach.

Sandra hielt es nicht mehr auf dem Sofa, in das sie sich wieder hatte sinken lassen. »Am Dienstag waren mein Kollege und ich von der Kripo da, heute ist Donnerstag. Sie vermissen Frau und Tochter und melden so was nicht?« Ihre Stimme kippte fast über, so ärgerlich war sie.

Sascha zog sie wieder auf ihren Platz und bedeutete ihr, ihn fragen zu lassen. »Herr Böhmer, was genau hat der Mann gesagt? Erzählen Sie mal von Anfang an.«

Böhmer warf Sandra, die sich schwer beherrschen musste, einen beleidigten Blick zu. Dann wandte er sich Sascha zu.

»Also, der klingelte abends, als meine Kumpels zum Doppelkopf hier waren. Dachte erst, das ist der Heiko, der wollte auch noch kommen. Aber dann stand dieser Mann im Treppenhaus, sah aus, naja, wie aus 'nem Modemagazin. So schicker Anzug, Hemd, sogar Handschuhe hat der angehabt. Handschuhe zum Anzug, also das muss man sich mal vorstellen.«

Sascha nickte geduldig und sah ihn aufmerksam an.

»Der wollte de Chantal sprechen, weil die hätte ein Auto von ihm in de Tschechei gefahren, aber ni zurück-gebracht, und wenn sie es ni wiederbringen würde, täte er se anzeigen.«

»Also war das der Besitzer des Autos, mit dem Chantal und Ihre Frau nach Tschechien gefahren sind?«

»Nu.« Böhmer lächelte Sascha dankbar an.

»Ich habe ihm gesagt, dass de Polizei schon hier war, weil ich de Christine als vermisst gemeldet hab, und er meinte, das mit dem Auto wüsste de Polizei schon, ich bräuchte das ni extra melden.«

Sascha nickte bedächtig. »Der Mann wollte also nicht, dass Sie uns von seinem Besuch bei Ihnen berichten?«

Böhmer zuckte unschlüssig mit den Schultern. »Jedenfalls meinte der, er würde das der Polizei selber melden. Und irgendwie hat der mir auch 'n bisschen Angst gemacht. Aber ich war ja ni mehr ganz nüchtern, als der hier auftauchte. Also weeß ich ni mehr, was er jetzt ganz genau gesagt hat.«

Sascha warf einen vielsagenden Blick zu Sandra, die Böhmer böse anstarrte.

»Herr Böhmer«, sagte Sascha sanft, »Sie haben gesagt, der Mann habe einen Anzug getragen. Können Sie ihn sonst noch beschreiben? Wie alt war er?«

Böhmer vermied es, Sandra anzusehen, er konzentrierte sich völlig auf Sascha. »Also, der Anzug war grau und das Hemd hellblau. Der Mann selber war so um de Vierzig, würd ich sagen, dunkle Haare, und –«, Böhmer erhob seinen Zeigefinger, weil ihm wohl noch etwas Interessantes eingefallen war, »er hatte stechende Augen.«

»Fällt Ihnen sonst noch etwas ein? War er Deutscher oder sprach er mit Akzent?« Sandra klopfte ungeduldig mit dem Kugelschreiber auf den Tisch.

»War eher so ein Großer, ohne Bauch.« Sascha sah an sich hinab und fand, dass auch seiner noch längst nicht erwähnenswert war.

»Geredet hat der ni wie wir Sachsen, sondern eher wie die im Fernsehen, halt Hochdeutsch.«

Böhmer zündete sich die nächste Zigarette an und verstummte.

Nach einer Weile setzte Sascha neu an: »Hat er einen Namen genannt?«

»Nee. Nur, dass er ein Freund wäre. So 'nen Freund hätte ich der Chantal gar ni zugetraut. Die hat nie was von 'nem Freund erzählt.«

»Würden Sie ihn wiedererkennen, Herr Böhmer?«

»Nu!«

»Gut, dann können Sie ja gleich mitkommen ins Polizeipräsidium und mit uns unsere Kartei durchgehen. Vielleicht ist es ja jemand, den wir erfasst haben.«

»Nee, heute ni, ich muss gleich auf Arbeit. Ich kann ja am Montag vorbeikommen«, wehrte Böhmer ab.

»Dann kommen Sie morgen vorbei«, bestimmte Sandra mit strenger Miene und stand auf. Böhmer duckte sich unter ihrem Blick. Er nickte schwach.

»Herr Böhmer?«, fragte Sandra streng.

»Is gut, ich komme morgen«, grummelte er und lief eilfertig voraus in den Flur, um die Wohnungstür zu öffnen.

Als die Kommissare schon auf dem Treppenabsatz waren, rief Böhmer sie zurück.

»Mir ist noch was eingefallen! Der hatte eine lange Narbe in der Visage.«

Sascha stutzte. »Wo genau?«

Böhmer überlegte kurz. »Ich gloob diese Seite, so quer rüber.« Er deutete einen Strich quer über seine linke Wange an.

Jetzt war Sascha alarmiert. Ein Anzugträger mit Narbe im Gesicht? Pawel Ostrowni erschien vor seinem geistigen Auge. »Moment mal!« Er zückte sein Smartphone, rief Frau Kerschensteiner im Sekretariat an und bat um ein Foto von Ostrowni. Sandra stand gespannt daneben. Eine Minute später hatte Sascha das Bild auf dem Display. Er hielt es Böhmer vor die Nase. »War es dieser Mann?«

Böhmer musste nicht lange hinsehen, um zu nicken.

Nun war es Sandra, die noch nicht ganz auf dem Laufenden war.

»Sandra«, flüsterte Sascha entgeistert, »Chantal Böhmer ist möglicherweise ein Kurier von einem Dresdner Drogenboss namens Pawel Ostrowni. Entweder unwissentlich oder aber die Frauen wissen ganz genau, warum sie regelmäßig ein Auto nach Tschechien fahren.«

»Das ist ja der Hammer!« Sandra sah Dietmar Böhmer entgeistert an: »Ihre Frau ist immer mitgefahren?«

»Nu, die sind oft zusammen in de Tschechei rüber. Haben mir immer Kippen und Pils mitgebracht. Ist da was ni in Ordnung?«

Sandra klemmte ihr Notizbuch unter den Arm und winkte Sascha zum Gehen. Sie hatte es jetzt eilig: »Wenn das stimmt, sind wir von völlig falschen Voraussetzungen ausgegangen. Herr Böhmer, Sie melden sich ab sofort jeden Tag unter dieser Nummer bei uns im Büro! Sie sind verdächtig, von illegalen Kurierfahrten Ihrer Tochter gewusst zu haben. Ich werde Ihren Lebenslauf überprüfen und Sie zum Verhör vorladen. Und ich will genau wissen, wer sich noch bei Ihnen meldet.« Sie drückte ihm eine Visitenkarte in die Hand. »Wenn ich nichts von Ihnen höre, lass ich Sie festnehmen«, drohte sie Böhmer. Der stierte sie entgeistert an. Die Asche von seiner Zigarette rieselte auf den Boden.

»Aber ...«, Böhmer war verdattert. »Nu versteh ich gar nix mehr. Erst sagen Se mir, de Chantal ist Pizzabote und dann ist se Autokurier. Was denn noch?«

Sascha lächelte und schob Sandra die Treppe wieder hinunter. »Melden Sie sich einfach jeden Tag, Herr Böhmer. Vor allem sagen Sie uns, wenn dieser Mann oder jemand anders auftaucht und etwas wegen Ihrer Tochter besprechen will.«

Sandra wartete schon ungeduldig mit Laika.

»Los, Sascha, wir fahren sofort zurück ins Büro, das müssen wir Richter und den anderen unbedingt mitteilen.«

»De Chantal kriegt doch nix auf de Reihe! Und de Christine, die is hochanständig«, rief ihnen Böhmer hinterher.

»Da fress ich 'nen Besen, wenn die was Unrechtes gemacht haben!«

Bei der eilig einberufenen Konferenz im Polizeipräsidium überschlugen sich die Nachrichten geradezu. Sandra präsentierte den staunenden Zuhörern nicht nur die Geschichte von Chantal als Botin von Pawel Ostrowni, sondern auch noch den Hinweis von Jessica Schwarz, die ihr eben am Telefon bestätigt hatte, dass Chantal kurz in Ostrownis Etablissement gearbeitet hatte. Damit war allen klar, dass das Verschwinden der beiden Frauen in irgendeiner Weise mit dem Tod von Jatzek Novotny verknüpft war.

Leo war genauso aufgebracht wie Sandra zuvor: »Dieser Böhmer hatte am Dienstagabend Besuch von Ostrowni und meldet das nicht?«

»Na, nüchtern war der bestimmt nicht mehr, als Ostrowni abends bei ihm aufgetaucht ist«, meinte Sascha. Mit einer Geste, die besagte, dass er es auch nicht fassen konnte, sagte er: »Wahrscheinlich hat Böhmer auch noch die Hälfte des Gesprächs vergessen.«

Leo rieb sich die Schläfen. Er war hochkonzentriert und bester Laune. Seit gestern Abend hatte er wieder dieses Gefühl im Bauch, wie damals, als er Veronika kennenlernte – ein Gefühl, wie wenn man Schokolade auf der Zunge zergehen lässt, die gleichzeitig noch wie Champagner prickelt.

»Wir müssen dringend an den Boss ran«, sagte Leo, »bevor er untertaucht.«

Sandra sah ihn interessiert an: »Was ist los mit dir, Leo? Du hast so ein Glitzern in den Augen.«

Er wehrte ab. Das ging Sandra nun wirklich nichts an.

»Können wir Pawel Ostrowni vorladen, Chef? Es wäre jetzt dringend nötig, ihn zu befragen und, wenn möglich, festzuhalten.«

Reinhard Richter nickte, als er die Berichte zusammenfasste: »Wir haben also zwei Frauen, die verschwunden sind und sich möglicherweise als Drogenkuriere betätigt haben. Dazu einen toten Dealer, der möglicherweise für den gleichen Mann gearbeitet hat. Wir brauchen dringend noch ein paar handfeste Beweise, aber dann müsste es möglich sein, diesem Pawel Ostrowni beizukommen. Dem sind wir schon so lange auf den Fersen. Das wäre endlich mal ein Fahndungserfolg, der sich gewaschen hat!«

Er ließ seine blaue Seidenkrawatte gedankenverloren durch die Finger gleiten und blickte nach draußen. Wahrscheinlich sah er sich schon auf der Pressekonferenz die Festnahme eines ganz dicken Fisches verkünden. Dann wandte er sich an sein Team:

»Reisinger, Pröve, fahren Sie noch mal an den Fundort der Leiche und drehen sie jeden Stein um! Wir müssen jetzt prüfen, ob es dort Hinweise auf die beiden Frauen gibt. Lassen Sie den Wald mit Suchtrupps durchkämmen, egal wie, finden Sie etwas.«

Schon beim Hinausgehen drehte er sich um:

»Frau Kruse, Sie arbeiten ab sofort wieder mit Reisinger und Pröve zusammen, nachdem sich ja nun herausgestellt hat, dass es sich um denselben Fall handelt.«

Leo und Sandra maßen sich quer über den Tisch mit Blicken.

»Finden Sie diesen Pawel Ostrowni und bringen Sie ihn her zur Vernehmung! Nachdem er bei Böhmer aufgekreuzt ist, kann er sich nicht mehr herausreden.«

Sandra meldete sich zu Wort: »Vielleicht könnte das Herr Reisinger übernehmen, ich würde mich gern nochmals mit dieser Jessica Schwarz unterhalten.«

Richter nickte. Er stand auf, damit war die Sitzung beendet.

Leo versuchte sein Glück über das Telefon, konnte Ostrowni aber nicht erreichen. In seinem Lokal lief der

Anrufbeantworter. »Los, Sascha, wir müssen noch mal in diese Bar fahren und sehen, ob wir jemanden antreffen.«

In der Bar »Erotica« trafen sie wieder auf den alten Mann, der den Boden wischte. Er wollte die Kripobeamten auch diesmal nicht einlassen. »Chef nicht da«, wiederholte er immer wieder und baute sich mit seinem Schrubber breit vor der Tür auf. Leo zwang ihn mit sanfter Gewalt, sie vorbei zu lassen. Er sah sich im Lokal, im Büro und in den übrigen Räumen um. Wie zu erwarten, war Ostrowni nicht da. »Wann kommt der Boss?«, wollte Leo wissen.

»Nicht wissen. Ist weg«, antwortete der alte Mann verschlossen.

»Wie, weg? Weggefahren?«, versuchte es Leo noch mal.

»Ist weg. Weiß nicht, wo.«

»Seit wann ist Chef weg?«, fragte Leo nach.

»Dienstag«, der alte Mann fixierte einen Punkt auf dem Boden.

Sascha und Leo schauten sich an. »Seit Dienstag ist der Boss weg? Wer arbeitet hier noch?«

Der Alte gab Leo den Namen des Barkeepers, ebenfalls ein Tscheche namens Karol, dazu dessen Handynummer.

Als er gerade die Nummer wählen wollte, klingelte ihn Sandra an.

»Was gibt es?«, fragte er.

»Jessica Schwarz sagt, dass Pawel Ostrowni seit Dienstag nicht mehr aufgetaucht sei und keiner weiß, wohin er verschwunden ist. Er fährt einen schwarzen Porsche. Name und Kennzeichen habe ich gerade an alle Polizeidienststellen durchgeben lassen. Habt ihr was rausbekommen?«

»Nein, auch nicht mehr, als dass Ostrowni seit Dienstag nicht mehr gesehen wurde und offenbar keiner weiß, wo er ist.«

»Das ist doch merkwürdig, oder?«, sinnierte Sandra vor sich hin, »Moment mal – bleib dran!«

Leo starrte gespannt auf das Telefon in seiner Hand, während er Sandras Stimme nur noch im Hintergrund hörte. Er nickte Sascha zu und verließ mit ihm die Bar.

Gerade als er das Gespräch wegdrücken wollte, rief Sandra so schrill ins Telefon, dass er es erschrocken beinahe fallengelassen hätte.

»Leo, der Porsche von Ostrowni steht in Ottendorf! Die Sebnitzer haben gleich auf die Fahndung reagiert: Ein Anwohner hat gemeldet, dass da seit gestern ein Wagen auf einem Waldweg neben einem alten Haus steht. Das kam ihm merkwürdig vor, weil das Auto nicht verriegelt war. Die Kollegen haben das aufgenommen, aber das Auto nicht abgeschleppt, weil es niemanden behindert. Ich versuche gleich mal rauszubekommen, wem das Gebäude gehört und ob da jemand wohnt. Fahrt ihr gleich raus nach Ottendorf! Der Kollege Kopischke kann euch sagen, wo genau der Porsche steht. Ich komme so schnell wie möglich nach.«

Als sie endlich in die Straße Richtung Ottendorf einbogen, war es vier Uhr am Nachmittag. Sascha maulte, dass das heute ein langer Arbeitstag werden würde.

»Deine Mutter ist doch momentan ohnehin nicht gut auf dich zu sprechen, da kannst du genauso gut Überstunden machen«, zog Leo ihn auf. Er fuhr vorsichtig die schmale, steile Straße nach Ottendorf hoch.

Linkerhand tauchte nach einer Weile das Sägewerk auf, kurz dahinter stand ein Polizist. Der winkte sie in den kleinen Weg, der sich unterhalb des Bergrückens in den Wald schlängelte. Nach etwa fünfhundert Metern standen sie vor einem alten Haus aus Holz und Stein.

»Ulkige Häuser stehen hier in der Gegend«, meinte Leo mehr zu sich selbst, als dass er darauf eine Antwort erwarten würde.

»Ein Umgebindehaus«, sagte Sascha bereitwillig. »Der obere Stock steht unabhängig vom Erdgeschoss auf den

Balken, die außen zu sehen sind. Man sagt, es wurde so gebaut, weil hier einst so viele Weber lebten. Der Webstuhl im Erdgeschoss hätte sonst den ersten Stock zum Schwingen gebracht.«

Sie stiegen aus. Der Leiter der Sebnitzer Polizeidienststelle Kopischke kam ihnen mit angespanntem Gesicht entgegen.

»Wir haben hier nicht nur den Wagen mit dem gesuchten Kennzeichen, sondern soeben auch noch eine männliche Leiche gefunden.«

»Was?« Leo und Sascha waren höchst alarmiert. Das war nun schon der zweite Tote, und immer hatte Pawel Ostrowni die Finger im Spiel.

»Sind der Pathologe und die Spurensicherung schon unterwegs?«, fragte Leo den Polizisten, der sie am schwarzen Porsche vorbei in den Garten und hinter das Haus führte. Sie gingen durch ein Gartentor und einen kleinen Blumengarten mit Astern, fünf Treppenstufen hoch und dann am Haus entlang, das bald in ein Stallgebäude überging.

»Dr. Gräber ist informiert und die Spurensicherer sind hoffentlich auch bald da«, bestätigte Kopischke.

Als sie um die Ecke des Hauses traten, war es noch dämmriger als auf der schmalen Talstraße. Im schwachen Licht waren ein eingestürzter Holzschuppen und mittendrin der Reflex einer Glasscheibe zu sehen.

»Können Ihre Leute Lampen auftreiben? Hier ist es ja stockfinster, so können die von der Spurensicherung nicht arbeiten.«

Der Wachtmeister nickte und wies einen jungen Polizisten an, zunächst für Leo und Sascha eine Taschenlampe zu besorgen und sich dann um Gasleuchten zu kümmern.

Der Lichtkegel von Leos Lampe huschte über den Haufen aus Brettern, Balken und Brennholz. Dann sah er die Leiche, fast verdeckt unter dem Holz. Der Körper steckte unter Brettern und Balken fest, die ein erwachsener Mann aber wohl hätte hochstemmen können. Bis zur Hüfte war allerdings ein sandfarbener Geländewagen über den Mann gerollt. Die Person war unter all den Holzteilen nur undeutlich zu sehen. Ihr Kopf war so verdreht, dass sie zunächst nur die dunklen Haare erkennen konnten. Leo stieg vorsichtig um das herumliegende Holz herum, um den Toten von der Seite anzuleuchten.

Er zog sich Handschuhe über und hob die beiden Bretter an, die den Kopf verdeckten. Das Gesicht und die Haare waren schmutzig und auf der rechten Seite voll mit getrocknetem Blut. Die Augen waren geschlossen. Sascha ließ das Licht seiner Lampe über den Körper gleiten. Offenbar trug der Tote einen Anzug und eine Krawatte – ein ungewöhnlicher Aufzug für eine nächtliche Exkursion zu einem Waldhaus. Als Sascha wieder über den Kopf leuchtete, fiel Leo etwas auf. Bei sehr genauem Hinsehen konnte man erkennen, dass sich über die linke Wange des Toten eine Narbe zog.

»Ich werde verrückt!«, sagte Leo und stieß Sascha an, »das ist Pawel Ostrowni!«

»Was?«, Sascha leuchtete mit seiner Taschenlampe direkt ins Gesicht des Toten und fuhr mit dem Lichtpunkt mehrmals die markante Narbe ab. »Der Boss höchstpersönlich, aber mausetot. Wer hätte das gedacht?«

Die beiden sahen sich einen Moment an. »Sie kennen den Mann?«, fragte Hauptwachtmeister Kopischke.

»Leider ja«, antwortete Leo, »das ist der ›Boss‹, Pawel Ostrowni, einer der Drahtzieher für Drogenhandel und andere illegale Geschäfte in Dresden.«

»Oha.« Kopischke betrachtete den Toten.

»Ist ja neuerdings ein ganz schön gefährliches Pflaster, dieses Ottendorf«, meinte Sascha und schüttelte den Kopf.

Dann deutete er auf das alte Haus. »Wir müssen herausfinden, wer da wohnt. Waren Sie schon im Haus?«

Kopischke nickte. »Da ist keiner drin, aber es sieht so aus, als würde dort jemand wohnen, zumindest ab und zu. Gebrauchtes Geschirr steht herum und der Kühl-schrank läuft.«

Leo nickte. Das würden sie sich morgen in aller Ruhe ansehen. Jetzt ging es erst mal um den Toten und um den beigen Pajero im Holzschuppen, der unmöglich vom Waldweg dort hineingefahren worden sein konnte.

Manni Tannhauser und sein Spurensicherungsteam waren inzwischen angekommen und verscheuchten sie von der Leiche: »Pfoten weg! Noch gehört er uns.«

Zunächst wurden Fotos gemacht. Leo und Sascha sahen eine Weile zu, bis die Leiche aus jedem Winkel fotografiert worden war, und beobachteten dann, wie die drei Männer vorsichtig Schicht für Schicht Holzschindeln, Bretter und Balken von Ostrownis Körper hoben. Inzwischen hatte der junge Beamte auch ein paar Gaslampen besorgt, die den kleinen Hof taghell ausleuchteten.

Als Ostrowni bis zur Brust vom Holz befreit war, kniete sich Dr. Gräber neben ihn und sah sich das Gesicht an.

»Hier«, er deutete auf den Boden neben dem Kopf, »nicht nur das Gras, auch das Erdreich ist voller Blut. Ich nehme an, dass ihn etwas Scharfes an der Halsschlag-ader verletzt hat. Er könnte verblutet sein. Jedenfalls war er noch nicht tot, als der Schuppen über ihm zusammen-brach.«

»Woraus schließen Sie das, Herr Dr. Gräber?«, fragte Leo.

Gräber deutete auf Ostrownis Hand, die auf seiner Brust lag. »Der Handschuh ist voller Blut. Ich nehme an, er hat versucht, die Hand auf die Wunde zu pressen. Dieses Holzscheit hier ist durchtränkt von Blut, es hat sich richtig vollgesogen.« Gräber zog ein schmales Fichtenholzscheit unter Ostrownis Kopf hervor. Es war rotbraun verkrustet. Im hellen Licht der Lampen war jetzt auch Blut im Erd-reich und auf den spärlichen Grashalmen, die hier wuchsen, zu sehen. Gräber fand seinen Verdacht bestätigt, als er Ostrownis Kopf drehte. An der linken Halsseite klaffte ein langer Riss, der die Halsschlagader verletzt haben dürfte. »Das muss ich mir im Institut genauer ansehen. Aber wahrscheinlich ist das die Todesursache.«

»Ein Unfall?«, fragte Leo nach.

»Das kann ihm auch jemand mit einer Waffe zugefügt haben. Ohne eine gründliche Untersuchung kann ich das nicht beantworten. Es könnte genauso gut eine vorsätzliche Tötung sein«, sagte Dr. Gräber bedächtig.

»Herrschaftszeiten! Wenn das Mord war, sind wir einer ganz großen Sache auf der Spur«, staunte Leo.

»Oh nee, bitte keinen Bandenkrieg in der Drogenszene«, seufzte Sascha und stemmte sich mühsam wieder in die Höhe.

Aufgeregt bellend kam Laika um die Ecke gesaust und rannte Leo Reisinger fast um.

»Sandra!«, brüllte der wütend und hielt Laika am Halsband fest. »Du kannst deinen Hund nicht frei an einem Tatort herumlaufen lassen!«

Sandra kam eilig um die Ecke und wedelte mit der Leine. »Sorry, Leute, sie ist mir entwischt. Komm her, Laika, böser Hund.« Sie fuhr ihr zärtlich über den Kopf und leinte sie an. Dann machte sie die Leine nach kurzem Suchen am Riegel der Stalltür fest. »Ist doch nur ein Auto«, maulte sie, entdeckte dann aber Dr. Gräber, der neben der Leiche auf dem Boden kniete, und Manni Tannhauser, die ihr beide interessiert entgegenschauten.

»Eine weitere Leiche?«, fragte sie erschrocken.

»Hörst du keinen Polizeifunk, wenn du Auto fährst?«, blaffte Leo sie an.

»Aber hier draußen gibt es keinen Empfang«, gab Sandra zurück. Sie begrüßte Dr. Gräber und die Spurensicherer, um Leo aus dem Weg zu gehen.

Sascha versuchte die Wogen zu glätten. »Stell dir vor, Sandra, der Tote ist Pawel Ostrowni.«

Während Sandra bei Sascha und den Spurensicherern blieb, folgte Leo verärgert dem kleinen Trampelpfad, der vom Hof die Anhöhe hinauf und hinter dem Schuppen in den Wald hineinführte. Oberhalb des Pfades wuchs Gebüsch. Vereinzelt klammerten sich Fichten an die Felsen, unterhalb ging das Gelände immer mehr vom felsigen Untergrund in Waldboden über. Da standen hauptsächlich schlanke, kerzengerade Fichten, ein paar junge Birken und dazwischen einige Sträucher. Bei genauerem Hinsehen, soweit das in der einbrechenden Dunkelheit überhaupt möglich war, konnte Leo ein paar geknickte Äste ausmachen, die ihm verrieten, wie der Geländewagen in den Schuppen geraten war. Auf dem Boden dagegen waren keine offensichtlichen Spuren zu finden. Der langanhaltende Regen vom Wochenende und in den letzten Nächten hatte wohl dafür gesorgt, dass es keine Reifenspuren gab. Jedenfalls nichts, was er in der Dämmerung als solche erkennen konnte. Vermutlich würde man bei genauer Inspektion noch Profilspuren finden.

Als er zurück zu den anderen kam, war Leo überzeugt von seiner Theorie.

»Ich glaube, dass der Wagen von oben hier heruntergerollt und dann in den Holzschuppen gekracht ist«, sagte er.

»Du meinst, der kam von oben, wo die Leiche von Novotny lag?«, fragte Sascha.

Leo nickte: »Ja, da bin ich mir ziemlich sicher. Im Wald gibt es abgeknickte Äste, die die Route andeuten. Und wie sollte das Auto sonst in den Schuppen geraten sein?«

Das war tatsächlich die Frage, denn vom Waldweg aus gab es keinen Weg, der breit genug für den Geländewagen gewesen wäre. Das Gartentor war definitiv zu klein. Die Anhöhe, auf der das Haus und der Schuppen lagen, war so steil, dass es kaum möglich war, da mit dem Auto hochzufahren. An der Graskante hätte man zudem Reifenspuren sehen müssen. Aber da war nichts. Der kleine Hof zwischen Stalltür und Schuppen war spärlich mit Gras bewachsen und notdürftig gepflastert.

Ungläubig breitete Sascha die Arme aus: »Dieser Geländewagen ist den ganzen Weg von oben durch den Wald hierher gerollt, aber dann in diesem maroden Schuppen hängengeblieben? Und als der Boss die Schuppentür aufmacht, rollt der Wagen über ihn drüber?«

Leo sah sich konzentriert die wie Mikadostäbchen verstreuten Bretter und Balken um den Pajero an. »Da«, er deutete auf die eingedrückten Bodenbretter. »Der Wagen hat drinnen gestanden, das ist klar zu sehen. Warum er nicht durch die windige Schuppentür weitergerauscht ist, kann ich nicht sagen. Vielleicht haben sich genügend von den Brennholzscheiten so vor den Reifen verklemmt, dass sie die Fahrt abgebremst haben. Der Wagen ist ja auch nach dem Öffnen der Schuppentür nicht weit gerollt, höchstens einen Meter, bis er wieder vom verkeilten Holz gestoppt wurde.«

Manni Tannhauser hatte ihm zugehört und nickte: »Das nennt man labiles Gleichgewicht. Das ist wie beim Jenga, da reicht ein kleiner Impuls, um alles zum Einsturz zu bringen.« Er deutete auf das Stemmeisen, das Ostrowni offenbar benutzt hatte.

»Ich nehme an, wir werden etwas Interessantes im Wagen finden, sonst hätte sich der Boss wohl kaum selbst auf den Weg gemacht, um ihn zu suchen«, sagte Leo zum Leiter der Spurensicherung. »Können wir einen Blick hineinwerfen?«

Tannhauser nickte und winkte die Kripobeamten an die Beifahrertür. Nachdem das Holz vor den Reifen entfernt worden war, hätte der Wagen sich fast wieder in Bewegung gesetzt. Tannhausers Leute hatten ihn inzwischen aber stabilisiert. Ein Mitarbeiter war nun damit beschäftigt, im Inneren Fingerabdrücke zu sichern. Auf dem Rücksitz lagen eine Stange Zigaretten und mehrere Packungen mit Karlsbader Oblaten in verschiedenen Geschmacksrichtungen. In der Ablage zwischen den Vordersitzen blitzte etwas im Licht. Ein über und über mit Strass-Steinen besetztes Handyetui lag da neben einem zweiten, unscheinbaren Mobiltelefon.

»Schau dir das an, Sandra«, murmelte Leo und machte Platz für seine Kollegin, die sich ebenfalls im Wagen umsah. Sandra sah sofort, was er meinte. »Bingo! Das Handy in dem Glitzerdings gehört ziemlich sicher Chantal«, sagte sie und kletterte wieder aus dem Wagen. »Böhmer hat uns doch ein Foto von ihr mitgegeben, auf dem sie genau so eine Handyhülle in der Hand hat.« Sie war sichtlich erfreut, dass sie ein weiteres Puzzleteil gefunden hatten.

»Sobald wir die Ergebnisse der Fingerabdrücke haben, können wir sicher sein. Aber ich wette, das ist der Wagen, mit dem die beiden Frauen in Tschechien waren.«

Leo dachte das Gleiche, nickte aber nur.

Inzwischen kamen zwei Beamte, die die Leiche von Pawel Ostrowni bargen und gut in Folie verpackt in die Gerichtsmedizin bringen würden. Dr. Gräber gesellte sich zu den drei Kommissaren.

»Nach erstem Augenschein gehe ich davon aus, dass der Tote da seit etwa zwei Tagen liegt. Genauer kann ich Ihnen das morgen Nachmittag sagen. Außerdem bin ich mir relativ sicher, dass er verblutet ist. Das geht bei einer Verletzung der Halsschlagader ziemlich schnell, weil der Kreislauf nach einem größeren Blutverlust zusammenbricht und der Betroffene das Bewusstsein verliert.«

»War das eher ein Unfall, Dr. Gräber?«, versuchte es Leo nochmals.

Gräber wiegte seinen kahlen Kopf bedächtig hin und her. »Noch mal, Herr Kollege: Das kann man schlecht sagen, zunächst deuten die Umstände eher auf einen Unfall. Außer, jemand hat ihm mit diesem baufälligen Schuppen und dem Auto eine Falle gestellt, gewartet, bis er von dem Holz und dem Wagen umgeworfen worden ist und ihm mit einem scharfen Gegenstand die Halsschlagader aufgerissen.« Er sah in die Runde und blieb mit seinem Blick an Sandra hängen.

»Aber das klingt schon eher unwahrscheinlich, nicht wahr? Wir haben einen Balken gefunden, an dem ein langer Nagel herausragt. Ob der die Verletzung der Halsschlagader herbeigeführt hat, werden wir herausfinden.«

Leo nickte: »Können Sie, sobald wir den Wagen hier weggeschafft haben, auch überprüfen, ob das Reifenprofil auf die Spuren an der Leiche von Jatzek Novotny passt?«

Gräber nickte und verabschiedete sich.

Es war inzwischen stockdunkel, und der nächste Regen kündigte sich an. Leo, Sascha und Sandra suchten Schutz unter dem Vordach.

»War wohl nichts mit deiner Theorie von den tschechischen Mädchenhändlern, Sandra?«, fragte Leo feixend. Er hatte sich beruhigt und wollte wieder Frieden mit ihr schließen.

»Ich bin wirklich erstaunt, was da so langsam zutage kommt«, sagte Sandra. »Nicht, dass wir das in unserem Job nicht gewöhnt sind. Aber dass die beiden Damen möglicherweise als Kuriere unterwegs waren, ist schon heftig. Dass aber ihre Auftraggeber Ostrowni und Novotny innerhalb von wenigen Tagen tot aufgefunden werden, haut mich echt um. Wenn wir wüssten, wo die zwei sind, würde ich wirklich besser schlafen.« Sie bogen um die Ecke, um entlang des Stalls zum Gartentor zu gehen, als Laika anfing, wie wild zu bellen.

»Oh, Gott, den Hund hätte ich beinahe vergessen«, rief Sandra und wandte sich um. In diesem Moment gab es einen gewaltigen Rumms, gefolgt von lautem Gepolter. Laika kam verschreckt um die Ecke gestürmt, an ihrer Leine hing der Eisenriegel des Stalltores.

»Mensch, Sandra!«, Leo hastete zurück um die Ecke und blieb abrupt stehen. Ihm bot sich ein merkwürdiges Bild. Im Kegel der Laterne, die noch immer den Hof ausleuchtete, standen die beiden Stalltürflügel weit offen. Vom Stall hatte sich mehrere Meter in den Hof hinein ein Berg Geröll ergossen. Noch immer kullerten kleine und größere

Gesteinsbrocken von hinten nach vorne, und über dem Ganzen lag eine dichte Staubwolke.

»Du lieber Himmel, was ist denn das?« Sandra war mit Laika an der Leine ebenfalls in den Hof geeilt.

Alle Polizisten, die noch vor Ort waren, kamen angerannt und starrten verwundert auf den Haufen Geröll, der sich da aus dem Stall ergoss und wie eine Wandermoräne in den Hof leckte.

Im Scheinwerferlicht konnte man am hinteren Ende des Stalles eine Holzwand erkennen, die fast bis an die Decke reichte. Der Raum war dort mannshoch mit Steinen und Geröll gefüllt.

»Das müssen Tonnen sein.«

»Wie kommt das da hin?« Die Fragen schwirrten durcheinander.

»Scheint eine private Kiesgrube zu sein«, witzelte ein Polizist und ließ seine Taschenlampe über den gewaltigen Berg huschen.

»Oder eine Goldgrube«, meinte ein anderer. Kopischke schüttelte den Kopf: »Wir sind doch hier nicht im Erzgebirge, hier im Sandstein findet man weder Gold noch Edelsteine.«

»Was um Himmels willen ...?«, meinte Leo. »Das ist doch kein Baumaterial, oder?«

Sascha machte eine ratlose Geste: »Ich sammle Elefanten. Ich kenne auch Leute, die bringen von jeder Bergtour einen Stein mit nach Hause. Aber so was?«

Freitag

»Hermine Protzsche, geboren 1935 in Berlin als Hermine Sieglinde Watzke, seit 1960 verheiratet mit Gisbert Protzsche, Professor für Slawistik an der Humboldt-Universität; keine Kinder.« Sandra leierte die Fakten schnell herunter. »1990 erbten sie und ihr Mann das Haus in Ottendorf von Protzsches Großonkel Alfons Keuner. Wahrscheinlich haben sie es als Ferienhaus genutzt. 1994 ist Gisbert Protzsche gestorben und hat seiner Frau einen Haufen Schulden hinterlassen. Es stellte sich heraus, dass er all sein Geld mit einem windigen Immobilienfonds und am Pokertisch verloren hatte. Jedenfalls hat Hermine Protzsche das Wohnhaus in Berlin und den größten Teil ihrer Besitztümer verkauft, um die Schulden ihres treusorgenden Gatten zu bezahlen. Seit 1996 ist das Haus ihr Hauptwohnsitz. Sie bezieht nach wie vor ihre Witwenrente und hat ein Konto bei der Sparkasse in Sebnitz. Mehr habe ich bis jetzt nicht herausbekommen.«

Leo nickte. »Bevor du nachher auch nach Ottendorf rausfährst, versuche zu erfragen, ob die Leute sie da kennen. Eine alte Dame muss doch mindestens einen Hausarzt und einen Lebensmittelladen haben, wo man sie regelmäßig sieht.«

Sascha kam angehetzt, seinem Keuchen nach zu urteilen war er die Treppen im Dauerlauf hochgerannt.

»Wo kommst du denn jetzt her?«, fragte Leo.

»Vom Tennis«, keuchte Sascha.

»Kannst gleich wieder umdrehen, Sascha, wir fahren sofort raus nach Ottendorf und nehmen das Haus auseinander.«

Sandra grinste Sascha aufmunternd zu. »Na also, geht doch!«

Sascha lächelte zurück.

Erst jetzt fiel Leo Reisinger auf, dass sein Kollege heute die ausgebeulte Cordhose gegen eine gut sitzende Stoffhose getauscht hatte. Darüber trug er ein weißes Hemd und einen feinen, gelben Wollpulli. Er warf ihm einen fragenden Blick zu, aber Sascha sah ihn nicht an. Da steckte garantiert eine Frau dahinter, dessen war sich Leo sicher.

»Auf geht's!«, forderte Leo ihn auf und machte sich auf den Weg nach unten.

In Ottendorf wartete schon Hauptwachtmeister Kopischke, um ihnen das versiegelte Haus wieder zu öffnen. Das Spurensicherungsteam nutzte ebenfalls das Tageslicht und durchsuchte den gesamten Hof gründlich. Leo und Sascha folgten Manni Tannhauser hinein in den dunklen Flur. Die ausgetretenen Bodendielen waren wahrscheinlich genauso alt wie das Haus selbst, mutmaßte Leo. Hinter einer groben Holztür führten drei Treppen hinunter in den Stallanbau. Hier war zwei Meter von der Treppe eine massive Wand aus Balken eingezogen, die fast bis zur Decke reichte. Ein wenig altes Gerümpel und eine Aluminium-Leiter standen herum. Hinter der Holzwand war das Gestein gelagert worden, das Laika gestern Abend ins Rollen gebracht hatte. Während die Spurensicherer an der Aluminium-Leiter Fingerabdrücke nahmen, inspizierten Sascha und Leo den Raum.

»Die Holzbretter sind links und rechts in eine Art Schiene geschoben. Da konnte man nach und nach neue Bretter draufsetzen ...«, sagte Leo. »Jemand hat also das Gestein über die Wand gekippt und die einfach höher gezogen, je mehr sich da angesammelt hat.«

Sascha schüttelte ungläubig den Kopf: »Das kann doch eine fast Achtzigjährige nicht bewerkstelligen. Das Gestein ist schwer und allein die Bretter zu transportieren dürfte nicht leicht gewesen sein.«

Er rieb sich seinen rechten Arm. »Ich kriege immer sofort Muskelkater.«

»Dagegen hilft nur Training, Sascha«, meinte Leo. »Kannst gerne mit mir joggen gehen.«

Sascha zog eine Schnute und ging zielstrebig zurück in den Hausflur.

»Stopp!« Manni Tannhauser hielt ihnen Handschuhe entgegen. »Zieht die über und fasst trotzdem nichts an!«

Rechterhand fanden sie ein Badezimmer mit einer alten, emaillierten Badewanne und einem wackeligen Holzhocker. In der Wanne zog sich ein schmutzig-brauner Rand auf halber Höhe um das Rund. Es roch nach Waschpulver. Eine aufgerissene, leere Packung stand auf dem Hocker. Im Badeofen lagen die Reste eines Holzfeuers. Leo lugte vorsichtig hinein. »Das sieht nicht aus, als läge es da schon Monate. Ich gehe davon aus, dass vor einigen Tagen hier noch jemand eingeheizt hat.«

In der Küche war es ganz offensichtlich, dass das Haus noch bis vor kurzem bewohnt gewesen war. Auf dem Tisch standen benutzte Teller. Auf einigen von ihnen begann der Schimmel zu wachsen, es roch muffig nach vergammeltem Essen. Der Grund, das fanden sie schnell heraus, waren unzählige leere Eintopfdosen, die in einem Müllsack in der Ecke lagen. Sascha hob den Sack etwas an. »Igitt, das müssen ja hunderte sein.« Er warf einen angewiderten Blick hinein. »Das sind immer die gleichen Dosen, einmal Bohneneintopf, einmal Kartoffel-Fleischtopf. Da hat jemand aber einen ziemlich einseitigen Speiseplan.«

Der altmodische Küchenschrank erinnerte Leo an die Einrichtung, die die Huber Amalie, eine Freundin seiner Oma, in ihrer Küche gehabt hatte. Ein altes Buffet mit drei Türen unten, einer Ablage und oben drüber drei mit gehäkelten Gardinen verhängten Glastüren. In den unteren Fächern fanden sie alte, emaillierte Töpfe, auf denen jede Menge Staub lag. Die waren offensichtlich seit langem nicht mehr benutzt worden. Hinter den Glastüren standen ein paar alte, geschliffene Weingläser, eine angebrochene Packung Zwieback und stapelweise alte Rätselhefte.

Die Ablage dazwischen war leer, bis auf ein mit trockenen, braunen Scheiben gefülltes Einmachglas und eine Packung Zwieback. Während Leo auf die Rätselhefte starrte und sich fragte, wozu man die denn aufheben sollte, nahm Sascha das Glas in die Hand und drehte vorsichtig den Deckel auf. Sofort breitete sich ein intensives Aroma in der Küche aus. »Ah, getrocknete Pilze, lecker!« Er schraubte den Deckel wieder zu und stellte das Glas zurück.

Neben der Küche gab es noch einen Raum nach vorne zum Weg hinaus. Hier standen ein altes, staubiges Sofa, eine monströse Nussbaumanrichte, ein Couchtisch, ein alter, geblümter Lesesessel und eine Stehlampe mit verblichenem Stoffschirm. Im Gegensatz zur Küche sah der Raum unbenutzt aus. Auf allen Oberflächen lag eine Staubschicht, die so dick war, dass man die Fußabdrücke der Polizisten am Boden sehen konnte.

»Sehr merkwürdig, oder?«, kommentierte Leo.

Sie gingen nach oben. Jeweils über der Küche und dem Wohnzimmer lag ein Schlafzimmer. Zur Stallseite hin gab es nur einen Dachboden, der bis auf ein paar alte Weidenkörbe leer war. Die beiden Schlafzimmer waren fast identisch eingerichtet: jeweils ein Bett mit der Stirnseite an der Innenwand, ein kleiner Kleiderschrank an der Außenwand, ein Nachtkästchen mit Marmorplatte obenauf neben dem Bett und ein schlichter Holzstuhl vor dem Fenster. Einer der Schränke war voll mit altmodischer Damengarderobe, Kleidern, Pullovern, lachsfarbener Wäsche, dicken Wollstrumpfhosen. Das Bett war staubig und roch leicht modrig. Obwohl nur wenig Sonne durch das Fenster kam, weil das Haus mitten im Wald stand, war das Betttuch ausgebleicht. Leo hatte vorsichtig die Decke etwas angehoben, und sie sahen, dass der verdeckte Teil noch deutlich blauer war als der außen sichtbare. Es roch muffig, als ob hier schon länger nicht mehr gelüftet worden war.

»Hm, hier hat bestimmt seit Monaten niemand mehr geschlafen. Diese Frau Protzsche wohnt schon länger nicht mehr hier, schätze ich.« Sascha deutete auf die Mäuseköttel, die unter dem Bett lagen.

»Die Frage ist, wo ist sie abgeblieben?«

Im Schlafzimmer daneben lagen im Kleiderschrank zwei alte, dreckige Jeans, Größe 38/32, dazu einige fleckige T-Shirts, ebenfalls recht groß, und durchlöcherte Socken. Das Zimmer sah bewohnt aus, das Bett zerwühlt, auf dem Nachtkästchen Spuren im Staub, genau wie auf dem Boden. »Es riecht hier wie in einem ...«, Sascha rümpfte angewidert die Nase.

»... Obdachlosenheim?«, fragte Leo.

Sascha nickte. »Nach ungewaschenen Männern, nach Bier und Schweiß und Dreck und Furz.«

Manni Tannhauser kam die Treppe herauf. Er schickte einen seiner Mitarbeiter ins Nebenzimmer und machte sich im vorderen Schlafzimmer daran, nach verwertbaren Spuren zu suchen.

Als erstes nahm er die Fingerabdrücke vom Messinggriff des Fensters, dann vom Porzellanknauf des Nachtkästchens.

»Kann ich es jetzt aufmachen?«, fragte Leo.

Tannhauser nickte.

Vorsichtig zog Leo die kleine Holztür auf. Aber die Fächer waren leer.

»Das sieht aus, als hätte jemand möglichst alles Persönliche mitgenommen. Als hätte derjenige geahnt, dass wir kommen«, resümierte er.

»Na, wenn derjenige Pawel Ostrowni auf dem Gewissen hat, hätte ich mich an seiner Stelle auch aus dem Staub gemacht«, sagte Sascha.

»Wohl wahr, aber wie ein klassischer Mord sieht das nicht aus.« Leo warf noch einen Blick unter das Bett und stand aus der Hocke wieder auf.

Sascha hob mit seinem Kugelscheiber vorsichtig die Socken im Schrank hoch.

»Erst Novotny, dann Ostrowni, das kann doch kein Zufall sein. Ich glaube, wir haben es hier mit einem ganz ausgefuchsten Mörder zu tun, der seine Opfer in Situationen bugsiert, die wie ein Unfall aussehen, bei denen er aber schön nachgeholfen hat.«

»Hm«, Leo strich sich ratlos über sein Kinn. »Ich gebe zu, das sieht alles ungewöhnlich aus. Wenn wir von der Mordtheorie ausgehen, wirkt es eher, als ob die Opfer von einer Frau als von einem Mann umgebracht worden wären. Die machen das normalerweise nicht mit einem Messer oder einer Pistole, die greifen eher zu weniger brachialen, aber dennoch wirksamen Methoden.«

»Sag ich doch.« Sascha hatte die Inspektion des Schranks beendet.

»Wir sollten vor zum Sägewerk gehen, vielleicht wissen die, was für ein Mann hier gewohnt hat«, sagte Leo.

»Warte, guck hier«, Sascha deutete auf zwei eingedrückte runde Kuhlen im Holzboden. »Hier stand mal ein anderes Bett, ein breiteres.«

Manni Tannhauser bestätigte Saschas Verdacht. »Die Abdrücke sehen aus wie die von einem alten Eisenbett. Die haben diese runden Füße, die sich im Lauf der Zeit in so einen weichen Holzboden graben. Mit der Taschenlampe leuchtete er unter das Bett und fand unter dicken Staubschichten auch die beiden hinteren Abdrücke.

»Und dieses Bett hier?« Leo ging noch mal in das andere Schlafzimmer.

Schnell war klar, dass die beiden Betten früher nebeneinander als Ehebett in diesem zweiten Raum gestanden hatten. Die schwachen Abdrücke am Boden passten exakt.

»Tja, aber was bedeutet das?«, fragte Leo. Manni Tannhauser lehnte lässig am Türstock des zweiten Schlafzimmers: »Das bedeutet, dass hier früher ein drittes Bett stand. Ein großes Eisenbett, das jetzt nicht mehr da ist. Nicht mehr und nicht weniger.«

Sie stiegen die schmale Holztreppe wieder hinunter.

Unten wartete Hauptwachtmeister Kopischke auf sie.

»Die Herren Kriminalkommissare?« Er deutete auf zwei junge Polizisten. »Die beiden Kollegen haben nach dem Fund der Leiche oben in Ottendorf die Leute im Umkreis befragt. Sie waren auch hier am Haus.« Er trat einen Schritt zurück, um die jungen Männer vorzustellen: »Wachtmeister Berger und Wachtmeister Regenschütz.«

Leo klopfte dem rotgesichtigen Kopischke anerkennend auf die Schulter. »Da haben Sie super mitgedacht, Herr Hauptwachtmeister! Genau nach denen wollte ich Sie fragen.«

Er wandte sich zu den beiden jungen Polizisten. »Können Sie sich erinnern, wen Sie am Montag hier angetroffen haben?«

Die beiden grinsten sich vielsagend an. »Und ob.« Das war Berger.

»Der Mann war um die fünfzig Jahre alt, schlank, hatte lange, graue Haare, zu einer Art Pferdeschwanz zusammengebunden. Er machte einen ziemlich ungepflegten Eindruck, trug einen Bart und war etwa so groß wie Sie.« Sein hochgeschossener Kollege Regenschütz nickte bestätigend und fuhr fort: »Wir waren ja um die Mittagszeit hier unterwegs und mussten ziemlich lange klopfen, bis der aufmachte. Als er endlich in der Tür stand, hatte er keine Hose an, ein zerknautschtes Hemd obendrüber und sah aus, als wäre er gerade aus dem Bett gekrochen.«

Beide Polizisten sahen sich an und grinsten.

Leo war etwas irritiert. »Ja, und weiter?«

Berger fuhr fort: »Er hat nur gesagt, dass er nichts Verdächtiges gesehen hätte und wir haben ihm die Karte mit der Telefonnummer gegeben, falls ihm noch was einfallen würde.« Regenschütz grinste immer noch.

»Und was gibt es zu grinsen?«

»Er hat so was von einem Furz fahren lassen, als er da mit der schlabbrigen Unterhose in der Tür stand. Mann oh Mann, der war nicht von schlechten Eltern.«

Leo uns Sascha tauschten Blicke. Sascha meinte: »Bei den Bergen von Bohneneintopf, die der verputzt hat, ist das ja wohl kein Wunder. Sonst noch was, Leute? War er nervös, hatte er auffällige Merkmale?«

Die beiden Polizisten schüttelten die Köpfe, dann aber fiel Regenschütz doch noch was ein: »Ich glaube, das war ein Berliner.«

Sein Kollege bestätigte das: »Mensch, Bruno, ja, jetzt wo du das sagst. Der hat ein bisschen berlinert. Aber sonst? Er war schon irgendwie nervös, aber wenn ich in einer alten ausgeleierten Unterhose mittags von der Polizei aus dem Bett geholt werden würde, wäre ich wahrscheinlich auch nervös.«

»Danke, Kollegen!«

Sandra kam auf den Waldweg angefahren, die aufgeregte Laika auf dem Rücksitz.

»Oh Mann, sie hat wieder den Hund dabei«, stöhnte Leo.

Sandra nahm Laika aber an die Leine, als sie ausstieg und auf Leo zuging. »Die Spürhunde kommen gleich. Ich habe mir von Böhmer jeweils ein paar Schuhe von Chantal und Christine Böhmer rausgeben lassen.«

»Ach, die hat er tatsächlich ohne Hilfe gefunden?«, unkte Leo.

»Naja, nicht ganz ohne Hilfe«, stellte Sandra fest, »aber gemeinsam haben wir es dann geschafft. Was gibt es?«

»Die Besitzerin des Hauses, diese Hermine Protzsche, ist hier bestimmt seit Monaten nicht mehr gewesen. Hast du noch was über sie rausbekommen können?«, fragte Sascha.

»Nein, ich habe in der Gemeinde angerufen, aber die wissen von nichts und die drei Ärzte im Umfeld führen keine Patientin dieses Namens. Ich denke, wir müssen die Nachbarn vor Ort fragen.«

Hinter ihr kamen zwei Wagen mit Spürhunden auf dem Waldweg angeholpert.

»Du wolltest unbedingt Pilze suchen gehen! So eine bescheuerte Idee! Pilze suchen, statt auf kürzestem Weg nach Hause zu fahren! Weil du da früher mit deiner Tante schon im Wald warst. Und jetzt sitzen wir hier fest! Das haben wir allein dir zu verdanken! Du bist die hirnverbrannteste, dümmste Kuh auf der ganzen Welt!« Chantal hatte sich wieder in Rage geredet und beschimpfte ihre Mutter aufs Übelste. Christine humpelte mühsam über den unebenen Felsboden und zog den Kopf ein. »Ich konnte doch nicht wissen, dass uns so was passiert«, murmelte sie matt. »Wir müssen jetzt zusammenhalten, Kind. Ich verstehe ja, dass du verzweifelt bist. Ich möchte auch raus.«

»Du hast überhaupt keine Ahnung«, schrie sie Chantal an. »Ich war so nah dran, meine Träume zu verwirklichen! So nah!« Sie hielt ihrer Mutter die rechte Hand vor die Nase und zeigte mit Daumen und Zeigefinger eine kurze Distanz.

»Ach Chanti, du träumst doch immer von irgendwas. Noch nie ist das in Erfüllung gegangen. Träume allein verändern das Leben nicht.«

»Ich hätte endlich genug Geld gehabt! Ich hätte weggehen können, ein neues Leben anfangen. Aber jetzt sitze ich hier in diesem Drecksloch und werde verhungern.«

Watzke hielt es nicht mehr aus. Das war nicht in Ordnung, dass diese junge Frau ihre Mutter so anschrie.

»Diese emotionalen Anschuldigungen bringen gar nichts, Fräulein Böhmer! Ich verbiete Ihnen, so mit Ihrer Mutter zu reden. Das gehört sich nicht.«

»Schnauze!«, brüllte Chantal zurück.

Christine Böhmer stand dazwischen und versuchte, die Streithähne auseinanderzuhalten: »Bitte beruhige dich, Chantal!«

»Ich will mich aber nicht beruhigen!«, schrie die zurück. »Ich will mich aufregen! Weil das hier die beschissenste Situation ist, die man sich nur vorstellen kann. Wir hocken in einem Loch und können nicht mehr raus! Und dieser völlig irre Typ da«, sie deutete mit spitzem Finger auf Watzke, »dieser bescheuerte Mensch kann das gut finden und sich freiwillig einmauern, aber ich will hier raus!« Ihre Stimme schnappte beim letzten Wort über, und sie begann auf ihre Mutter einzuschlagen.

Watzke überlegte nicht lang und verpasste Chantal mit ganzer Kraft eine Ohrfeige links und eine rechts. Der Abdruck seiner Finger war trotz der dürftigen Beleuchtung deutlich auf ihren Wangen zu sehen.

»Das, das ...«, Chantal starrte ihn überrascht an, »darf der nicht«, stammelte sie und blickte hilfesuchend zu ihrer Mutter.

Aber Christine Böhmer war mit den Nerven am Ende. Sie ertrug Chantals Gejammer und Geschrei selbst kaum noch. Während der letzten sechs Tage hatte Chantal beständig zwischen Heulanfällen wie ein kleines Kind und Wutausbrüchen wie eben geschwankt. Sie hatte sie getröstet und sich ihre Vorwürfe angehört, immer und immer wieder. Jetzt fühlte sie sich am Ende ihrer Kräfte. Christine war dankbar, dass der rätselhafte Mann ihrer Tochter endlich die Grenzen aufgezeigt hatte.

»Versuch noch einmal, deine Mutter zu schlagen, dann mach ich dich fertig!« Er starrte Chantal böse in die aufgerissenen Augen und wunderte sich dabei über sich selbst.

Chantal merkte, dass sie den Bogen überspannt hatte und dass ihre Mutter ihr nicht mehr zu Hilfe kam. Sie trollte sich in ihre Ecke.

Detlef Watzke führte Christine zurück zum Bett, denn vor einer halben Stunde hatten ihre sieben Stunden Schlafenszeit begonnen.

»Ruh dich aus, Christine. Wie geht es deinem Knöchel? Wird es langsam besser?« Christine Böhmer warf ihm ein dankbares Lächeln zu. »Es wird langsam besser, Danke.«

Er nickte, zog die Decke über sie und ging zurück zum Tisch, um ein neues Rätsel zu lösen.

Chantal hockte inzwischen auf einem Holzbrett, das, über zwei Felsvorsprünge gelegt, notdürftig als Bank herhalten musste. Nach einer Weile stand sie leise auf und schlich sich langsam in Richtung Bett. Watzke hatte die Bewegung aus dem Augenwinkel heraus verfolgt. Er stand drohend auf. Chantal kehrte seufzend um und versuchte, es sich auf dem schmalen, harten Brett so gut es ging gemütlich zu machen. Mit angezogenen Beinen, die Hände unter dem Kopf, starrte sie an die dunkle Decke.

Sandra hatte Neuigkeiten: »Der Wagen ist definitiv von Chantal gefahren worden. Ihre Hausschlüssel und ihr Handy lagen drin«, informierte sie ihre beiden Kollegen.

Leo überraschte das nicht. »Was gab es sonst noch in dem Auto?«

»Daran wird noch gearbeitet«, sagte Sandra »Die haben den Wagen ja erst gestern spät abends bekommen. Vor heute Nachmittag wird es da keinen vollständigen Bericht geben.«

Leo nickte.

Der Hundeführer stieß zu ihnen. »Wo sind die Geruchsproben?« Er wusste, dass er und sein Partner zwei Frauen suchen sollten. Sandra holte einen auffälligen Sneakers mit Glitzersteinen aus einer Tüte, dann einen schlichten schwarzen Pumps mit halbhohem Absatz. Während sie dem Hundeführer die Schuhe reichte, zog Laika ungeduldig an der Leine. Sie versuchte, die beiden Bluthunde zum Spielen aufzufordern, aber die sahen gelangweilt über den jungen Hund hinweg.

Der Hundeführer tätschelte Laika den Hals und meinte zu Sandra: »Hübsches Tier! Hovawarts haben auch eine gute Nase. Sie sollten sie gut ausbilden, dann ist das ein fantastischer Familienhund.«

»Frau Kruse ist der Meinung, dass antiautoritäre Erziehung für die Hundeseele besser ist«, kommentierte Leo.

»Pah, und du glaubst, du kannst über alles Theorien aufstellen, aber wenn es ans Machen geht, dann kneifst du«, konterte Sandra.

Sie drehte Leo den Rücken zu und wandte sich an den Hundeführer.

Der gab jedem der beiden Hunde einen Schuh zum Beschnüffeln. Dann wartete er ab, ob sie eine Fährte aufnehmen würden. Die Hunde liefen suchend um das Haus, durch den Garten, um den zusammengebrochenen Schuppen, aber offensichtlich konnte keiner von beiden eine Spur aufnehmen. Nach einer Weile schauten sie ihre Hundeführer erwartungsvoll an.

»Hier sind die Frauen nicht gewesen«, sagte der eine, »oder die Spur ist einfach zu schwach. Hat ja nun oft genug geregnet seit letztem Wochenende, und in diesem waldigen Gelände ist es schwer, eine Fährte nach so langer Zeit zu verfolgen.«

»Also hier waren sie wahrscheinlich nicht«, Leo sah den Hunden zu und dachte laut nach. »Gehen Sie doch bitte mal ins Haus und schauen Sie, ob Sie da eine Spur finden.«

Doch die Hunde streiften auch durch die Räume, ohne anzuschlagen. Die Kommissare hatten die Suche aufmerksam verfolgt. Schließlich schickte Leo die beiden Spürhunde hinauf nach Ottendorf, wo der tote Novotny geborgen worden war. »Vielleicht sind die Frauen ja da oben ausgestiegen.«

Die beiden Gespanne machten sich auf den Weg.

Sandra zerrte derweil Laika weg vom Blumenbeet im Garten, nachdem der Hund partout nicht aufhören wollte, da ein Loch zu graben.

Sie brauchte Leo gar nicht anzusehen, um zu wissen, dass er schon wieder genervt war.

»Binde den Hund hier irgendwo fest und setz dich kurz mit uns ins Auto.« Es war windig und kalt, im Haus waren immer noch die Spurensicherer zugange.

Leo erzählte Sandra, was die Polizisten berichtet hatten. »Wir müssen nachforschen, wer dieser Mann ist, ob es eine Verbindung zu Hermine Protzsche gibt und welche das sein könnte. Würdest du das übernehmen?«

Sandra sah ihn empört an:

»Du bist so ein Macho! Du willst mich hier nicht haben, um deine coole Kommissar-Nummer abzuziehen. Das ist einfach nicht fair! Du solltest wirklich mal an deinem Verhältnis zu Frauen arbeiten. Die verschwundenen Böhmer-Frauen, das ist mein Fall!«

»Wir arbeiten alle am selben Fall, seit sich herausgestellt hat, dass alles zusammenhängt. Wir ergänzen uns nur dann sinnvoll, wenn wir nicht alle das Gleiche tun. Ergebnisse müssen von verschiedenen Seiten kommen. Und du bist viel schneller am Computer als Sascha«, schloss Leo. »Außerdem ist der Hund hier wirklich im Weg. Bring ihn sofort weg von hier!« Er deutete nach draußen, wo Laika trotz der straff vom Gartentor her gespannten Leine das ehemalige Blumenbeet ordentlich umgrub. Sie steckte schon bis zum Bauch in der Erde und war völlig verdreckt.

Sascha stöhnte: »Oh, bitte, streitet doch nicht schon wieder! Könnt ihr nicht mal einen Tag friedlich sein und einfach gut zusammenarbeiten? Ihr macht immer so einen Zirkus! Hier geht es um einen Fall mit verschwundenen Frauen und zwei toten Männern, das allein zählt. Aber ihr beide kriegt euch dauernd in die Wolle wegen solcher Kleinigkeiten.« Leo und Sandra sahen ihn erstaunt an.

»Ich meine ja nur«, sagte er begütigend. »Wenn du willst, fahre ich zurück und kümmere mich um die Recherche nach diesem Mann.« Er rieb sich die rechte Schulter.

Sandra überlegte kurz und zog eine Schnute: »Nein, überredet. Ich fahre zurück und setzte mich an die Daten. Aber ihr haltet mich unbedingt auf dem Laufenden, klar?«

Sie holte Laika und versuchte den völlig mit Erde verschmierten Hund etwas abzuklopfen. Dann machte sie sich wieder auf den Weg nach Dresden.

»Gott sei Dank, Hund und Frauchen sind erst mal weg«, kommentierte Leo.

Sie gingen zurück ins Haus, um Manni Tannhauser und seinen Leuten weiter über die Schulter zu schauen. Die stellten Stück für Stück die Räume auf den Kopf.

»Wir könnten es mit einem Außenlager der Drogendealer zu tun haben, das von einer anderen Gruppe überfallen wurde, und dabei ist Ostrowni getötet worden«, gab Sascha zu bedenken.

Aber Leo konnte dieser Theorie nicht folgen: »Wo gehören dann die beiden Böhmer-Frauen hin, Sascha? Zu Ostrownis Ring oder zu dem feindlichen Lager? Wieso sollten die hier einen Mann sitzen haben, der Geröll hortet. Und vergiss nicht, es wurde bisher kein Fitzelchen Rauschgift hier im Haus gefunden.« Er dachte nach. »Möglicherweise hat Sandra doch recht mit dem Mädchenschieber-Ring, und das Haus hier diente der Bande, um immer wieder mal ein Opfer unterzubringen, bis es an die nächste Adresse weitergereicht wurde. Aber dagegen spricht, dass nur ein Bett benutzt wurde, das zweite schon lange nicht mehr ...«

»Oder die Böhmer-Frauen haben Ostrowni irgendwie hierhergelockt, weil sie ihn loswerden wollten. Vielleicht haben sie ihn umgebracht und dann die Flucht ergriffen?«, sinnierte Sascha.

»Und haben ihren Hausschlüssel im Auto liegen lassen?« Leo schüttelte den Kopf. »Nee, Sascha, da bist du auf dem Holzweg.«

Selbst nach mehrstündigem Suchen fanden sie außer den alten Kleidungsstücken keine Hinweise auf den ominösen Mann, der das eine Schlafzimmer bewohnt haben musste. Nach der Beschreibung der beiden Polizisten waren die Jeans im Schrank allerdings viel zu weit für den letzten Bewohner des Hauses. Nur, wem gehörten sie dann? Es gab keine Papiere, keine Fotos, nichts Persönliches, außer ein paar zerfledderte Kreuzworträtselhefte, die im Küchenschrank lagen. Die Handschrift war kerzengerade und akkurat – mehr Verwertbares gab es nicht. Leo nahm sich nun das zweite Schlafzimmer, wohl das von Hermine Protzsche, vor und bat Sascha hinauszugehen, um Hauptwachtmeister Kopischke zu holen.

Nur widerwillig tappte Sascha die Holztreppe nach unten. Er hatte zwar »Ja« gesagt, aber angesichts des mittlerweile stürmischen Regens draußen hatte er überhaupt keine Lust, vor die Tür zu gehen und den Sebnitzer Kollegen zu suchen. Außerdem hatte er Hunger. Aber mit Leo eine Pause zu machen, um etwas essen zu gehen, war nicht drin. Das kannte Sascha schon. Leo war wie eine Riesenschlange, er konnte problemlos eine Mahlzeit auslassen und merkte nicht mal, dass er Hunger hatte.

Sascha erinnerte sich an das Glas mit getrockneten Pilzen auf der Küchenanrichte. Er fand auch eine angebrochene Packung Zwieback. Nach kurzem Zögern nestelte er die Packung auf und biss auf einen Zwieback, um seinen knurrenden Magen zu beruhigen. Am liebsten hätte er ihn wieder ausgespuckt, denn er schmeckte muffig und krümelig. Angewidert steckte Sascha das angebissene Stück wieder in die Packung und sah nach dem Haltbarkeitsdatum. »Seit drei Monaten abgelaufen«, konstatierte er resigniert.

Das Glas mit den Pilzen zog ihn nach wie vor magisch an. Der Duft war überwältigend. Es roch nach Pilz und Wald, würzig und intensiv, ein wenig süß und gleichzeitig pfeffrig. Konnte man getrocknete Pilze wie Chips essen? Sascha hatte keine Ahnung. Seine Mutter streute genau solche getrockneten Pilze in ihr köstliches Wildgulasch. Vorsichtig holte er eines der Scheibchen heraus und schnupperte daran. Der Duft erinnerte ihn an Steinpilze. Sein Magen knurrte laut. Bedächtig steckte er das Pilzstückchen in den Mund, er wusste, dass er das nicht tun sollte. Zunächst schmeckte es nach wenig, aber je länger er darauf herumkaute, desto voller und runder wurde der Geschmack. Er holte sich noch ein paar der Scheibchen aus dem Glas, drehte es dann vorsichtig wieder zu und stellte es in den Schrank zurück.

Mit diesen Pilzchips würde er zur Not die nächsten zwei Stunden auch noch durchhalten. Durch die schmutzigen Scheiben konnte er undeutlich erkennen, dass es nicht nur regnete, sondern auch ungewöhnlich windig war. In engen Tälern wie dem Kirnitzschtal und seinen Ausläufern gab es nur selten starken Wind, normalerweise wehte er darüber hinweg. Wenn es aber doch einmal so windig wurde, war es nicht ungefährlich im Wald. Er steckte sich den nächsten Pilzchip in den Mund und spähte angestrengt nach draußen. Da näherte sich eine Gruppe von Leuten.

Als er mit vollen Backen kauend zur Haustür schlenderte, erkannte er Hauptwachtmeister Kopischke in Begleitung zweier Polizisten. Er rief Leo nach unten und den Hauptwachtmeister ins Haus.

Kurz bevor Leo bei ihm war, schluckte Sascha die köstlichen Pilze hinunter. Sofort spürte er, wie gut es war, wenigstens eine Kleinigkeit im Bauch zu haben.

Kopischke hatte nicht viel zu berichten. Er und zehn Männer hatten den Wald um das Haus herum durchkämmt, aber nichts Auffälliges gefunden, außer den abgeknickten Ästen und Reifenspuren des von oben heruntergerollten Geländewagens. Auch die Hundeführer kehrten vom Feldweg in Ottendorf ohne nennenswertes Ergebnis zurück.

»Wir haben ab und an Spuren gefunden, aber die Hunde haben sie schnell wieder verloren. Wahrscheinlich sind die Frauen im Wald herumgelaufen, aber das Ergebnis ist nicht eindeutig«, meinte einer der Hundeführer. »Wir haben seit einigen Tagen so viel Regen und Wind, das erschwert es den Hunden sehr, die Spur zu verfolgen, weil das Laub im Wald durcheinandergewirbelt wird.«

Leo nickte. »Theoretisch können die beiden überall sein. Wir wissen ja nicht, wie viele Fahrzeuge sich da oben in Ottendorf getroffen haben. Möglicherweise sind sie mit einem anderen Fahrzeug zurück über die Grenze gefahren.«

»Und dieser ominöse Hausbewohner?«, fragte Kopischke.

»Die vorne vom Sägewerk sagen, der wohne hier seit etwa vier Jahren. Er soll ein komischer Kauz sein. Hat kein Auto, läuft zu Fuß zum Einkaufen, geht den Leuten aus dem Weg. Die haben ihn alle nur vom Sehen gekannt.«

»Meine Kollegin versucht herauszubekommen, wer er ist. Wir haben auch schon jede Menge Fingerabdrücke genommen. Leider gibt es kein Foto von ihm.«

»Mann, wenn ich mir das vorstelle, dass das vielleicht ein gewalttätiger Drogendealer ist, der die beiden Frauen auf dem Gewissen hat, da läuft es mir eiskalt über den Rücken.« Wachtmeister Berger schüttelte entrüstet den Kopf. »Ich komme hier mindestens einmal die Woche vorbei und hatte keine Ahnung, was hier los ist. Jede Menge Leute laufen arglos durch den Wald.«

»Für diese Theorie gibt es bisher keine Belege«, wies ihn Leo zurecht. »Ich glaube nicht, dass der wirklich was mit den Frauen und dem Rauschgift zu tun hat. Im Haus jedenfalls haben wir nicht die geringste Spur von Rauschgift oder den Vermissten gefunden. Das ist weder eine Drogenküche noch ein Umschlagplatz gewesen. Trotzdem müssen wir nach diesem Mann suchen. Es wäre schon interessant zu erfahren, wieso er ausgerechnet jetzt verschwunden ist, was er mit Ostrownis Tod zu tun hat und was es mit dem Geröll im Stall auf sich hat.«

»Der war wirklich steinreich«, sagte Sascha und kicherte.

Kopischke sah ihn tadelnd an. Sascha zog den Kopf ein.

»Meine Leute haben die ganze Gegend um das Haus abgesucht und nichts gefunden, was wie ein künstlich gegrabenes Loch aussieht«, konstatierte Kopischke.

»Ich frage mich auch, wie das Gestein da in den Stall gekommen ist. Mit einem Auto? Wohl kaum, man kommt ja gerade eben mal mit einer Schubkarre in den hinteren Bereich des Gartens. Das Gelände ist zu eng und zu steil. Wenn man das zu Fuß herschleppen muss, kann das Loch doch nicht weit sein.«

»Wozu gräbt man ein Loch? Also entweder sucht jemand nach etwas oder er braucht einen Hohlraum, um etwas zu verstecken«, sinnierte Wachtmeister Berger.

Sascha hob den Zeigefinger, also wolle er sich melden: »Also ich, ich würde mir einen Weinkeller graben.« Er sprach schleppend und wunderte sich selbst darüber, dass er Mühe hatte, sich ordentlich zu artikulieren. Den anderen Polizisten fiel das nicht auf, aber Leo warf ihm einen fragenden Blick zu, bevor er sich wieder auf das Gespräch konzentrierte.

»Ein Geologe könnte uns vielleicht sagen, wo das Gestein herkommt.«

Kopischke schüttelte den Kopf. »Dafür brauchen Sie keinen Geologen. Das ist der Sandstein, der hier überall liegt. Kommen Sie mit!«

Sascha stellte erfreut fest, dass es aufgehört hatte zu regnen. Alles sah irgendwie rosa aus. Sie gingen im Gänsemarsch um die Hausecke und an der Wand entlang auf die Rückseite des Gebäudes, wo zwischen den offenen Stalltüren immer noch der gewaltige Haufen Geröll lag. Kopischke hob ein Stück auf. »Das ist genau das Gestein, aus dem hier alle Felsen bestehen. Wenn Sie ein wenig in die Erde graben, finden Sie genau das. Wenn Sie was von den Felsen hier rundum abhacken, sieht das auch so aus.«

Leo, Sascha, Kopischke und die beiden Polizisten starrten nachdenklich auf das Geröll, das aus dem Stall quoll. »Der Haufen hier wirkt zwar ziemlich groß, aber wenn man das als Hohlraum sieht, schätze ich ihn auf nicht mehr als zehn Kubikmeter.«

»Na, das ist doch groß genug, um zwei Frauen zu verstecken oder sogar drei. Die Besitzerin des Hauses, Hermine

Protzsche, ist ja auch verschwunden«, murmelte Leo. Er wurde zunehmend ärgerlicher, weil keine seiner Theorien einen Sinn ergab.

»Uhuhu, eine Gruft, ein kaltes Dreischwesterngrab, wie gruselig«, lallte Sascha. Er hielt sich selbst erschrocken die Hand vor den Mund und zog sich ein wenig von der Gruppe der Männer zurück. Alle sahen ihn irritiert an, wandten sich dann aber wieder dem offenen Stallraum zu.

»Wieso sollte jemand mühsam ein Loch in den Sandstein schlagen, wenn es doch überall Boofen gibt, um sich zu verstecken?«, fragte Regenschütz nach einer schweigsamen Pause. Leo verfolgte Saschas Schritte aus den Augenwinkeln.

»Ich glaube eher, dass da ein Stollen gebaut wurde«, fuhr der junge Polizist fort. »Immerhin haben die früher hier auch nach Silber und Edelsteinen gesucht.«

»Tatsächlich, hier in der Sächsischen Schweiz?« Leo konnte nicht recht glauben, dass in dieser Ansammlung von merkwürdig aufrecht stehenden Sandsteinblöcken Erze oder Edelsteine lagern könnten. »Das ist hier doch nicht das Erzgebirge. Bei denen soll der Boden ja durchlöchert sein wie ein Schweizer Käse, aber hier?«

»Also das habe ich auch schon gehört, dass es noch ein paar alte Stollen geben soll«, bestätigte Kopischke.

Leo strich sich kopfschüttelnd über sein markantes Kinn. »Ich kann mir beim besten Willen nicht vorstellen, dass dieser Mann einen Stollen gegraben hat, um an Gold oder Edelsteine zu kommen. Und warum sollte er das Abraummaterial nach Hause tragen?«

»Na, weil man nicht einfach irgendwo einen Stollen graben darf. Dafür gäbe es keine Genehmigung und natürlich würde es auffallen. Sind ja jede Menge Wanderer hier in den Wäldern unterwegs«, entgegnete Regenschütz.

»Hm, Sie glauben, dieser ominöse Hausbewohner hat eine geheime, bisher unentdeckte Goldader oder so was gefunden?« Leo war skeptisch.

Sascha stand inzwischen mit ausgebreiteten Armen im Garten und schaute nach oben, wo sich die Sonne manchmal zwischen den schnell vorbeiziehenden Wolken zeigte.

»Wir sollten erst mal abwarten, was die Auswertung der Spuren und was die Suche nach diesem komischen Kauz ergibt. Ich würde jetzt gerne mal wieder trockene Sachen anziehen«, sagte Kopischke. Er sah Leo erwartungsvoll an.

Der nickte und schickte die Polizisten nach Hause, es war inzwischen später Nachmittag.

Sascha stellte sich neben ihn und winkte den Polizisten hinterher. Dann sah er wieder verträumt in die rauschenden Baumwipfel über ihnen.

»Was ist los mit dir?«, fragte Leo.

Sascha lächelte selig. »Ich bin gar nicht hier, ich fliege da oben.«

»Was?«

»Spürst du, wie der Wald atmet? Ich kann es ganz deutlich in meinen Füßen spüren.«

Leo nahm Sascha am Arm und zog ihn ins Haus. »Himmel, was redest du für einen Unsinn?«

Sascha drehte sich zweimal um die eigene Achse und torkelte dann in die Küche, wo er sich schwer auf einen der beiden Stühle sinken ließ.

»Das ist alles so traurig hier«, meinte er mit einer großen, ausladenden Geste. »Der Mann war so allein, ich kann es genau hören. Hörst du es auch?« Sascha zerrte Leo am Arm. In seinen Augen standen plötzlich Tränen.

Leo war die Berührung unangenehm. Er konnte mit Saschas Gefühlsausbruch nichts anfangen. »Jetzt beruhige dich doch!« Aber Sascha dachte nicht daran. Mit todtrauriger Stimme sagte er: »Ich soll ausziehen. Das geht gar nicht. Allein sein ist nicht gut. Glaub mir das, du dummer Junge!«

Leo starrte Sascha ungläubig an: »Hast du was getrunken, Sascha? Hast du Drogen genommen?«

»Nur ein paar von den getrockneten Pilzen«, Sascha lächelte ihn breit an. »Sehr lecker, solltest du auch probieren, du Theoretiker! Deine Statistikbücher sind doof. Menschen sind besser als Bücher.«

»Was für Pilze?« Leo kramte hektisch im Küchenschrank, bis ihm das Glas mit den dünnen, braunen Scheibchen in die Finger kam. »Du kannst doch nicht einfach essen, was hier so rumliegt.«

»Ach, duuu!« Sascha machte eine wegwerfende Handbewegung, die ihn fast selbst vom Stuhl zog.

»Nimm die ruhig, die sind gut. Alles glasklar und so schöne Farben überall.«

»Oh Gott, Sascha! Wie konntest du nur? Wahrscheinlich sind das Magic Mushrooms oder irgendwelche Giftpilze.«

»Der Typ hat hier ganz allein gehaust, es riecht nach Einsamkeit. Keine Frau dabei. Die Oma ist längst weg.«

Er begann wieder zu schniefen und verzog sein Gesicht wie ein weinendes Kind. »Ich will doch nur meinen Frieden haben und gemütlich daheim vor dem Fernseher sitzen, die Kartoffelpuffer von meiner Mutti dazu und meine Welt ist in Ordnung. Wenn's sein muss, gehe ich auch brav zum Tennis. Allein sein ist gar nicht gut, weißt du?«

In seinem Gedächtnis kramte Leo nach all den komplizierten Namen von Halluzinogenen, die in Pilzen vorkommen konnten. Psilocybin zum Beispiel ist ein Indolalkaloid und gehört zur Gruppe der Tryptamine. Es kommt in einigen Pilzarten vor, so zum Beispiel im Kubanischen oder auch im Spitzkegeligen Kahlkopf, den es auch in Deutschland gibt. Dann fiel ihm noch Muscimol ein, das beim Trocknen von Fliegenpilzen entsteht und eine vergleichbare Wirkung wie LSD hat. Hektisch untersuchte er die Pilzstückchen, um herauszubekommen, womit er es zu tun hatte. Fliegenpilze konnten in großen Mengen auch tödlich wirken. »Sascha, wie viele von den Stückchen hier hast du gegessen?«, er brüllte fast und Sascha hielt sich erschrocken die Ohren zu.

»Ich habe gerade riesige Mäuseohren. Ich höre wie ein Luchs. Schrei nicht so!« Sascha lächelte ihn an.

»Okay, ich sehe, du bist auf einem ziemlichen Trip«, sagte Leo leise. »Wie viel von diesen Pilzen hast du gegessen, Sascha?«

Sascha zuckte mit den Schultern, erst ein klein wenig, dann schien er Spaß an der Bewegung zu finden und zog die Schultern bis zu den Ohren hoch, um sie wieder sacken zu lassen.

»Wie viele?«, versuchte es Leo noch mal.

»Du bist auch zu viel allein. Du wirst so enden wie der hier, mit Rätseln und sonst nichts«, sagte Sascha wieder und bohrte ihm seinen Zeigefinger in den Solarplexus.

Leo wich zurück. Vielleicht sollte er doch nicht so viel reden, sondern lieber handeln und einen Krankenwagen rufen.

Wie immer hatte er aber im Kirnitzschtal keinen Empfang für sein Handy. Er musste hinaus in den Dienstwagen, um über die Leitstelle Hilfe zu rufen. Auch da war die Verbindung äußerst mäßig. Es dauerte, bis er seinen Notruf endlich abgesetzt hatte. Als er zurück in die Küche kam, torkelte Sascha mit großen Kulleraugen auf ihn zu und tippte ihm auf die Brust. »So wird es dir auch ergehen. Du willst dich immer aus allem raushalten, aber das endet so.« Nun wedelte Sascha mit beiden Armen.

»Red keinen Unsinn, Sascha. Du hast eine Pilzvergiftung oder so was. Der Krankenwagen ist in zehn Minuten da.« Trotzdem spürte er, dass sein Kollege einen wunden Punkt getroffen hatte. Leos spontaner Impuls war, wegzugehen, Abstand zwischen sich und Sascha zu bringen. Aber er konnte ihn in diesem Zustand nicht alleine lassen.

Sascha hielt ihn am Jackenärmel fest. »Meine Füße fühlen sich so groß an. Du bist der lonely woooooolfffff, armer Wolfi.« Er begann zu heulen wie ein Wolf.

Leo hatte einen dicken Kloß im Hals, so unangenehm war ihm die Situation.

Während er versuchte, Sascha wieder auf den Stuhl zu bugsieren, beschloss der aber, in dem kleinen Wohnzimmer hin und her zu wandern. Jedes Knarzen der Bodenbretter kommentierte er mit »Hörst du das? Das Haus spricht mit mir.« Leo lehnte erschöpft im Flur an der Wand und sah ihm kopfschüttelnd zu.

»Meine Mutti mag mich nicht mehr, sie sitzt auf meinen Elefanten und reitet davon«, lallte Sascha mit schwerer Zunge. Endlich ließ er sich auf das alte Sofa sinken. Eine Staubwolke stieg auf und Sascha musste heftig niesen. »Oh, so schön rosa und blau«, kommentierte er erfreut und nieste absichtlich weiter.

Selten war Leo Reisinger so froh gewesen, einen Krankenwagen auftauchen zu sehen. Er führte seinen Kollegen hinaus auf den Waldweg. Dort gab er dem Notarzt das Glas mit den Pilzen als Probe mit. Sascha begrüßte die Sanitäter und den Notarzt überschwänglich, aber als er in den Wagen steigen sollte, weigerte er sich: »Ich will nicht mit! Ich will nach Hause!« Er fuchtelte mit den Armen um sich herum und wehrte die Sanitäter ab. Seufzend nahm Leo seine Hand. Wie ein Kind führte er ihn in den Krankenwagen.

»So, Sascha, du legst dich jetzt schön hierhin. Die netten Männer bringen dich ins Krankenhaus, damit du mir nicht an einer Pilzvergiftung eingehst.« Von Leo ließ sich Sascha ins Innere bugsieren und machte es sich sogar auf der Liege bequem. Als der Notarzt allerdings begann, ihn mit Gurten festzuschnallen, begann er zu weinen. Leo überwand sich und tätschelte Sascha die Hand. In seinem Wagen piepte das Funkgerät, aber er ignorierte es und begann den Rückzug nach draußen.

»Bald geht es dir wieder besser, Sascha.«

»Lass mich nicht allein!«, heulte der zurück.

Leo war das unglaublich peinlich vor den Sanitätern. Er räusperte sich und sagte so laut, dass es wirklich alle hören konnten. »Wie Sie ja schon wissen, hat Herr Kommissar

Pröve versehentlich Pilze gegessen, die wohl ein Halluzinogen enthalten.«

Der Notarzt zwinkerte ihm zu und meinte: »Wir passen schon auf auf ihren Freund, versprochen.«

Sascha benahm sich inzwischen wie ein Kleinkind, jammerte hilfesuchend: »Ich mag nicht mit, Leo! Hilf mir!«

Resigniert wandte sich Leo ab und kletterte aus dem Wagen.

»Ich rufe deine Mutter an, Sascha«, versprach er, bevor er die Tür zuwarf.

Er wich den Blicken des Notarztes und der beiden Sanitäter aus und ging zurück zum Haus. Im Wagen piepte wieder das Funkgerät. Er fühlte sich jetzt nicht in der Verfassung, eine Dienstanweisung entgegenzunehmen. Das konnte er später abhören.

Im Haus war er froh, endlich allein zu sein. Himmel, diese Gefühlsduselei von Sascha und diese Anspielung, er wäre ein notorischer Einzelgänger, das setzte ihm mehr zu als er gedacht hätte. Außerdem die Geschichte mit diesem Dennis, das war eine völlig neue Seite an Sascha. Wieso war ihm das bisher nie aufgefallen?

Erschöpft setzte er sich auf einen Küchenstuhl. Die Leute verstanden einfach nicht, dass es auch sehr angenehm sein konnte, allein zu sein. Allerdings wäre er am allerliebsten mit Veronika allein. Nachdem sie gestern Abend telefoniert hatten, lang und ausgiebig, sah es auch so aus, als würde es einen Weg geben. Er lächelte und fühlte sich wieder besser. Es war Zeit, endlich nach Hause zu fahren.

Leo fuhr hinauf in Richtung Ottendorf, bis er oben, im Ortskern, endlich Handyempfang hatte. Nachdem er an der Bushaltestelle rechts ran gefahren war, rief er Saschas Mutter an. Er informierte sie darüber, dass ihr Sohn im Krankenhaus in Sebnitz sei.

»Da geht der einmal morgens wieder zum Tennis, und schon muss er ins Krankenhaus. Das ist doch ein Witz?!«, schnaubte es aus dem Telefon.

»Tennis? Nein, nein, Frau Pröve, Sascha hat wahrscheinlich eine Pilzvergiftung. Er halluziniert. Ich hoffe, er holt sich keinen Leberschaden.«

Als Saschas Mutter das Wort Pilzvergiftung hörte, war sie völlig aus dem Häuschen. »Oh mein Gott, mein armer Junge! Ich fahr sofort hin, Herr Reisinger, Tschüssi!« Damit legte sie auf.

Anschließend bat er in der Polizeidienststelle in Sebnitz darum, dass jemand Haus und Grundstück absperrte, denn er hatte keinen Hausschlüssel.

Gerade, als Leo seine Mailbox abhören wollte, klopfte es an seine Scheibe.

Vor seinem Wagen stand Helga Dünnebier.

»Nu, der Herr Kommissar aus Dresden«, begrüßte sie ihn, als er nach ihrem beharrlichen Klopfen die Scheibe des Wagens herunterließ. Sie trug einen beigen Trenchcoat und einen Hut, der wie ein umgekehrter Blumentopf aussah. »Wissen Se denn nun, wer den Cowboy um de Ecke gebracht hat?«

»Das sag ich Ihnen nur, wenn Sie versprechen, dass es morgen nicht gleich wieder in der Zeitung steht«, erklärte Leo.

Mit schuldbewusster Miene brummte die alte Dame: »So, wie die das geschrieben haben, hab ich das ni gesagt.«

»So, so.« Leo wollte nach Hause, mit Veronika telefonieren und endlich etwas essen. Er hatte Hunger wie ein Bär.

»Sie schickt der Himmel«, sagte Helga Dünnebier jetzt wieder selbstbewusst. »Ich hab nämlich seit zwei Tagen überlegt, ob ich Sie anrufen soll. Wegen dem Loch.«

»Was für ein Loch?«

»Haben Sie von der Polizei das gemacht, oder ni?« Sie hatte ihren knochigen Zeigefinger ausgestreckt. Die Alte deutete damit auf ihn hinunter, wie die Hexe auf den Hänsel.

Leo wurde das zu bunt. Er stieg aus und stellte sich neben Helga Dünnebier, die nun wieder nach oben schauen musste, um ihm ins Gesicht zu sehen.

»Was für ein Loch?«

»Da is ein Loch im Wald, eins, das vorher ni da war, verstehen Se?«

Leo horchte auf und beschloss, sich das anzusehen. Zu Fuß gingen sie hinüber und in die Parkstraße, von da aus führte ihn die alte Dame einen kleinen Trampelpfad in den Wald hinein.

»Kennen Sie eigentlich den Mann, der da unten in dem Fachwerkhaus im Wald wohnt?«, fragte Leo beiläufig.

»Nu klar!« Helga Dünnebier war nun voll in ihrem Element. »Der is hier so vor drei, vier Jahren aufgetaucht, hat erzählt, er wär der Neffe von der alten Protzsche und is da eingezogen. Aber die Protzsche war da ni so erfreut drüber, können Se mir glooben.«

»Wo ist denn die Frau Protzsche?«, fragte Leo.

»Keene Ahnung, das müssen Se den Neffen fragen«, sagte Helga Dünnebier. »Der hat gesagt, die wäre jetzt in 'nem Pflegeheim, weil se ni mehr alleine die Treppe hochkommt. Werden halt auch alle älter, ni wahr?«

Wie um das zu verdeutlichen, hielt sie kurz an um zu verschnaufen. »Jedenfalls is die alte Protzsche von der Bildfläche verschwunden, kurz nachdem der Neffe aufgetaucht is. Wenn Se mich fragen, die is ni in 'nem Pflegeheim. Die hat der um die Ecke gebracht, damit er sich's in ihrem Haus gemütlich machen kann.«

Leo Reisinger lächelte. Seine Oma hatte auch so eine etwas derbe Art, ihre Befürchtungen kundzutun und sie nahm auch immer das Schlimmste an. Seine Theorie war immer gewesen, dass das daran lag, dass sie den Krieg erlebt hatte. Diese Leute hatten so viel durchgemacht, dass sie immer alles negativ sahen.

»Also, Frau Dünnebier, so was darf man nicht einfach behaupten, ohne Beweise zu haben.«

Helga Dünnebier zuckte mit den Schultern und blieb abrupt stehen. Sie waren über mehrere Waldwegkreuzungen den Hang entlang Richtung Tal gelaufen.

»Da oben is es. Sie müssen hoch und heilig versprechen, dass Sie den Platz niemandem verraten, da gibt's nämlich die besten Steinpilze weit und breit.«

»Ich verspreche es«, grinste Leo und hob zum Schwur die Hand. Dann folgte er Frau Dünnebier quer durchs Gelände. Nach wenigen Minuten standen Sie vor einem Hügel, der eingebrochen war. So sah es jedenfalls aus. Ein Hügel, bei dem in der Kuppe ein Loch klaffte. Leo stieg vorsichtig hoch und schaute hinunter. Da es schon ziemlich dämmrig war, benutze er sein Handy als Taschenlampe. Etwa drei Meter unter ihm sah er steinigen Grund, ein paar morsche Balkenreste, welkes Gestrüpp, Erde und, in einer Ecke, etwas Rötliches.

Das Loch sah nicht aus, als wäre es erst kürzlich in den Fels gehauen worden, eher wie ein alter Hohlraum, der überdeckt worden und dann eingebrochen war.

Er wandte sich zu Helga Dünnebier um. »Sie sagen, das ist hier neu?«

»Letzten Monat war es noch ni da«, bestätigte Frau Dünnebier. »Ich geh öfters hier zum Pilzesuchen.«

»Wann haben Sie es entdeckt?«

»Na, so Dienstag oder Mittwoch.« Frau Dünnebier wurde ungeduldig. »Sie, Herr Krimikommissar, ich muss jetzt heim. Heinrich wartet auf mich und außerdem wird's dunkel. Wenn Se Fragen haben, können Se mich ja anrufen.« Damit machte sie kehrt und marschierte eilig zurück zum Waldweg und nach Hause in Richtung Ottendorf.

Leo Reisinger schaute ihr hinterher. Er merkte sich die Richtung, in die die alte Dame eilte, und war sicher, dass er zurück ins Dorf finden würde.

Dann kauerte er sich an den Rand des Loches und starrte in die Tiefe. Hatte das eventuell etwas mit seinem Fall zu tun? Was war das rötliche Ding da unten? Er beugte sich noch ein kleines Stück weiter vor, um mit dem Handy in die Ecke unter ihm zu leuchten. Das rötliche Etwas sah aus wie ein Stück Stoff. Er robbte noch ein Stück nach vorne und versuchte, einen anderen Blickwinkel zu bekommen. Da unten ragten einige Felsen aus dem flachen Untergrund, dazwischen die morschen Holzbalken und Bretter. Keine Frage, dieses Loch war zuvor mit den Balken und Brettern abgedeckt gewesen. Wahrscheinlich hatten sich Erde und Laub darüber befunden, vielleicht waren sogar Moos und Pflanzen gewachsen. Offenbar war es so gut getarnt gewesen, dass niemandem das klaffende Loch im Boden aufgefallen war. Er leuchtete in den hinteren Bereich und entdeckte erstaunt, dass die fast senkrechte Wand aus rohen Steinen gefügt war. Ein alter Bunker? Leo drehte sich auf die linke Seite hinüber, um auch dahin zu leuchten, als sein Handy mit müdem Piepen anzeigte, dass der Akku fest leer war, und gleichzeitig der Boden unter ihm nachgab.

Sandra überlegte, auf dem Rückweg ins Büro noch schnell zwei Kinderkrippen in Strehlen und in Laubegast zu besuchen. Allerdings war ihr immer noch nicht ganz klar, nach welchen Kriterien sie dabei vorgehen sollte. War es wichtig, ob ihr die Erzieherinnen sympathisch waren oder eher die räumlichen Verhältnisse? Die Hygiene? Die Größe des Gartens? Irgendwie konnte sie sich noch nicht so recht vorstellen, welche Bedürfnisse ein Kleinkind hatte und was sie, falls sie und Olli jemals Eltern werden würden, sich für ihr Kind wünschen würde. Sie stand mit ihrem Wagen in der Parkbucht vor der Strehlener »Mäusekiste« und beobachte unschlüssig zwei Mütter, die ihren Nachwuchs abholten. Vielleicht war es besser, sich erst einmal eine Checkliste zu machen? Sandra liebte Checklisten. Und es war nie zu früh, sich ordentlich auf so wichtige Entscheidungen vorzubereiten.

Sie machte das ganz richtig, fand sie. Als sich Laikas feuchte Hundenase in ihren Nacken schob, ließ sie den Motor an und fuhr auf direktem Weg in die Schießgasse.

Im Büro wartete der Bericht der Spurensicherer auf Sandra. Reinhard Richter, der Leiter der Abteilung höchstpersönlich, legte ihn ihr auf den Schreibtisch. »Das wird eine große Sache, Frau Kruse«, freute er sich. »Die haben beim Auseinandernehmen des Fahrzeugs nicht nur ein Versteck für Crystal gefunden. Es gab noch ein zweites!«

»Wie bitte?«, Sandra schob Laika in ihr Körbchen und machte die Leine ab. »Was bedeutet das, ein zweites?« Richter tippte auf den Bericht, den er ihr hingelegt hatte. »Lesen Sie den erst mal. Das muss eine richtig große Organisation im Drogengeschäft sein, die solche Mengen umschlägt. Ich bin gespannt, was die beiden Frauen dazu zu sagen haben. Ihre Fingerabdrücke sind überall im Wagen. Haben Sie die nun endlich gefunden?«

Sandra setzte sich und nahm den Bericht in die Hand. »Nein, wir haben sie noch nicht. Aber wir haben eine Beschreibung des Mannes, der in dem alten Haus im Wald wohnt. In seinen Schuppen ist der Wagen der beiden Frauen hineingerollt, dort lag der tote Pawel Ostrowni. Wir wissen aber noch nicht, wer der Mann ist und ob er überhaupt was mit den Frauen oder mit Drogen zu tun hat.«

»Na, das ist ja noch nicht besonders viel«, quittierte Richter mit säuerlicher Miene. »Wer weiß, vielleicht sind die beiden Frauen die Drahtzieher im Drogengeschäft und haben diesen armen Mann in ihrer Gewalt.«

»Was sollten die mit dem wollen?«, fragte Sandra und sah ihn interessiert an.

»Finden Sie es heraus, Frau Kruse!«, konterte Richter und verließ ihr Büro.

Der Bericht besagte, dass neben dem knappen Kilo Crystal im Erste-Hilfe-Kasten des Wagens noch eine ebenso so große Menge in den Karlsbader Oblaten gefunden worden waren. Die Oblaten sahen originalverpackt und täuschend echt aus, deshalb hatten sie auch ganz offen neben den beiden Stangen Zigaretten auf der Rückbank gelegen. Statt des üblichen Zuckergemisches war zwischen die Oblaten einfach fein gemahlenes Crystal gepresst worden. Ein geniales Versteck, wie Sandra fand. Karlsbader Oblaten gab es an der Grenze in jedem Laden und jeder Imbissbude, sie waren eines der typischen Mitbringsel aus Böhmen – tellergroße, geprägte Oblaten, die mit Zucker, Vanille oder Haselnuss gefüllt waren und wie riesige, knusprige Kekse gegessen wurden.

Die Zigaretten waren sauber. Außerdem befanden sich Chantals Mobiltelefon und Wohnungsschlüssel im Auto sowie ein kleiner Taschenschirm und das Telefon von Christine Böhmer.

Sandra wollte nach wie vor nicht glauben, dass die beiden Frauen etwas mit dem Drogenhandel zu tun hatten. Die Wohnung in Prohlis, dieser versammelte Nippes, die Ordnung in den Schränken, all das passte im Kopf der Kommissarin nicht zu einer Frau, die wissentlich Drogen schmuggelte. Außerdem glaubte sie Dietmar Böhmer. Der hatte gejammert, dass ihm die Zigaretten ausgingen, weil seine Frau sonst immer welche von den Ausflügen nach Tschechien mitbrachte. Der Mann war völlig von der Unschuld seiner Frau überzeugt. Und Chantal? Nach allem, was sie über Chantal wusste, traute sie ihr nicht zu, in dieser Geschichte eine aktive Rolle zu spielen.

»Möglicherweise hat Novotny den beiden Frauen die zusätzliche Menge heimlich untergejubelt und wollte den Stoff in Deutschland wiederhaben. Vielleicht hat er die beiden unter einem Vorwand nach Ottendorf gelockt und wollte den Stoff umladen, aber die zwei haben sich gewehrt«, murmelte Sandra. »Was meinst du, Laika?« Die Hündin hob den Kopf und wedelte mit dem Schwanz. Dann ließ sie sich wieder in ihr Körbchen sinken und schloss die Augen.

»Gut, dann recherchieren wir mal nach diesem ominösen Herrn aus dem Haus im Wald.« Sandra schaltete seufzend den Computer an. Sie versuchte, die Familienverhältnisse von Hermine Protzsche, geborene Watzke, aufzudröseln, als Frau Kerschensteiner in ihr Büro trat.

»Hier, Frau Kruse, die nächsten Analysen von der Spurensicherung. Das sind die Fingerabdrücke aus dem Haus in Ottendorf. Mehr gibt es vor dem Wochenende nicht mehr. Ist ja schon gleich um vier.«

Sandra nickte. Sie warf einen Blick auf die ausgedruckten Blätter und blieb hängen.

Die Fingerabdrücke gehörten höchstwahrscheinlich einer Person, die bei der Polizei namentlich bekannt war: Detlef Watzke.

Sandra rief den Datensatz auf und bekam beim Lesen immer größere Augen. Detlef Watzke, geboren 1965 in West-Berlin, Musterschüler aus gutem Hause, sympathisierte als Student mit einer radikalen kommunistischen Studentenorganisation, engagierte sich politisch im äußersten linken Spektrum und trat ab 1994 offen als Unterstützer des AIAKB, des Antiimperialistischen Antikapitalistischen Bundes, auf. Das war eine kleine Berliner Gruppe aus Linksextremen, die das Erbe der RAF antreten wollte. Er ging keinerlei Erwerbstätigkeit nach, lebte in einem Mietshaus in Berlin-Kreuzberg und machte vor allem durch krude Flugblätter zur antiimperialistischen Sache Furore in der Szene. Offenbar war er zeitweise mit Sybille Leinweber liiert, die ein Gründungsmitglied des AIAKB gewesen war. Chef der Gruppe war Karsten Pacher, der später zum Islam konvertierte und heute islamistische Gruppen in ihrem Kampf gegen den amerikanischen Imperialismus unterstützt.

1997 wurde Detlef Watzke wegen Beteiligung an einem Sprengstoffattentat zu drei Jahren Haft verurteilt. Er tauchte nach der Haftentlassung einige Jahre unter und es wird vermutet, dass er irgendwo im Nahen Osten seine Kenntnisse einsetzte, um terroristische Ziele zu unterstützen. Ab 2005 wurde er wieder in Berlin gesehen und nahm Kontakt zu seinen alten Gruppenmitgliedern auf. Ein anonymer Anrufer verhinderte damals ein Attentat auf das Kanzleramt, das Detlef Watzke offenbar geplant und vorbereitet hatte. Seine Komplizen Sybille Leinweber und Karsten Pacher waren von der Bildfläche verschwunden. Bei Watzke fanden sich die kompletten Planungsunterlagen und fünf Kilo Semtex. Er ging noch mal für vier Jahre ins Gefängnis. Da er von seiner Erziehung und Statur her eher ein Feingeist war, wurde er in der Haftanstalt ziemlich hart angefasst und mehrmals von seinen Zellengenossen krankenhausreif geschlagen. Watzke lehnte jede Art der Resozialisierung und Therapie ab, blieb für sich und war erst halbwegs kooperativ, als er in eine Einzelzelle ziehen konnte. Er deutete in den wenigen Gesprächen, die er mit den Betreuern führte, an, dass er ein Bauernopfer seiner eigenen Gruppe geworden sei.

Nachdem er seine Haft abgesessen hatte, konnte er nicht zurück in seine Wohnung, denn das Mietshaus war inzwischen abgerissen worden. Seine Eltern waren vor Jahren gestorben und es gab nur entfernte Verwandte, die keinen Kontakt mit Detlef Watzke pflegten. Da er aus einer vermögenden Familie stammt – die Watzkes besaßen seit Generationen Immobilien in West-Berlin –, hätte er durchaus die Mittel gehabt, sich irgendwo ein neues Leben aufzubauen. Seither war er allerdings verschwunden und nirgends gemeldet. Sandra stöhnte: »Oh Gott, jetzt wissen wir zwar, wo er in der Zwischenzeit abgeblieben ist. Aber nun ist er erneut abgetaucht ...! Der ist ja richtig gefährlich.«

Sie rief sofort Leo an, der aber nicht an sein Handy ging. Bei Sascha klingelte es ebenfalls ins Leere. Sie versuchte, die beiden über den im Wagen eingebauten Funk zu erreichen, aber auch da hatte sie kein Glück.

Es blieb ihr nichts anderes übrig, als den beiden und Uwe Kröger die Ergebnisse der Analyse mit einem fetten, roten Ausrufezeichen auf den Computer zu schicken.

Samstag

Eiskaltes Wasser lief Leo übers Gesicht. Noch bevor er die Augen öffnete, spürte er, dass ihm jeder Knochen wehtat. Er fühlte sich elend und wollte weiterschlafen, aber so langsam kam sein Bewusstsein zurück. So verdreht und unbequem er lag, so kalt seine Sachen an ihm klebten, konnte er keinesfalls liegen bleiben. Er öffnete mühsam die Augen und sah nichts. Er bewegte sich ein wenig, rutschte aber mit dem linken Fuß ab. Immer noch lief ihm kaltes Wasser über den Kopf. Er fror.

Langsam kam die Erinnerung an den Absturz zurück. Er lag in einer verdammt tiefen Grube mitten im Wald. Erst allmählich konnte er in der Finsternis einige Umrisse erkennen. Vor allem den grauen, wolkigen Himmel über ihm, umrahmt von ein paar Baumwipfeln wie von dunklen Scherenschnitten. Mühsam versuchte er, auf die Knie und dann auf die Beine zu kommen. Seine Hose war völlig durchweicht; sie fühlte sich eiskalt und schlammig an. Die Lederjacke hatte den Regen noch etwas abgehalten, aber sein Hemd war am Bauch so feuchtkalt wie seine Hose. Er musste längere Zeit im Dreck gelegen haben. Möglicherweise hatte er eine Gehirnerschütterung, sein Kopf schmerzte jedenfalls höllisch.

Der Regen wurde nun noch stärker. Leo versuchte, eine trockene Ecke zu finden. Er kroch vorsichtig auf allen Vieren in der Dunkelheit in die Richtung, von der er hoffte, dass sie in den Berg hineinführte, da, wo er die gemauerte Wand gesehen hatte. Seine linke Schulter schmerzte, wahrscheinlich hatte er eine ordentliche Prellung, dazu aufgeschürfte Hände, ein lädiertes Knie und eine große

Beule an der Stirn. Als Leo die Mauer erreicht hatte, fand er tatsächlich eine Stelle, die noch trocken war. Er versuchte sich halbwegs bequem an die Wand zu lehnen und nicht in Panik auszubrechen. So elend hatte er sich noch nie gefühlt. Hungrig, durstig, zerschlagen und verlassen von der Welt. Hier, wo er nun saß, war es so dunkel, dass er kaum seine eigene Hand vor Augen sah. Er beschloss, bis zum Morgen zu warten, um aus diesem verdammten Loch herauszuklettern. Sein Handy hatte er verloren, aber bei Tageslicht würde er es sicherlich finden. Er tröstete sich damit, dass er es nur ein paar Stunden bis zur Dämmerung aushalten musste. Vorsichtig, um seinen schmerzhaft pulsierenden Knöchel zu schonen, zog er die Knie an. Leo legte seine Arme um die Beine und den Kopf auf die Knie. Der Boden war relativ flach, an manchen Stellen ein wenig sandig, aber trocken. Es roch nach feuchtem Laub. Er hörte nichts, außer dem beständigen Rauschen des Regens und seinen eigenen Atemzügen. Die Jacke wärmte nur wenig, aber Leo wusste, dass er nicht erfrieren würde, obwohl ihm die Kälte in die Knochen kroch. Er zog die Lederjacke enger um sich und machte sich so klein wie möglich.

Mit geschlossenen Augen wartete er auf den Morgen. Ganz bewusst versuchte er, seine Verzweiflung in Schach zu halten. Bis zum Sonnenaufgang würde er noch Stunden ausharren müssen. Obwohl er müde war, fand er keinen Schlaf. Schließlich begann er sich zu bewegen, um wieder warm zu werden. Sein linkes Knie schickte mit pulsierender Regelmäßigkeit einen scharfen Schmerz durch seinen Körper. Die geprellte Schulter machte ihm weniger Sorgen. Er konnte den Arm in alle Richtungen bewegen, auch wenn es wehtat.

Wie hatte er nur so leichtsinnig sein können?! Das sah ihm gar nicht ähnlich, sich so einfach einer Gefahr auszusetzen, ohne vorher alle theoretischen Folgen durchzuspielen. Was in aller Welt hatte ihn geritten, sich an einem

Freitagabend mit Frau Dünnebier dieses ominöse Loch im Wald anzusehen? Er hätte es der Sebnitzer Polizei melden sollen, die hätte es am Samstag in aller Ruhe in Augenschein nehmen können. Aber nein, er, Leo Reisinger, hatte bei Frau Dünnebier wieder an seine Oma denken müssen, und so einer Oma konnte er einfach nichts abschlagen. Außerdem war er auch neugierig gewesen. Möglicherweise hatte dieses Loch ja etwas mit dem Verschwinden des ominösen Hausbewohners zu tun. Bei Tageslicht würde er wissen, ob hier Spuren zu finden waren. Aber noch war es stockdunkel im Wald, der Regen rauschte weiter.

Seine Gedanken schweiften allmählich ab vom aktuellen Fall. Das Telefonat mit Veronika fiel ihm ein. Was für ein Schlamassel! Immer wenn es gut lief, und mit Veronika war es nach diesem langen Telefongespräch gerade wieder gut angelaufen, dann sorgte er höchstpersönlich dafür, dass es wieder kaputtging. Damals in Thailand wollte er ihr eigentlich einen Antrag machen, aber stattdessen hatte er sich von diesem Thaimädchen verführen lassen. Veronika hatte ihm zwar vergeben, aber er selbst konnte sich diesen Fehltritt nicht verzeihen. Er hatte Abstand genommen, Abstand von der Idee, zu heiraten, Abstand von der Vorstellung, mit Veronika zu leben, eine Familie zu gründen, ein Haus zu bauen, was man eben so tat in seinem Alter. Er wollte Veronika nicht so unglücklich machen, wie es seine Oma gewesen war. Stattdessen hatte er sich nach Dresden versetzen lassen. Aber nach einem halben Jahr und diversen Affären ging es ihm nicht besser. Nach wie vor wollte er eigentlich nur mit Veronika zusammen sein. Dann diese unselige Begegnung auf dem Oktoberfest! Wenn er bloß vorher mit ihr geredet hätte! Aber er hatte sich aus purer Feigheit immer wieder eine neue Ausrede gesucht, um sich nicht bei ihr melden zu müssen. Er schüttelte sich vor Scham, dass er sich so hatte gehen lassen.

Wenn ihm Veronika über seine Mutter nicht dieses Geschenk mitgegeben hätte, er hätte es nicht gewagt, sie noch einmal anzurufen. Aber dann hatte er da diesen Zettel auf der Buddha-Statue gefunden. Es war so schön gewesen, mit ihr zu telefonieren. Endlich wieder den Faden aufnehmen zu können – erst ein wenig vorsichtig, abtastend, dann fast wieder so vertraut wie früher. Sie hatte ihm erzählt, dass sie mit Absicht mit dem Rintelsbacher Florian im Bierzelt aufgetaucht war, weil sie wusste, dass er da sein würde. Michi hatte es ihr gesteckt. Sie hatte wissen wollen, ob ihm noch etwas an ihr lag. Selbst jetzt, in diesem kalten, dreckigen Loch, in dem er saß, musste er grinsen bei dem Gedanken daran, dass Veronika ihn herausgefordert hatte. Sie kannte ihn eben gut.

Er hatte versprochen, heute Abend wieder bei ihr anzurufen. Dass er das nicht konnte, war das Schlimmste an dieser absurden Situation. Er saß fest – nass, dreckig, verletzt, mit brummendem Schädel – und konnte nicht nach Hause.

Aber er war selbst schuld daran. Wie immer war er selbst schuld. Er hatte es mal wieder vermasselt. Seine Stimmung war auf dem Tiefpunkt angekommen, als der Regen noch stärker wurde. Leo kroch noch ein wenig weiter an der Mauer ins Trockene und tastete den Boden ab. Er hoffte, sein Handy zu finden, aber da lagen nur ein paar kleinere Steine, die er nach draußen warf, darunter war der Boden fast eben und sandig. Dort versuchte er, sich zusammenzurollen, damit er nicht so fror. Ob die Tropfen in seinem Gesicht vom Regen oder gar Tränen waren, wollte er gar nicht wissen.

Am Samstagmorgen um drei Uhr fuhr ein einsamer Lieferwagen durch Ottendorf. Auf seinem Anhänger hatte er einen glänzenden neuen BMW 5er Touring geladen, der ziemlich genau den Vorstellungen eines gewissen Bauunternehmers in Prag entsprach. Anthrazitfarbene Metalliclackierung, schwarze Ledersitze, Bordcomputer vom Feinsten – der würde den beiden Fahrern des Transporters eine schöne Stange Geld einbringen. Die zwei Tschechen waren entsprechend gut gelaunt und hatten auch schon einen Sliwowitz gekippt, als sie sich über kleine Seitenstraßen Richtung tschechische Grenze bewegten. Mitten in Ottendorf, neben dem rotlackierten Bushäuschen an der Hauptstraße, passierten sie einen silbergrauen Golf. Karel, der Fahrer, trat spontan auf die Bremse und rempelte seinen Beifahrer Radek an. Der warf einen Blick auf das Auto, nickte, grinste und stieg aus. Drei Minuten später hatte er den Motor gestartet und fuhr seinem Kumpel hinterher Richtung Kirnitzschtal. Es regnete in Strömen. Eine gute Nacht für einen Autodiebstahl, da war sich Karel sicher. Die Grenzschützer würden alle brav in ihren warmen, trockenen Stuben hocken, statt bei diesem Wetter die Straße zu kontrollieren. Nicht ein einziges Fahrzeug kam ihnen auf dem Weg nach Bad Schandau entgegen. Das Tal lag da wie tot.

Einige Minuten, nachdem die beiden Wagen in Bad Schandau links auf die Bundesstraße nach Schmilka abgebogen waren, piepte es plötzlich im Golf. Eine Stimme war zu hören. »Eine Meldung der Polizei an alle im Einsatz befindlichen Fahrzeuge«, hallte es blechern aus dem Handschuhfach »... Autodiebstahl in Dresden, anthrazitfarbener BMW 534 Touring ... Bei Sichtung sofort anhalten und überprüfen ... möglicherweise Grenzübergang Schmilka oder Sebnitz ... Bitte bestätigen.«

Radek versuchte das Autoradio auszuschalten, weil er nicht wirklich verstand, was da geredet wurde. Als er mit einem Blick auf das Armaturenbrett den Knopf suchte, wurde ihm schlagartig klar, dass das Radio ausgeschaltet war. Die Ansage war aus dem Handschuhfach gekommen. Während er immer mehr hinter Karel und den Transporter zurückfiel, der mit leicht überhöhter Geschwindigkeit

Richtung Heimat fuhr, fummelte Radek das Handschuhfach auf, aus dem die Töne kamen. Verwundert erkannte
er ein eingebautes, digitales Funkgerät und wurde noch
langsamer. Ihm dämmerte, dass er gerade ein ziviles Poli-
zeifahrzeug geklaut hatte. Die Durchsage wurde wieder-
holt. »Polizeieinsatz in Grenznähe ... Gesucht wird ein
BMW 534, dunkelgrau ... Kennzeichen ... Zugriff dringend
...« Die Verbindung war nicht gut, sein Deutsch ebenso
wenig. Aber Radek verstand, dass die Polizei ihn und Karel
meinte, dass der Diebstahl schon bekannt war und dass
er verdammt vorsichtig sein musste, wenn er nicht ge-
schnappt werden wollte. Er begann zu schwitzen. Karel
und den Lieferwagen samt Anhänger hatte er auf der
Strecke seit ein paar Minuten aus den Augen verloren.
Hinter ihm tauchten zwei Polizeiwagen auf. Er blinkte
und fuhr langsam rechts ran, bis die Kolonne ihn passiert
hatte.

»Zatracenej!« Radek begann wie ein tschechischer
Bierkutscher zu fluchen. Wütend hämmerte er auf das
Lenkrad. Den Golf musste er sofort loswerden. Er kannte
die Strecke genau und wusste, dass rechts gleich ein
Parkplatz an der Elbe in Sicht kommen würde. Hier gab
es eine enge Stelle an der Straße, rechts ein Café, links
eine Seitenstraße hinein nach Schmilka. Ohne zu blinken
fuhr er auf den Parkplatz. Den Wagen stellte er in eine
Parkbucht und wischte das Lenkrad und den Schaltknüppel
mit seinem Jackenärmel ab, so gut es halt ging. Während
er versuchte, Karel anzurufen und zu warnen, machte er
sich zu Fuß am Elbufer entlang auf den Weg zur Grenze.

Von Karel war nichts mehr zu sehen, der hatte wohl gar
nicht mitbekommen, dass er ihm nicht mehr folgte. Ob
er es noch über die Grenze geschafft hatte? Fluchend
stapfte Radek auf dem Uferweg in Richtung Hřensko.
Nach wenigen Schritten tauchten die alten Grenzgebäu-
de vor ihm auf. Überall beleuchtet von blaublinkenden
Lichtblitzen. Aber nicht nur das klobige, über die Straße

gewölbte Gebäude stach ihm ins Auge, auch die zwei Polizeiwagen und Karels Transporter mit dem Anhänger samt dem BMW darauf waren deutlich im blinkenden Blaulicht zu sehen. Sein Kumpel wurde eben mit Handschellen zu einem der Polizeiwagen abgeführt. Geistesgegenwärtig sprang Radek ins Gebüsch. Er dankte seinem Herrgott, dass der ihn über den Polizeifunk gewarnt hatte.

Detlef Watzke war genau wie die ältere der beiden Frauen ziemlich übernächtigt. Er traute den beiden in seiner Höhle nicht. Natürlich hatte er ihnen etwas von seinem Zwieback abgegeben, nachdem die beiden am Mittwochmorgen durch den Spalt oben auf ihn zu geschlittert gekommen waren. Sie waren völlig ausgehungert und kurz vorm Verdursten gewesen. Angeblich hatten sie fast vier Tage und Nächte in einem Erdloch gesessen, bevor sie durch den Stollen auf seine Höhle gestoßen waren. Er hatte sie mit Wasser und Zwieback versorgt und ihnen zum Wärmen eine Decke umgehängt. Diese unverhoffte Begegnung, ausgerechnet noch mit zwei Frauen, hatte ihn völlig aus der Bahn geworfen.

Wenn er nicht so lange gezögert hätte, gleich am Anfang, wäre er sie schon längst wieder los. Als die beiden Frauen da erschöpft in seinem Bett lagen und schliefen, hatte er, all den widerstrebenden Gefühlen in seinem Bauch zum Trotz, einen guten Plan geschmiedet. Er beschloss, die Frauen zu betäuben, sie mit seinem Flaschenzug aus der Höhle zu hieven und irgendwo im Wald abzulegen. Wenn er ihnen genügend von seinen Pilzen gab, würden sie sich nicht mehr genau erinnern können. Die Wirkung war zwar nicht genau vorherzusagen, aber die beiden würden nicht mehr unterscheiden können, was sie wirklich erlebt hatten und was nur Halluzination gewesen war.

Das war seine einzige Chance gewesen. Er hätte ihnen die Augen verbinden und sie hinauslotsen können. Es wäre zwar extrem anstrengend gewesen, aber es hätte funktionieren können. Als der Plan fertig war, hatte er sich zur Belohnung ein Kreuzworträtsel und ein Bier genehmigt und war darüber eingenickt. Das war ein Fehler gewesen. Ein sehr großer Fehler.

Immer wieder lief die Szene vor seinen geschlossenen Augen ab und jedes Mal fühlte er von neuem die Wut in sich hochsteigen, dass er versagt hatte, dass er zu lange gezögert hatte, dass er nicht Manns genug gewesen war, die Frauen sofort bewusstlos zu schlagen und aus der Höhle zu bringen. Stattdessen hatten die beiden alles vermasselt – nur wenige Stunden, nachdem sie aufgetaucht waren:

Ein merkwürdiges Geräusch weckte ihn auf. Er war über seinem Tisch eingenickt gewesen, nun hörte er Stimmen. Er brauchte eine Weile, bis ihm klar wurde, dass sich die beiden Frauen in seiner Höhle tuschelnd unterhielten, aufgeregt und voller Nervosität. Er richtete sich auf und sah, dass sein Bett leer war.

Das Geräusch kam von der Schmalseite seiner Höhle, da, wo er den Flaschenzug installiert hatte – den einzigen Weg nach draußen. Watzke blickte in das entschlossene Gesicht der jüngeren Frau. Chantal stand mit ihrer Mutter auf der Plattform und zog wie wild am Seil.

Er sah sofort, dass sie viel zu hektisch zu Werke ging. Sie kannte die Schwachstelle der alten Seilrolle nicht.

»Nein!« Er sprang schreiend auf und rannte auf sie zu, aber Chantal schüttelte und zerrte das Seil, das sich offenbar schon verklemmt hatte, noch heftiger herum. Sie schwebten brusthoch über dem Höhlenboden, bis zum Ausgang fehlten noch gut vier Meter. Wie im Film sah er sich selbst an der hölzernen Plattform zerren. »Vorsicht! Hör auf zu ziehen, verdammt noch mal«, brüllte er. Mit allen Mitteln versuchte er, Chantal von den Beinen zu holen.

Aber die dachte nicht daran aufzuhören. »Weg da!«, schrie sie ihn hysterisch an, trat nach seinem Kopf und zog wie von Sinnen mit ihrem ganzen Gewicht. Christine hängte sich zusätzlich mit Chantal an das Seil, zerrte und zog. Aber es war schon zu spät. Watzke ließ die Arme sinken, als er sah, dass sich das Seil keinen Millimeter mehr bewegte. Während Chantal und Christine Böhmer noch verzweifelt versuchten, die Plattform nach oben zu ziehen, wurde ihm kurz schwarz vor Augen. Er taumelte und ließ sich auf den Boden sinken. Irgendwann gaben auch die Frauen auf. »Verdammter Mist!«, schrie die Jüngere. »Was ist das für eine bescheuerte Konstruktion? Warum funktioniert das nicht?« Panik flackerte in ihrer Stimme.

»Ihr hirnlosen Dilettanten!«, wütete Watzke. »Jetzt gibt es keinen Weg mehr hier raus!«

Christine verstand zunächst nicht, was er meinte. Auch Chantal dämmerte es erst ganz langsam.

»Das kann man doch wieder reparieren, oder?«, fragte Christine hoffnungsfroh und sah ihn unsicher an. Chantal zerrte immer noch an dem verklemmten Seil herum.

Die Erkenntnis, dass sie jetzt festsaßen, ohne Weg nach draußen, legte sich tonnenschwer auf Detlef Watzkes Brustkorb.

»Mit jedem Zerren verklemmt sich das Seil noch mehr in der Rolle, die übrigens vier Meter über uns an der Decke hängt. Nachdem deine unterbelichtete angebliche Tochter ihr komplettes Lebendgewicht in die Waagschale geworfen hat, wüsste ich nicht, wie wir das Problem wieder lösen könnten. Ich hätte euch beide rausgebracht, aber jetzt ist der Flaschenzug blockiert. Das war's.« Er hatte leise, fast tonlos gesprochen. Trotzdem hatte Christine jedes Wort verstanden. Sie setzte sich hin und versuchte, nach ihm zu treten, aber als sie sein Gesicht sah, sackte sie zusammen.

Von diesem Moment an war ihr klar, dass sie miteinander auskommen mussten. Vielleicht über Jahre.

Ein Albtraum.

»Chantal, hör auf damit«, sagte sie ruhig, »es ist vorbei.«

Nach unruhigen Stunden sah Leo Reisinger den Morgen anbrechen. In der vergangenen Nacht war er zwar immer wieder weggedämmert, wegen der Schmerzen in der Schulter und im Knie und wegen der Kälte aber wieder und wieder aufgewacht. Seine Hose und sein Hemd klebten feucht und dreckig an seiner Haut, seine Füße waren so kalt, dass er sie kaum noch spürte.

Im ersten Dämmerlicht machte er sich auf die Suche nach seinem Telefon. Er musste sich beeilen es zu finden, das war ihm klar. Das Funknetz im Wald war so schlecht, dass der Akku schnell völlig leer sein würde. Aber selbst wenn die Batterie unten war und der Empfang mäßig, würde er einen Notruf absetzen können. Er begann, das Laub und die Erde zu durchkämmen und legte morsche Balkenstücke und Äste beiseite, bis er den ganzen Haufen durchgewühlt hatte. Aber sein Handy fand er nicht. Verzweifelt schaute er um sich. Das verdammte Ding konnte sich doch nicht in Luft aufgelöst haben!

Mit steifen Bewegungen richtete er sich auf und humpelte an die Abbruchkante. So hoch war die Wand nicht, dass das nicht zu schaffen gewesen wäre. Leo suchte nach Griffen und Vorsprüngen, an denen er sich festhalten konnte. Dabei entdeckte er mehrere Kratzspuren an den Steinen. Der Fels war hier draußen, im Regen, von einer dünnen Schicht Grün bedeckt. Vielleicht war es Moos, vielleicht waren es Algen, jedenfalls machte diese Schicht den Stein glitschig. Die Schrammen im Stein waren undeutlich. Leo deutete es so, dass sie nicht mehr ganz frisch waren. Bestimmt ein paar Tage alt. Jedenfalls bedeutete es, dass vor ihm jemand hier in diesem Loch gesessen hatte. Wie war er wieder herausgekommen? Leo war sicher, er würde es auch schaffen, herauszuklettern. Obwohl seine Schulter mit heftigem Schmerz protestierte, zog er sich an einem kleinen Felsvorsprung hoch und suchte einen Halt für seine Füße. Er fand einen winzigen Tritt, auf dem die Gummisohle seines rechten Schuhs hängen blieb. Für den linken Fuß tappte er suchend an der Felswand entlang, bis seine Hand abrutschte. Unsanft landete Leo auf dem Rücken.

»Scheiße!« Er brüllte es hinaus, verzweifelt darüber, dass ihn um diese frühe Morgenstunde garantiert niemand hören würde.

»Ich komme hier raus«, beruhigte er sich wieder selbst. »Ich schaffe das. Ich bin durchtrainiert. Ich lasse mich von einem kleinen Fehlversuch nicht entmutigen.« Er suchte die Felswände um sich herum akribisch ab, um die beste Stelle für einen Aufstieg zu finden. Offenbar war dieses Loch künstlich in den Fels gehauen worden, jedenfalls waren die Wände viel zu gleichmäßig und zu glatt, um einen natürlichen Ursprung zu haben. Das passte auch nicht mit den groben Geröllbrocken zusammen, die sie in dem verlassenen Haus gefunden hatten, zumal das Loch deutlich größer war als zehn Kubikmeter.

An der linken Seite, da, wo Leo am Abend zuvor heruntergefallen war, weil der morsche Überbau nachgegeben hatte, war der Felsrand zu sehen. An den anderen Seiten hingen immer noch morsche Balken, bedeckt mit Reisig, Laub und Erde wie ein Deckelrand über seinem Verlies. Kaum zu glauben, wie hoch drei Meter sind, wenn man sie überwinden muss. Leo sah sich um, ob er etwas finden würde, das ihm hoch half. Aber die Balkenstücke, die am Boden lagen, waren morsch und zerbröselten unter seinen Fingern. Es begann wieder leicht zu regnen.

Er stand vor der Felswand und suchte mit ausgestreckten Armen ein weiteres Mal nach Vorsprüngen, an denen er sich hochziehen konnte. Tastend fuhren seine Finger über den nassen Stein. Mit der Linken fand er einen kleinen

Griff, mit der Rechten versuchte er sich in einem schmalen Spalt auf Höhe seiner Augen einzuspreizen. Mühsam zog er sich hoch, für den linken Fuß fand er eine kleine Erhebung, auf die er sich stützen konnte. Als er die rechte Hand löste, um weiter oben nach einem Halt zu suchen, spürte er, wie die Finger seiner linken Hand abglitten. Schwer und schmerzhaft prallte er wieder auf den Grund des Lochs. Der Regen wurde stärker und benetzte sein Gesicht. Langsam dämmerte ihm, dass er hier nicht so leicht herauskommen würde. Entmutigt blieb er liegen, bis der Schmerz in seinem Steißbein nachließ.

Leo spürte, wie durstig er war, aber den Mund zu öffnen brachte fast nichts. Er bräuchte ein Gefäß, um den Regen aufzufangen, schoss es ihm durch den Kopf. Aber er hatte nichts dabei. Als er gestern Abend mit Frau Dünnebier hierhergegangen war, hatte er weder seine Dienstwaffe noch eine Taschenlampe noch irgendetwas anderes Nützliches mitgenommen. Er musste pinkeln und stellte fest, dass sein Urin dunkelgelb war. Ein schlechtes Zeichen. Wenn er nicht bald etwas trank, würde er dehydrieren. Kopfschmerzen hatte er ohnehin schon.

Er hielt die Hände in den Regen und versuchte, so viel Wasser wie möglich aufzufangen. Aber das meiste Regenwasser lief ihm durch die Finger davon. Schließlich suchte er den Boden nach einer Vertiefung im Fels ab und fand eine unter dem Laub. Leo spülte diese Kuhle so gut es ging mit dem Regen sauber und wartete, bis sie voll war. Als er sich hinunterbeugte, um das aufgefangene Wasser auszuschlürfen, fiel sein Blick auf etwas Rotes. Es hing unter einem morschen Balken, den er vorhin bei seiner Suche nach dem Handy weggeschoben hatte. Das Stück Stoff war länglich, wie ein Tropfen, am schmalen Ende fransig, der Rest war säuberlich abgenäht. Leo erinnerte sich, dass er es schon am Vorabend in dem Loch entdeckt hatte. Er konnte sich keinen Reim darauf machen, womit er es hier zu tun hatte, aber er war nun noch fester davon überzeugt, dass vor ihm bereits jemand hier festgesessen hatte. Irgendwie musste der ja rausgekommen sein. Das machte ihm Hoffnung. Er würde es auch wieder herausschaffen.

Allerdings verrieten ihm die Felswände nicht, wie das gehen könnte. Die Kratzspuren reichten bis zu einer Höhe von etwa zwei Metern. Oben, direkt unter dem Rand, konnte er nirgends mehr diese Riefen und Schrammen im grünen Überzug der Felsen sehen. Aus eigener Kraft, so folgerte er, ist hier niemand herausgeklettert. Er kroch zurück in seine trockene Ecke, erschöpft und zerschlagen. Die Sonne war inzwischen so weit aufgegangen, dass sie selbst hier unten in seinem Loch matte Schatten warf. Rechts in der Dunkelheit sah er einen Reflex. Er tappte auf allen Vieren hinein in die Finsternis und gewöhnte sich wieder an die Dunkelheit. Dort begann ein Stollen!

Zunächst hatte er angenommen, dass das Loch noch ein wenig in den Berg hineinreiche, dann aber ende. Mit dem einfallenden Licht sah er, dass ein von Menschenhand gegrabener Gang hinein in den Berg führte. Leo konnte die Spuren an der Felswand sehen, die die Werkzeuge hinterlassen hatten. Der Lichtreflex führte ihn zu seinem Handy. Es lag zerschrammt und mit einer abgesprungenen Ecke im Trockenen. Leo versuchte es einzuschalten, aber das Gerät reagierte nicht. Hektisch nahm er den Akku aus dem Gehäuse und setzte ihn sorgfältig wieder ein. Irgendwie musste er das Ding doch noch einmal zum Leben erwecken können! Doch das Display blieb schwarz, sooft er auch jede einzelne Taste durchprobierte. Er versuchte es mit Schütteln, mit Klopfen, mit Aufwärmen an seinem Bauch, aber jeder Versuch blieb erfolglos. Schließlich sah Leo ein, dass er seine Hoffnungen nicht auf dieses kleine Stückchen Technik legen konnte. Er musste sich auf sich selbst besinnen.

Mutlos ließ er sich auf den sandigen Boden sinken und versuchte nachzudenken.

Seine Chancen, bald gefunden zu werden, waren gering. Es war Samstag. Keiner würde ihn am Wochenende vermissen. Außer Veronika vielleicht, die sich wundern würde, warum er nicht zurückgerufen hatte. Sie würde sauer sein und ihn endgültig in den Wind schießen. Sascha lag im Krankenhaus, wie weit er wiederhergestellt und fähig war, sich Gedanken über ihn, Leo zu machen, wusste er nicht. Sandra war ohnehin verärgert, weil er sie zurück ins Büro geschickt hatte. Frau Dünnebier würde sich sicher nicht so schnell wieder in den Wald begeben, um zu sehen, ob er eventuell und aus purer Blödheit in das Loch gefallen war, das sie ihm gezeigt hatte.

Mit einem tiefen Seufzer fuhr er sich durch die feuchten Haare. Alles an ihm war feucht und sandig. Erschöpft ließ er sich der Länge nach nieder, um auszuruhen. Sein Knie schmerzte. Er hatte Hunger. Bevor es am Montag irgendwem auffallen würde, dass er nicht zur Arbeit erschienen war, würde niemand nach ihm suchen. Das waren noch zwei Tage. Er würde überleben, tröstete er sich. Zwei Tage ohne zu essen hatten noch niemanden umgebracht. Solange es regnete, würde er genug Wasser haben, um zu überleben.

Wie aufs Stichwort ließ der Regen nach und hörte schließlich ganz auf. Seine Armbanduhr zeigte kurz vor neun Uhr an. Leo kroch vor zu seiner Pfütze und schlürfte sie leer, obwohl es sandig schmeckte. Als der kleine Zipfel Himmel, den er durch die dichten Fichtenäste sehen konnte, blau wurde, bekam er Hoffnung, dass vielleicht Spaziergänger im Wald sein würden; Pilzsucher, wie Frau Dünnebier, oder Wanderer. Er stellte sich mitten hinein in sein Loch und rief laut um Hilfe. Immer wieder: »Hilfe!«

Zunächst antwortete ihm ein Eichelhäher mit aufgeregtem Warngeschrei, dann niemand mehr. Er rief lange, so lange, bis ihm die Puste ausging und der Hals kratzig wurde.

Mutlos ging er zurück in den Stollen auf seinen trockenen Platz. Es war hoffnungslos. Er würde warten müssen, bis man ihn fand.

Leo rollte sich auf dem harten Steinboden zusammen, um wieder ein bisschen warm zu werden. Seine kalten Hände steckte er in die Taschen seiner Lederjacke. Da fand er das kleine, rote Stück Stoff und ließ es durch seine Finger gleiten. Es fühlte sich weich an, wie T-Shirt-Stoff, ein wenig feucht, aber irgendwie tröstlich. Er sah es sich noch mal genauer an. Das Rot erinnerte ihn an seine Mutter, die gerne rot trug und diesen Ton »hochrot« nannte. Das war keine offizielle Farbbezeichnung. Er kannte niemanden, der dieses Tomatenrot auch hochrot nannte. Außer seiner Oma vielleicht, die eher die zarten Farben wie Flieder, Apricot und Lindgrün liebte.

Was hätte er darum gegeben, jetzt daheim bei den beiden im Mammendorf in der Wohnküche zu sitzen. Dort mit der Katze auf dem Schoß Omas Apfelstrudel zu essen und den beiden Frauen zuzuhören.

Wenn er zu Hause war, versuchte ihn seine Oma immer zu mästen, mit noch einem Stück Kuchen oder noch einem Nachschlag Mittagessen oder noch einem Wurstbrot, je nach Tageszeit, während seine Mutter immer sagte: »Mama, jetzt hör halt auf. Der ist groß genug und kann selber sagen, wenn er noch was mag.«

Seine Oma hatte all ihre Liebe und Fürsorge ins Essen gepackt und ihm sämtliche Lieblingsspeisen gekocht, als er Ende September bei ihnen war. Leos Magen knurrte laut und vernehmlich. Er hatte seit Freitagvormittag nichts mehr gegessen.

Sascha fiel ihm ein und er hoffte, dass sein Kollege die Pilze gut überstanden hatte. Er hätte ihn ins Krankenhaus begleiten sollen, dann wäre der ganze Schlamassel hier nicht passiert, dachte er bitter. Sascha hätte die Pilze auch nicht gegessen, wenn er zwischendurch mal mit ihm eine Pause gemacht hätte und irgendwo eingekehrt wäre.

Während man Saschas Laune meist mit dem Füllstand seines Magens in Relation setzten konnte, war das bei ihm ganz anders. Seine Oma sagte immer, er esse wie eine Riesenschlange. Er konnte gewaltige Mengen verdrücken, dann aber auch wieder einen ganzen Tag nichts essen, ohne zu merken, dass er Hunger hatte. Jetzt aber merkte er es. Und zwar deutlich.

Und Leo Reisinger spürte, dass es nicht gut war, ständig über Essen nachzudenken. Es machte ihn mürbe und ließ ihn seinen Hunger stärker empfinden. Er sah sich noch mal das Stück Stoff an und musste an Veronika denken. Spontan drückte er das rote Läppchen an seine Lippen. Erstaunt stellte Leo fest, dass der Stoff nach Parfum roch. Ganz eindeutig haftete ein blumiger, femininer Duft an ihm.

Das tröstete ihn ein wenig. Und es half ihm, in Gedanken bei Veronika zu bleiben.

Nach einer Weile begann es wieder zu regnen. Leo schlürfte seine Pfütze leer und kroch in den Stollen, um nicht wieder nass zu werden.

Watzke saß mit seinem Kreuzworträtsel am Tisch und starrte in die matt erleuchtete Höhle. Christine schlief im Bett, Chantal hatte sich auf die schwankende Plattform gehievt und döste ebenfalls. Er hatte sie beobachtet und befragt, aber sie blieben bei ihrer Geschichte vom Pilzesuchen, dass sie dabei in ein Loch gefallen seien und sich erst nach Tagen in den Tunnel gewagt hätten – ohne zu wissen, dass der mit seiner Höhle verbunden war. Alles war damit verloren. Die ganze Arbeit der letzten Jahre für nichts! Passé die Vorstellung von einem Leben in Sicherheit, in der Geborgenheit des Berges, fernab von Polizei und Verfolgern. Die beiden waren wirklich das Schlimmste, was ihm hatte passieren können. Aber, das musste er sich schmerzlich eingestehen, er war selbst schuld. Diese Felsspalte an der Höhlendecke, er hatte sie durchaus bemerkt. Er hätte sie überprüfen müssen. Wenigstens nachsehen, ob da ein Luftzug ging, der auf eine unterirdische Verbindung nach draußen hindeutete. Es wäre aufwendig geworden. Er hätte ein Gerüst bauen müssen. Aber er hatte es nicht getan und nun saß er mit diesen zwei Frauen fest. Wann würden die nächsten Eindringlinge auftauchen?

Ein Teil von ihm spielte mit dem Gedanken, sich die beiden Frauen gefügig zu machen, sie zu benutzen. Aber gleichzeitig wusste er, dass er das nicht schaffen würde. Frauen gegenüber war er noch nie gewalttätig geworden. Wenn Sybille ihn damals um etwas gebeten hatte, hatte er ihr nichts abschlagen können. Egal, wie sehr sie ihn enttäuscht hatte, selbst wenn sie jetzt vor ihm stehen würde, könnte er ihr nichts antun.

In seinem Kopf lärmte ein schrilles Konzert aus widerstrebenden Gedanken. Wie sollte er mit den Frauen umgehen? Wie konnte er sich vor ihnen schützen? Was wollten sie von ihm? Wie sollte es weitergehen? Er war nervös und aufgeregt. Bei jeder Gelegenheit schüchterte er die beiden ordentlich ein.

Noch immer glaubte er nicht an die Geschichte, die sie ihm aufgetischt hatten. Wer würde schon beim Pilzesuchen plötzlich einfach so in einen alten Stollen einbrechen und dann von da auch noch den Zugang zu seiner geheimen Höhle finden? Er war überzeugt davon, dass die beiden ihn ausspionieren sollten und irgendwann entweder die Polizei auftauchen würde, oder noch schlimmer: ein paar Mitglieder der alten Gruppe. Deshalb schlief er seit Tagen so gut wie nicht mehr. Er beobachtete die beiden ständig, um auf einen Angriff vorbereitet zu sein. Seit sie am Mittwochmorgen über die steile Seitenwand seiner Wohnhöhle heruntergerutscht waren, überlegte er, wie er sie loswerden könnte. Dass sie seinen einzigen funktionierenden Fluchtweg zerstört hatten, war allerdings merkwürdig. Welcher Plan dahinter stand, war Watzke noch nicht ganz klar. Wahrscheinlich ging es darum, ihn an der Flucht zu hindern. Irgendwann würden die anderen kommen.

Die beiden spielten ihre Rolle aber sehr professionell, das musste er ihnen lassen. Vielleicht waren sie sogar tatsächlich Mutter und Tochter. Aber für wen sie arbeiteten, das hatte er bisher nicht herausbekommen. Er hielt sich zurück und beobachtete sie genau. Christine, die Ältere, hatte schnell seine Höhle in einen Haushalt verwandelt und das Regiment über die Versorgung übernommen. Sie teilte jedem das Bett für sieben Stunden zu und achtete darauf, dass die Zeiten eingehalten wurden. In den drei Stunden, die sie gemeinsam wach waren, aßen sie zusammen und Christine versuchte vergeblich, so etwas wie eine Konversation in Gang zu bringen.

Watzke hatte sich gefügt. Da immer das gleiche Dämmerlicht in der Höhle herrschte, war es egal, wann sie schliefen; müde waren sie eigentlich immer. Außer natürlich Chantal, die es in der Regel schaffte, ihrer Mutter den Schlaf zu rauben und sich statt ihrer ins Bett zu legen. Wenn Chantal mal nicht schlief oder einen ihrer Anfälle hatte, wühlte sie in ihrer Handtasche, als ob da ein Ausweg zu finden sei. Aber die enthielt nur so unnützen Kram wie Haarbürste, Lipgloss, ein leergebranntes Feuerzeug und einen Berg Visitenkarten. Christine bereitete das magere Frühstück mit dem Zwieback und heißem Tee zu, servierte den Eintopf und spülte den Topf und die Löffel. Er hatte gekämpft um seine Vorräte, aber schließlich eingesehen, dass er teilen musste. Er rückte jeden Tag pro Person drei Zwiebäcke und eine Dose Eintopf heraus. Mehr nicht. Mit dieser Ration hatte er die letzten drei Jahre gut gelebt und das erwartete er auch von seinen beiden ungebetenen Gästen. Christine erhitzte den Eintopf auf seiner elektrischen Kochplatte, gegessen wurde aus der Dose. Den Dosenöffner musste sie sich aber jedes Mal von ihm erbitten, den hütete Watzke wie seinen Augapfel.

Nach dem missglückten Fluchtversuch hatte er zwei Tage lang kein einziges Wort mit den beiden gesprochen. Inzwischen aber versuchte Christine, eine Verbindung zu ihm aufzubauen. Sie erzählte ihm aus ihrem angeblichen Leben und fragte ihn nach seiner Familie, nach seinem Namen, woher er kam und was er in dieser Höhle wollte.

Seine anfängliche Schroffheit bröckelte. Watzkes Welt bröckelte in mehrfacher Hinsicht, und es war ihm bewusst. Christines Fürsorge und Freundlichkeit rührten ihn. Er musste sich manchmal zwingen, sie nicht anzulächeln, wenn sie mit einem mütterlichen »Essen ist fertig!« zum Tisch rief. Der Singsang ihrer Stimme hüllte ihn ein in vergangene Träume von Glück. Um sich zu schützen, spannte er die Kiefer an, machte ein grimmiges Gesicht und versuchte, sich von ihr fernzuhalten.

Noch hatte er den Frauen so gut wie nichts über sich erzählt, doch Christine versuchte es hartnäckig immer wieder. Besonders ihr Mitleid nagte am Panzer seiner Selbstbeherrschung. »Wenn sich einer wie du in einem Loch wie hier verkriecht und von der Welt nichts mehr wissen will, muss er ja ein trauriges Leben gehabt haben.« Die Art, wie sie ihn dabei ansah, zerquetschte Watzke beinahe das Herz. Als er wieder antworten konnte, schickte er sie brüsk auf die andere Seite der Höhle und starrte so lange auf sein Kreuzworträtsel, bis sein Hals nicht mehr wie Feuer brannte. Er musste sie loswerden, alle beide. Oder nicht?

Dann hatte sie angeboten, ihm die Haare zu bürsten. Das hatte er unvorsichtigerweise zugelassen. Seither spukte dieses unglaubliche Gefühl in seinem Körper herum und er wusste, dass es ihm deutlich schwerer fallen würde, sich Christines zu entledigen als Chantals. Er versuchte seither noch konsequenter, den Abstand zu ihr zu wahren.

Das war jetzt zwei Tage her.

Chantal hatte in den ersten Tagen kaum ein Wort geredet. Die Erkenntnis, dass sie von nun an auf Gedeih und Verderb in dieser Höhle aufeinandersaßen, sickerte nur langsam in ihr Bewusstsein. Die meiste Zeit lag sie wie betäubt im Bett, wenn Watzke sie nicht herausscheuchte. Inzwischen wurde sie immer wieder mal laut und unbeherrscht, beschuldigte Christine, an allem schuld zu sein, oder lag heulend in ihren Armen und ließ sich trösten. Watzke war genervt von dem ständigen Auf und Ab der Gefühle, das diese Chantal zur Schau trug.

Am Samstagvormittag gegen zehn Uhr versuchte Kommissarin Sandra Kruse, ihren Kollegen Leo Reisinger zu erreichen. Es hatten sich so viele neue Informationen angesammelt, die er für seine Arbeit dringend haben sollte. Vor allen anderen die Information über Watzke! Aber er hatte gestern nicht mehr zurückgerufen, solange sie im Büro gewesen war. Und sie selbst wollte auch auf dem aktuellen Stand gehalten werden. Aber er ging auch jetzt nicht an sein Telefon. Sein Handy meldete, dass er nicht erreichbar sei, seine Festnetznummer antwortete mit dem Anrufbeantworter. Sandra war sauer.

»Der haut einfach ab ins Wochenende, ohne sich vorher noch mal zu melden«, beschwerte sie sich bei Olli. Sie trug noch ihren Schlafanzug, während sie im Flur ihrer Wohnung auf und ab tigerte.

»Na, dann schalte du halt auch mal ab. Genieß das Wochenende mit mir, statt mit dem Kopf immer bei deiner Arbeit zu sein«, antwortete der. Olli drückte ihr einen Kuss auf den Nacken.

»Lass das!«, Sandra wehrte ihn ab. Sie wusste genau, dass es ihr keine Ruhe lassen würde, selbst wenn sie sich jetzt ablenken ließe.

»Gehst du einfach mal eine Runde Gassi mit Laika?« Sie hielt Olli die Hundeleine hin. Laika registrierte das augenblicklich und stürmte freudig bellend zur Wohnungstür. Da saß sie nun und wedelte erwartungsvoll.

Olli gab sich geschlagen. »Na gut. Du hast eine halbe Stunde. Danach will ich nichts mehr von deinem Fall hören.« Er schnappte sich die Leine und verließ die Wohnung.

Sandra rief zunächst bei Sascha an. Sein Mobiltelefon war ebenfalls ausgeschaltet, aber unter seiner Festnetznummer erreichte sie wenigstens seine Mutter.

»Ich wollte gerade losfahren, Fräulein Kruse, da haben Sie aber Glück, dass Sie mich noch erreichen«, sagte Saschas Mutter.

»Könnte ich Sascha sprechen, Frau Pröve?«

»Kindchen, der ist doch im Krankenhaus in Sebnitz! Wissen Sie das nicht?« Frau Pröve klang ungeduldig.

»Was? Im Krankenhaus?« Sandra war platt.

»Der Herr Reisinger hat gestern Abend angerufen, dass er den Sascha ins Krankenhaus hat bringen lassen. Er hat eine Pilzvergiftung, mein armer Junge. Die Ärzte sagen, es ist nicht so schlimm, aber sie wollen ihn noch bis Montag dabehalten. Sie haben ihm den Magen ausgepumpt. Das hat ihm nicht so gut gefallen, aber ich denke, heute geht es ihm schon wieder besser. Gestern Abend war er aber ordentlich blass um die Nase.«

»Oh mein Gott, eine Pilzvergiftung! Wie hat er sich denn die geholt?«, wollte Sandra wissen.

»Das weiß ich auch noch nicht, Fräulein Kruse. Aber er wird es mir heute hoffentlich erklären.«

»Frau Pröve, wann haben Sie zuletzt etwas von Leo Reisinger gehört? Wann hat er Sie angerufen?«, fragte Sandra.

»Oh, das dürfte so gegen achtzehn Uhr gewesen sein. Ich bin dann auch gleich rausgefahren nach Sebnitz und habe meinem Jungen bis spät abends die Hand gehalten. Der arme Kerl sah kalkweiß aus und hat merkwürdiges Zeug geredet. So blass wie eine Leiche, Fräulein Kruse. Es war ganz furchtbar.« Saschas Mutter war kurz davor zu weinen, das war deutlich zu hören.

»Frau Pröve, ich bin sicher, heute geht es ihm schon viel besser. Sagen Sie ihm viele Grüße von mir. Wenn ich es einrichten kann, besuche ich ihn. Ansonsten wäre es wunderbar, wenn Sie ihm ausrichten könnten, dass er mich anrufen soll. Würden Sie das bitte tun?«

»Ihr Polizisten denkt immer nur an die Arbeit«, sagte Frau Pröve vorwurfsvoll. »Er soll sich erst einmal erholen. Das kann doch bestimmt bis Montag warten.«

Sandra wusste auch nicht, warum sie es so dringend gemacht hatte. Sicher war Leo bei irgendeiner Freundin und kümmerte sich einen Dreck um ihre Sorgen und um seine Kollegen. Sie gab klein bei.

»Sie haben recht, Frau Pröve, das kann bis Montag warten. Gute Besserung für Sascha!«

Sie legte auf. Aber ihre Unruhe blieb.

»Guck mal da, René, das sieht aber komisch aus.« Die Frau unter dem Regencape blieb stehen und deutete vom Trampfelpfad auf den merkwürdigen Hügel weiter oben am Hang. Etwas wie ein morsches Brett ragte dort nach oben. »Was das wohl ist?« Sie machte ein paar Schritte ins Gelände, um sich das genauer anzusehen, aber René rief sie zurück.

»Komm Margot, lass uns runter zur Kirnitzsch gehen. Ich will die Wasseramsel sehen. Irgendwelche Bretter im Boden interessieren mich nicht die Bohne.« Er hatte eine prallgefüllte Kameratasche über der Schulter und einen voluminösen Rucksack auf dem Rücken. Unter seinem Regencape sah er ziemlich unförmig aus.

Da es beständig nieselte, hatte Margot ihre Kapuze weit ins Gesicht gezogen. Deshalb hörte sie ihn nicht. Außerdem war sie im Gegensatz zu ihrem Mann nicht so sehr an Vögeln interessiert. Der merkwürdige Hügel zog sie magisch an. Sie stapfte durch das spärliche Unterholz und das glitschige Laub den Hang hinauf. René blieb zwar stehen, folgte ihr aber nicht. Zögernd setzte Margot die letzten Schritte. Als sie sich der Abbruchkante auf

zwei Meter genähert hatte, blieb sie stehen. Sie sah Felswände, morsche Bretter und Balken und die Überreste
einer Abdeckung, die ganz offensichtlich durchgebrochen
war, aber keinen Boden.

»Nun komm schon, Margot!«, rief es von unten. Margot
war unsicher. Wenn das hier ein abgedeckter Graben
war, stand sie dann auch auf so unsicherem Gelände? Sie
machte kehrt und stieg vorsichtig wieder hinunter.
»Sieht aus, als hätte da jemand einen Graben zugedeckt
und das ist dann eingebrochen«, sagte sie zu ihrem Mann.

»Ist es eine Goldmine?«, fragte René. »Dann geh ich
auch gucken.«

Margot schüttelte den Kopf. »Nee, nur ein Loch. Das
sieht ziemlich gefährlich aus.«

»Na dann, weiter! Wenn ich ein paar gute Fotos ge-
schossen habe, gehen wir auf eine leckere Forelle in die
Buschmühle.« Sie setzten ihren Weg auf dem schmalen
Waldweg fort.

Leo wachte aus einem unruhigen Schlaf auf. Hatte er
gerade etwas gehört? Er setzte sich auf und horchte. Zu
den Geräuschen des Waldes kam das beständige Rauschen
des Nieselregens, das Tröpfeln von den Felsen und Bäumen.
Aber da war noch was. Stimmen? Schritte?

Er rappelte sich auf und hastete aus dem Stollen nach
vorne, in das offene Loch.

»Hallo!«, schrie er. »Ist da jemand?« Er formte mit den
Händen einen Trichter um seinen Mund, um seine Stimme
möglichst weit tragen zu lassen. »Hilfe, ich brauche Hilfe!«

Margot drehte sich zu ihrem Mann um: »René, hast du
auch grad was gehört?«

René ging weiter und schüttelte den Kopf. In seinen
Gedanken war er bei Brennweiten und Belichtungszeiten.
»Nee.«

Margot zog die Kapuze gegen den anhaltenden Regen
fester über den Kopf und folgte ihrem Mann hinunter ins
Kirnitzschtal.

Misstrauisch überwachte Watzke, wie Christine die Zwiebäcke verteilte. Er würde ihr nicht durchgehen lassen, dass sie immer versuchte, Chantal einen mehr zu geben. Das kam gar nicht infrage. Seit klar war, dass sie in der Höhle festsaßen, lieferte er sich mit den beiden Frauen einen beständigen Kampf um die Vorherrschaft. Christine versuchte es, indem sie sich nützlich machte. Sie kümmerte sich um das Essen und sorgte für Ordnung in der Höhle. Sie versuchte, ihn auszufragen über private Vorlieben oder seine Familiengeschichte. Er fiel ihm schwer, sich dem zu entziehen, aber er blieb auf der Hut.

Wie eine lästige Fliege scheuchte er Christine von seinem Stuhl am Schreibtisch. Seufzend erhob sie sich und wanderte planlos in der Höhle hin und her, während sich Chantal zum Bett begab, das Kissen aufschüttelte, demonstrativ wendete und sich schließlich hineinlegte. Chantal hatte er mit übelsten Drohungen klargemacht, dass sie nie wieder eines seiner Kreuzworträtsel anfassen dürfe. Nach der dritten Nacht mit den beiden Eindringlingen hatte er feststellen müssen, dass jemand mit Kugelschreiber in das obenauf liegende Kreuzworträtselheft geschrieben hatte. Das war ein ungeheures Sakrileg. Watzke hatte schon lange nicht mehr so eine Wut gefühlt. Wenn er sich heftig ärgerte, brüllte er, so wie er es getan hatte, als Chantal den Flaschenzug unbrauchbar gemacht hatte. Angesichts der Beschmutzung seines Heftes mit ordinärem Kugelschreiber hatte er nur noch flüstern können. Christine hatte sofort verstanden, dass es ihm ernst war. Aber Chantal hatte er mit erhobener Faust drohen müssen, bis sie es kapiert hatte. Dieses dumme Mädchen nun in seinem Bett schlafen zu sehen, lag ihm wie ein schwerer Stein im Magen. Er legte sich ein neues Kreuzworträtselheft bereit, kaute bedächtig an seinem Zwieback und schaute in seine Höhle. Christine wanderte immer noch rastlos auf und ab.

Er seufzte. Es hätte das Paradies sein können.

Bis Mittwochmorgen war Detlef Watzke davon überzeugt gewesen, dass dieser Ort einer der ganz wenigen großen Glücksfälle seines Lebens war. Auf der Suche nach einem Unterschlupf hatte er diese Höhle gefunden, zu deren Einstieg man eine Leiter brauchte. Die Gefahr, dass ein Wanderer einfach so hereinspazierte, war damit schon mal gebannt. Sich von oben her zum Einstieg abzuseilen war ebenfalls ziemlich schwierig, weil der Fels über dem Spalt deutlich überhing. Damals hatte er sich gerade noch so hindurchzwängen können und sich Schritt für Schritt in eine andere, vielversprechende Welt vorgetastet. Er konnte sich noch genau an das Glücksgefühl erinnern, das er beim ersten Inspizieren der Höhle empfunden hatte. Zunächst hatte er nur einen Hohlraum vermutet, der von zwei großen, oben aneinander gelehnten Steinblöcken gebildet wurde. Es ging einige Meter über lose Gesteinsbrocken, dann hatte er aufwärts und um die Ecke klettern müssen. Hier war die Höhle in einen fast ebenen, langgezogenen Raum mit gewölbter Decke übergegangen. Nach zehn weiteren Metern, die er vorsichtig im unruhigen Licht seiner Stirnlampe zurückgelegt hatte, hatte er seine Freude kaum fassen können: Der sandige Boden war plötzlich nass gewesen! In einigen Höhlen, die er bis dato untersucht hatte, hatte er Quellen entdeckt, aber diese Höhlen waren allesamt zu einfach zu finden gewesen. Bisweilen war er drinnen sogar auf Müll gestoßen, der bewiesen hatte, dass Wanderer oder Höhlenforscher in ihnen herumstiegen. Hier war es sauber gewesen und das Wasser irgendwo zwischen den Steinen nach unten verschwunden, um sich am Fuß des Felsmassivs als Quelle einen Weg hinunter in die Kirnitzsch zu suchen.

Diese Höhle, das war ihm nach wenigen Minuten klargeworden, war genau das, was Watzke so lange gesucht hatte. Er räumte in den nächsten Tagen den Innenraum von Geröll und Trümmersandstein frei, so dass er gefahrlos durchmarschieren konnte. Die Quelle war nicht ganz einfach zu fassen, aber er baute aus einem Plastikkanister einen Trichter und beobachtete von da an, ob sie das ganze Jahr über Wasser gab.

Den Strom von der nächstgelegenen Leitung abzu-zwacken, war kein Problem für ihn. Mit Strom kannte er sich aus. Schon vier Wochen, nachdem er die Höhle ent-deckt hatte, brannte permanent eine Glühbirne im hinteren Teil. Das Licht erleichterte ihm die Arbeit sehr. Denn nun ging Watzke daran, die Höhle so zu erweitern, dass er längere Zeit darin leben und arbeiten konnte.

Der Sandstein brachte ihn aber bald zur Verzweiflung. Er versuchte es mit aufquellenden Holzkeilen, mit Feuer unter dem Felsen, mit Hammer und Meißel, bis er Blasen an den Händen hatte: Doch der Stein erwies sich als zäh. Die tägliche Ausbeute seiner Arbeit war in der Regel ein lächerlich kleiner Haufen Steine.

Trotzdem hatte er keine Minute daran gezweifelt, dass die Höhle das richtige Versteck für ihn war.

Die ersten Versuche mit seiner Knete waren recht viel-versprechend: Er stopfte sie tief in die Löcher, die er mühsam mit dem Keil hineingeschlagen hatte, steckte Zünder hinein und brachte sie zur Detonation, sobald er außerhalb der Höhle hinter großen Steinen saß. Schon beim dritten Versuch war er beim Wegräumen des Gerölls auf eine andere Gesteinsschicht gestoßen: Nicht mehr der raue, gelbmatte Sandstein lag da vor ihm, sondern fleckiger, grauer Granit. Da die Höhle die bisherigen Sprengungen problemlos ausgehalten hatte, wurde er mutiger. Mit der doppelten Menge Knete präparierte er den Boden und die Rückwand der Höhle. Watzke hoffte, deutlich tiefer in den Berg zu kommen.

Als er den Zünder drückte, kauerte er zweihundert Meter vom Höhleneingang entfernt, die lange Leiter neben sich im Laub, hinter einem Sandsteinfelsen. Das Mondlicht war hell genug, um den Auslöser auch ohne Taschenlampe zu sehen. Er konnte die Detonation unter seinen Füßen spüren, obwohl fast nichts zu hören war. Verräterischer als das Geräusch war die Staubwolke, die aus dem Höhleneingang quoll. Aber die würde sich bis zum nächsten Morgen gelegt haben.

Und so war es auch, niemand schien etwas von seiner Arbeit im Berg zu merken. Nach dieser Sprengung war keine weitere mehr nötig. Er konnte sein Glück kaum fassen, als er in der nächsten Nacht die Leiter aus dem Laub holte und hoch in seine Höhle stieg. Da, wo vorher im hinteren Teil der Boden gewesen war, öffnete sich der Eingang nach unten zu einem viel größeren Hohlraum. Von oben hatte er die Höhe der Höhle auf etwa vier Meter geschätzt. Im Licht des tanzenden Taschenlampenkegels hatte er nun aufgeregt ihre unglaubliche Dimension zu erahnen versucht. Inzwischen wusste er, dass sie 5,32 Meter hoch war, zumindest an dieser bergseitigen Stelle, von wo er nun in sein Refugium, in seine Zuflucht, hinunterblickte.

Mit einer Leiter war diese Höhe nicht zu überwinden. Schon gar nicht mit einem Rucksack voller Steine auf dem Rücken.

Der Flaschenzug über der Stalltür war ihm schnell in den Sinn gekommen. Damit konnte er nicht nur Lasten, sondern auch sich selbst hochziehen. Als er ihn vom Giebelbalken herunterschnitt, machte er einen guten, soliden Eindruck auf Watzke. Das Seil musste natürlich erneuert werden, aber die drei Holzrollen liefen immer noch rund und geschmeidig. Er hatte mit viel Mühe einen stabilen Edelstahlhaken in die Sandsteinwand getrieben, mit Zement verfugt, den Flaschenzug drangehängt und seine ersten Versuche gemacht.

Schon nach zwei Tagen wagte er es, sich selbst in die Tiefe zu lassen, um die Höhle zu erkunden.

Und nun? Die Frauen hatten den einzigen Zugang zur Höhle vernichtet. Sie hatten den Flaschenzug so unsachgemäß bedient, dass das Seil aus seiner Rolle gesprungen war. Sie saßen fest. Sowohl Chantal als auch Christine hatten vergeblich versucht, am Seil hochzuklettern. Mit wundgescheuerten Händen hatten sie bald aufgegeben. Sein Refugium war zur Falle geworden, und er brauchte mindestens zwei Kreuzworträtselhefte, um sich überhaupt noch beruhigen zu können, wenn die Wut in ihm hochstieg.

Sonntag

»Jetzt ist Schluss! Pack einen Rucksack, wir fahren raus und sehen nach!« Olli stand am Sonntagvormittag vom Frühstückstisch auf und schob seinen Stuhl mit Nachdruck heran. »Ich habe die Faxen dicke.«

Schuldbewusst legte Sandra das Handy neben ihren Teller. »Entschuldige. Ich wollte bloß mal sehen, ob er sich nicht doch gemeldet hat.«

»Schon in Ordnung, Sandra. Das Wetter sieht besser aus als gestern, vielleicht bleibt es sogar trocken. Wir fahren jetzt da raus und schauen nach. Dann gehen wir wandern und danach kannst du gleich noch Sascha besuchen. Heute Abend hast du in deinem Kopf dann hoffentlich auch wieder Platz für mich.«

Sandra stand auf und umarmte ihren Freund. »Du bist einfach der Beste«, schnurrte sie.

Eine halbe Stunde später waren sie abmarschbereit. Wasserfeste Jacken, Wanderschuhe, eine Brotdose, Leckerlis für Laika und Wasser. Olli packte noch eine Wanderkarte vom Hinteren Zschand dazu und den Fotoapparat. Laika sprang glücklich um die beiden herum, als sie sich auf den Weg zum Auto machten.

In Ottendorf angekommen, lotste Sandra Olli in den Waldweg zu dem einsamen Haus. Es sah friedlich aus. Die Wassertropfen vom letzten Regenschauer glitzerten auf den Grashalmen und in den Fichtenzweigen. Da es schon fast Mittag war, schien die Sonne bis hinunter ins Tal und tauchte den Garten und die umliegenden Bäume in klares Licht. An manchen Stellen saugte die Sonne das Wasser in kleinen Dampfwölkchen vom feuchten Waldboden. Im Garten blühten noch ein paar lila und weiße Astern.

»Sieht nett aus«, meinte Olli. Er parkte den Wagen vor dem Gartentor. Laika erkannte den Garten wieder und stürmte begeistert am Zaun entlang. Da der hinter dem Haus endete, dort, wo das Gelände steil anstieg, war sie im Nu im Garten und beschnüffelte aufgeregt jeden Grashalm. Sandra stieg über das niedrige Tor und sah sich genau um. Das Umgebindehaus hätte dringend eine Renovierung gebraucht. Die Fensterläden hingen zum Teil nur noch in einer Angel, überall blätterte die Farbe vom Holz. Die Sandsteine, mit denen der Stall an die Blockstube gebaut war, waren voller Moose und Flechten. Hinter dem Haus standen immer noch die Stalltüren offen. Der Steinschutt leckte wie eine Zunge in den holprigen, grob gepflasterten Hof. Weiter hinten war der Holz-schuppen notdürftig abgestützt worden. Eigentlich war das sinnlos, denn sowohl die hintere Wand als auch das Tor waren vollkommen von dem Geländewagen einge-drückt worden. Das schiefe Dach balancierte nur noch notdürftig auf den wackligen Seitenwänden.

Sandra wandte sich wieder um zum Haus. Die Haustür war verschlossen, durch die blinden Fenster konnte man weder im Wohnzimmer noch in der Küche etwas Auffäl-liges erkennen.

»Na, bist du jetzt beruhigt?«, fragte Olli, der an der sonni-gen Hauswand lehnte. Er sah ihr geduldig bei ihrer Inspek-tion zu. Laika sprang inzwischen im Blumenbeet herum und verfolgte aufgeregt eine Spur.

»Also hier scheint er jedenfalls nicht zu sein ...«, sagte Sandra. Sie sah nach oben, zu den beiden kleinen Fenstern im ersten Stock, aber dahinter rührte sich auch nichts. Warum war sie so unruhig?

Sie ging noch einmal anders herum um das Haus, was schwierig war, weil da jede Menge stacheliges Gestrüpp wuchs. Aber sie schaffte es, sich durch das Dickicht bis zu dem kleinen Badfenster vorzuarbeiten. Eine schmutzige Gardine versperrte ihr die Sicht.

Vielleicht wäre es besser gewesen, in Leos Wohnung in Dresden vorbeizuschauen? Vorsichtig, um nicht in den Himbeerranken hängen zu bleiben, richtete sie sich wieder auf. Wahrscheinlich war es eine Schnapsidee gewesen, hierher zu kommen. Wieso sollte Leo hier sein? Das ergab überhaupt keinen Sinn. Sandra haderte mit sich selbst. Unschlüssig starrte sie auf das kleine Fenster. Den Spinnweben nach zu urteilen, war es seit Monaten nicht mehr geöffnet worden. Sandras Unruhe wuchs eher, als dass sie diese Stille beruhigt hätte. Was konnte sie noch tun? Sie würde jetzt mit Olli und Laika eine schöne Wanderung machen und dann im Sebnitzer Krankenhaus bei Sascha vorbeischauen. Langsam wandte sie sich um. Sie hasste es, nicht zu wissen, was richtig war. Vorsichtig suchte sie sich einen Weg durch das Dornengestrüpp zurück. Noch bevor sie an der Hausecke war, brachte Ollis panische Stimme das Vogelgezwitscher zum Verstummen:

»Sandra, komm schnell! Oh mein Gott, Laika!«

Sie hastete zurück zur Vorderseite des Hauses. Olli stand vor der völlig verdreckten Laika. Sie hatte offensichtlich wieder im Blumenbeet gegraben. In ihrem Maul hielt sie einen großen Knochen. Wie es aussah, einen menschlichen Oberschenkelknochen.

Christine bestand darauf, ihre und Chantals Kleider unter dem Wasserrohr zu waschen. Watzke hatte die Quelle, die ein Stockwerk höher in der Höhle entsprang, durch einen Gartenschlauch in die Wohnhöhle nach unten geführt und aus einer alten Zinkwanne einen Zuber mit Abfluss gebaut. So verfügte er auch immer über einen Wasservorrat von gut zwanzig Litern, für den Fall, dass die Quelle einmal kurzfristig versiegen würde. Das hatte sie in den letzten zwei Jahren allerdings nicht getan. Lediglich letzten August hatte er festgestellt, dass die Quelle weniger Wasser führte. Christine hatte ihn nach einem Eimer und Seife gefragt, gerade so, als ob sie hier in einem normalen Haushalt mit einem Tante-Emma-Laden nebenan wären! Watzke fand Wäschewaschen zu diesem Zeitpunkt gänzlich überflüssig, aber er rückte widerstrebend erst einen Plastikeimer und dann zwei seiner Ersatzhemden heraus, damit die beiden Frauen wenigstens notdürftig etwas zum Überziehen hatten.

Die beiden brachten ihn völlig aus der Ruhe. Mit Frauen hatte er ja seit der Geschichte mit Sybille nichts mehr zu tun gehabt. Tante Hermine zählte nicht. Nun hatte er gleich zwei davon um sich.

Als ihm Christine vor einer Weile die Haare gebürstet hatte, waren ihm warme Wonneschauer über den Rücken gerieselt. Das hatte ihn daran erinnert, dass es Vorteile haben konnte, nicht allein zu sein. Aber nach all den Jahren nun plötzlich mit gleich zwei Mitbewohnerinnen so nah zusammenleben zu müssen, überforderte ihn ganz eindeutig. Um sich zu schützen, versuchte Watzke, seine Tagesroutine so aufrechtzuerhalten, wie er das ursprünglich geplant hatte. Aber das war nicht einfach. Eine der Frauen war immer wach. Christine wollte dann reden, Chantal beobachtete ihn wie ein in die Enge getriebenes Tier. Er hatte versucht, seine Rätsel zu lösen, während Christine aufgewühlt in der Höhle umher humpelte und sich mit Selbstvorwürfen marterte oder während Chantal hin und her lief und sich selbst bemitleidete, weil sie doch so kurz vor ihrem Ziel auf so unfaire Art aus dem Rennen genommen worden war.

Er war sich immer noch nicht sicher, was für ein Spielchen die beiden mit ihm spielten. Gut möglich, dass sie von der Polizei oder vom Geheimdienst waren. Er hatte gleich am Anfang, als beide gleichzeitig geschlafen hatten, ihre paar Sachen durchsucht und nichts gefunden. Trotzdem blieb er misstrauisch. Watzke legte jedes Wort auf die Goldwaage. Das war seine Natur.

Zum Beispiel hatte Christine letztens gesagt: »Ein Mensch kann doch nicht so völlig allein leben. Sei froh, dass wir hier sind. Du wärst doch auf Dauer verrückt geworden.«

Bedeutete das nicht, dass sie ihr Eindringen bei ihm geplant hatte? In seinem Kopf drehte sich beständig ein Karussell aus Gedanken und Ängsten.

Das Wichtigste war nach wie vor: Wie konnte er die beiden loswerden? Oder zumindest Chantal? Denn eines war klar: Zu dritt würde es hier unten über kurz oder lang einen ganz bösen Zusammenstoß geben. Sie versuchte, ihm das Zepter aus der Hand zu nehmen, die Führungsrolle an sich zu reißen. Das würde er auf keinen Fall zulassen.

Aber wohin mit Chantal? Eine Leiche konnte er hier unten nicht brauchen. Das kleine Rinnsal an Wasser war gerade mal stark genug, um ihre Abfälle in die hintere Erdspalte zu spülen. Eine Tote konnte er da nicht entsorgen. Wohin das Wasser von da aus weiterlief, wusste er auch nicht. Wahrscheinlich kam es irgendwo unten im Kirnitzschtal heraus. Chantal zu fesseln und zu knebeln war auch keine Option. Das Seil vom Flaschenzug hatte er zwar, aber Christine hätte das nicht hingenommen. Außerdem: Er konnte sie nicht die nächsten drei Jahre gefesselt in einer Ecke liegen lassen. Völlig undenkbar, dass das funktionieren könnte.

Watzke biss die Zähne aufeinander. Er spürte wieder Wut in sich aufsteigen. Kalte, messerscharfe Wut darüber, dass sein Refugium entweiht worden war, dass er es mit diesen beiden Frauen teilen musste und es keinen Weg mehr nach draußen gab.

Er musste aufstehen und herumlaufen, um die Spannung in seinen Muskeln wenigstens etwas abzubauen.

Christine saß fröstelnd in seinem Hemd auf einem Felsklotz und schaute ihn an. Watzke fühlte sich beobachtet. Das machte ihn noch wütender. Sie schien seine Gedanken lesen zu können. Er fühlte sich schutzlos diesen Augen ausgeliefert.

»Lass mich in Ruhe!«, herrschte er sie an, als er an ihr vorbeiging.

Christine zuckte zusammen. Sie hatte keinen Ton gesagt. Sie wandte den Blick von ihm ab, stützte die Ellenbogen auf die Oberschenkel und den gesenkten Kopf in ihre Hände. Ein wenig Mitleid durchzuckte Watzke schon, als er sie so sitzen sah, aber die Wut in ihm war stärker. Er drehte zackig um und lief in die entgegengesetzte Richtung. Immer vierunddreißig Schritte vor und vierunddreißig Schritte wieder zurück. Zum Glück war die Höhle so groß. Aber die Hosen und die Pullis, die Unterwäsche und die Strümpfe der beiden, die zum Trocknen auf dem Geländer der Flaschenzug-Plattform hingen, machten ihn völlig verrückt. Dafür war seine Höhle nicht der richtige Ort!

Apfelstrudel. Immer wieder fantasierte Leo vom Apfelstrudel seiner Oma. Dachte an ihren knusprigen Schweinsbraten mit Semmelknödeln oder das total versalzene Wiesenhendl, das er im Bierzelt auf dem Oktoberfest gegessen hatte. Selbst so einen rohen Hackepeter mit noch roherem Ei, Zwiebeln und saurer Gurke, wie ihn Sascha neulich da oben, in diesem Lokal mit dem tollen Blick in Altendorf, mit glänzenden Augen verdrückt hatte, würde er jetzt mit Handkuss nehmen. Im September hatte er sich noch vor Grausen geschüttelt, als Sascha ihm zeigte, wie man stilecht dieses rohe Fleisch aß, das seine sächsischen Kollegen so liebten. Er hatte sich von Sascha das »Beffschteg« empfehlen lassen, weil das eine hiesige Spezialität sei. Dass ein Rindersteak eine typisch sächsische Angelegenheit sein sollte, war ihm zwar neu, aber er hatte

Lust auf ein kräftiges Stück Fleisch gehabt. Da war ihm ein Beefsteak sehr willkommen gewesen. Dass er dann allerdings ein Fleischpflanzerl, also quasi gebratenen Hackepeter, serviert bekam, hatte ihn doch irgendwie erschüttert. Das war also in Sachsen ein Steak?

Sascha hatte sich köstlich über das Missverständnis amüsiert und er, Leo, hatte sein »Beffschteg« mit Appetit gegessen. Die Erinnerung daran ließ ihm das Wasser im Munde zusammenlaufen.

Der Hunger in seinem Bauch und die Kopfschmerzen waren schmerzhaft, bohrend, nervtötend. Am Sonntagmorgen schlürfte er seine Wasserkuhle leer. Mit einem Blick in den Himmel war klar, dass es so schnell nicht wieder regnen würde. Frühestens in der Nacht. Gestern hatte er sich gegen Abend weit in den Stollen zurückgezogen, in der Hoffnung, dass es im Inneren ein wenig wärmer sein würde. Die absolute Dunkelheit, die dort herrschte, hielt ihn davon ab, sich weiter vor zu wagen. Er hatte es mehrfach versucht, aber das Gefühl des Ausgeliefertseins in der Dunkelheit war überwältigend. Er war immer wieder umgekehrt.

Wo war derjenige hin, der vor ihm eingebrochen war? War er durch den Stollen entkommen? Aber aller Theorie nach führte ein Stollen nicht an beiden Enden ins Freie. Ein Stollen führte in den Berg und endete da. Es war also Unsinn, dort hineinzugehen.

Das Loch, in dem er saß, war ganz offensichtlich der Eingang des Stollens. Die Wände waren bearbeitet, fast senkrecht in den felsigen Untergrund getrieben. Wahrscheinlich war es ein Bergwerk aus dem siebzehnten oder achtzehnten Jahrhundert. Irgendwann hatte wohl jemand den Einstieg abgedeckt, damit niemand hineinfiel, und wahrscheinlich war es dann einfach vergessen worden. Leo hatte Bilder von solchen historischen Schächten gesehen. Die Bergleute mussten das Gestein in Tragekörben auf dem Rücken und über wackelige

Holzleitern heraufbefördern. Vielleicht war früher hier eine Felsspalte gewesen, in der man Silber oder Gold vermutete. Sicher hatten sie auch etwas gefunden, sonst wäre der Stollen nicht so tief in den Fels getrieben worden. Wie weit es in den Berg hineinging — Leo hatte nicht die leiseste Ahnung. Damals, als er mit seiner Schulklasse im Salzbergwerk Reichenhall gewesen war, hatte er über das kilometerlange, sich verzweigende unterirdische Labyrinth gestaunt. So groß war dieses Bergwerk hier sicherlich nicht, aber was, wenn der Stollen sich weiter hinten verzweigte? Würde er blind wieder herausfinden? Noch hoffte Leo, dass ihn bald jemand aus diesem Loch ziehen würde.

Nachdem er sich eine Stunde lang wieder die Seele aus dem Leib geschrien hatte, aber wie schon bei all seinen Versuchen am Vortag niemand auf seine Hilferufe antwortete, war er so mürbe, dass er sich wieder hinlegte. Diese Art Dämmerschlaf ließ die Zeit verstreichen, aber sie erfrischte ihn nicht. Er fühlte sich nach wie vor zerschlagen, die Schulter und das Knie schmerzten, dazu die ständigen Kopfschmerzen, die Kälte und der Hunger. Klar zu denken wurde immer schwieriger.

Er versuchte seine Chancen, gefunden zu werden, abzuwägen. Dass hier zufällig jemand auf ihn stieß, war sehr unwahrscheinlich. Frau Dünnebier? Keine besonders große Chance, aber vielleicht verspürte sie Lust zum Pilzesammeln und konnte sich einen neugierigen Blick in das Loch nicht verkneifen. Die Kollegen? Vor Montag würde sich niemand darüber wundern, dass er nichts von sich hören ließ. Er meldete sich nie an Wochenenden. Und er bereute es, dass er so wenig darauf geachtet hatte, sich in Dresden ein soziales Netz zu schaffen. Er hatte sich immer so unbesiegbar gefühlt und war gern allein. Aber jetzt, jetzt machte er sich Vorwürfe, dass er sich nicht mehr um seine neuen Kollegen bemüht hatte. Niemand würde ihn vermissen – außer seiner Mutter, seiner Oma und Veronika.

Die würden versuchen, ihn anzurufen, und sich wundern, warum er das ganze Wochenende nicht ans Telefon ging. Aber unternehmen würden sie auch nichts. Sie waren es gewohnt, dass er sie warten ließ.

Es war bitter zu erkennen, wie sehr er durch sein eigenes Verhalten dazu beigetragen hatte, dass ihn niemand vermisste. So hilflos, verlassen und untauglich zu sein bereitete ihm schreckliches Unbehagen. Er versuchte zum wiederholten Mal, sich an der Wand hochzuziehen, scheiterte aber wie immer an den glatten, glitschigen Felsen, die seinen Händen und Füßen keinen Halt boten. Seine Fingernägel waren inzwischen alle eingerissen, die Fingerspitzen wundgescheuert. Erschöpft humpelte er zurück in den Stollen und setzte sich mit dem Rücken an die Wand gelehnt hin. Eine blasse, fast durchsichtig scheinende Spinne kletterte neben seinem Kopf an der behauenen Felswand entlang. Seine Hände waren dreckig, wie alles an ihm. Trotzdem ließ er seinen Kopf in seine Hände sinken und sich von seiner Angst übermannen.

Bald tauchten all die Bilder von Opfern auf, die er während seiner Karriere gesehen hatte. Die Toten, die Verletzten, die Geschockten, mit schreckgeweiteten Augen.

»Geht weg!«, flüsterte er. »Geht weg!«

Dr. Gräber war nicht erfreut, dass er an einem Sonntag zur Exhumierung eines Leichnams in die Sächsische Schweiz gerufen wurde. Mit grimmiger Miene schälte er die einzelnen Knochen aus dem Erdreich. Es fehlte keiner, alle waren unversehrt, und als erfahrener Mediziner erkannte er sofort, dass sie deutliche Abnutzungserscheinungen aufwiesen.

»Die Knochen gehören zu einer Person, die mindestens sechzig oder siebzig Jahre alt war. Sehen Sie das hier?«

Dr. Gräber zeigte Sandra die Zehenknochen. »Deutlich ausgeprägter Hallux Valgus und Arthrose am großen Zehengelenk, so was bekommt man nicht mit zwanzig Jahren. Die Form des Beckens deutet auf eine Frau hin. Hier gibt es Reste von grauen Haaren und von Kleidung mit auffälligem Muster. Wahrscheinlich eine Dederon-Schürze, die verrottet nicht so schnell. Ich gehe also von einer mindestens sechzigjährigen Frau aus. Gewalteinwirkung kann ich zu diesem Zeitpunkt noch nicht feststellen. Aber es gibt ja ein großes Füllhorn an Möglichkeiten, jemanden umzubringen, nicht wahr?« Er hielt Sandra seine lange, dünne Hand hin, damit sie ihm aus dem Erdloch half, in dem das Skelett gelegen hatte.

Sandra nickte. »Ich denke, das könnte Hermine Protzsche, geborene Watzke, sein. Wir könnten das mit einem Zahnvergleich überprüfen.« Sie zog Dr. Gräber hoch und sah zu, wie er versuchte, sich die Erde von den Gummistiefeln zu schütteln.

»Wo ist eigentlich Ihr bayerischer Kollege?«, fragte er.

»Wenn ich das wüsste«, antwortete Sandra. »Seit Freitagabend habe ich nichts mehr von ihm gehört und er geht nicht an sein Telefon.«

»Kluge Entscheidung«, lobte Gräber, »nur so kommt man in den Genuss eines freien Wochenendes! Ich möchte mal wissen, wieso Tote fast immer sonntags gefunden werden. Dazu gibt es sicherlich eine Statistik.«

»Bestimmt, Herr Dr. Gräber«, sagte Sandra, ohne richtig zugehört zu haben.

»Den Toten vom Freitag habe ich auch noch auf dem Tisch liegen«, grummelte Gräber. »Wen soll ich mir zuerst vornehmen?«

»Damen zuerst«, entschied Sandra. »Wir müssen sicher wissen, ob es Hermine Protzsche ist. Und es wäre toll, wenn Sie auch noch herausfinden, woran sie gestorben ist.« Dr. Gräber nickte resigniert. »Wird ein Kinderspiel werden.«

Seit zwei Stunden war Sandra mit den Kollegen der Polizeistation in Sebnitz und der Spurensicherung beschäftigt, die Knochen zu bergen. Olli hatte zwar geseufzt, aber sich mit Laika auf einen Spaziergang hinunter ins Tal begeben. Hier konnte er nicht helfen.

Dr. Gräber machte sich schließlich mit dem Skelett auf den Weg zurück nach Dresden. Hauptwachtmeister Kopischke öffnete Sandra das Haus und sie ging mit ihm durch sämtliche Räume, ohne eine Spur von Leo zu finden. »Wann haben Sie Kommissar Reisinger zum letzten Mal gesehen?«, fragte sie.

Kopischke berichtete von der vergeblichen Suche der Hundestaffel, und dass er sich am späten Freitagnachmittag von den beiden Kommissaren verabschiedet habe. »Ich war nass bis auf die Knochen«, entschuldigte er sich.

»Und dann?«, wollte Sandra wissen. »Wer hat das Haus versperrt und das Polizeisiegel angebracht?«

»Das war Wachtmeister Regenschütz«, erklärte Kopischke. »Herr Reisinger hatte ihn angerufen, nachdem er Sascha Pröve ins Krankenhaus hatte bringen lassen. Er ist wohl losgefahren und hat angerufen, sobald er eine Verbindung hatte. Hier unten klappt das ja gar nicht mit dem digitalen Funk.«

Sandra nickte. »Dieser Wachtmeister Regenschütz, hat der ihn noch gesehen?«, fragte sie.

Kopischke verneinte. »Kommissar Reisinger war schon weg, als er hier alles abgesperrt hat. Warum schauen Sie denn nicht einfach mal an seiner Wohnung vorbei? Vielleicht hat er einfach vergessen, sein Handy aufzuladen«, meinte Kopischke jovial.

»Hm. Ja, das werde ich machen. Danke.« Sandra war immer noch besorgt. Das war nun die dritte Leiche im Umkreis von zwei Kilometern, und gerade hier verloren sich Leos Spuren. Sein Handy ein ganzes Wochenende lang nicht zu benutzen, während er an einem akuten Fall arbeitete, passte überhaupt nicht zu Leo. Der konnte genauso schlecht abschalten wie sie selbst. In Gedanken ging sie ihre imaginäre Checkliste durch: Haus? Erledigt.

Wohnung? Würde sie als Nächstes machen. Handy orten lassen? Vielleicht später. Auto? Das konnte sie an Kopischke weitergeben.

»Herr Kopischke, können Sie bitte nach seinem Wagen Ausschau halten? Alle Streifenpolizisten anweisen, dass sie sich nach einem silbergrauen Golf mit diesem Kennzeichen umsehen?« Sie schrieb ihm die Nummer auf, sah Kopischke in die Augen und fügte hinzu. »Erst mal inoffiziell, bitte, ja?«

Kopischke, ein schwerer Mann mit Bauchansatz und etwas zu rotem Gesicht, zögerte, dann nickte er. »Ist schon merkwürdig, bei all den vielen Toten hier. Ich habe auch kein gutes Gefühl. Wir suchen ihn.« Kopischke verließ das Haus. Sandra blieb allein im Flur zurück.

»Der Mann ist völlig durchgeknallt, Mutti, das musst du doch merken.«

»Pscht, weck ihn nicht auf. Er hatte bestimmt ein hartes Leben, dass er sich so zurückziehen will. Aber er hat ein gutes Herz, das fühle ich.«

Detlef Watzke wachte endgültig auf.

»Du und deine tolle Menschenkenntnis! Die olle Sonneborn nimmt dich seit Jahren aus wie eine Weihnachtsgans und spaziert im Winter mit einem teuren Pelzmantel herum. Du merkst gar nicht, wie die Leute deine Gutmütigkeit ausnützen. Dieser Irre wird uns beide umbringen, wenn wir ihn nicht verschwinden lassen.« Chantal hatte das mit leiser, aber fester Stimme gesagt.

»Bist du verrückt? Der Mann ist der Grund, warum wir überhaupt noch leben! Wir wären elendiglich verhungert. So willst du ihm das heimzahlen? Und was dann? Dann sitzen wir immer noch in dieser verdammten Höhle fest.« Christine war lauter geworden, als sie beabsichtigt hatte.

Chantal machte »Pscht!«.

Watzke hörte eine ganze Weile lang nichts mehr. Sein Verdacht war also berechtigt gewesen. Chantal, dieses dumme, bösartige Kind, wollte ihn umbringen. Er würde sich zu wehren wissen. Diese junge Frau hatte ja nicht die geringste Ahnung von seiner Vergangenheit, davon, was er zu seinen aktiven Zeiten alles organisiert hatte. Menschenleben waren damals nicht wichtig. Es ging nur um die Sache. Dieses Menschenleben hier, das war auch nicht wichtig. Nur seine Sache. Und seine Sache war jetzt, sicher unter der Erde zu leben, unbehelligt von allem da draußen. Aber was machte er mit Christine? Die Vorstellung, auch sie umzubringen, gefiel ihm nicht. Ob er es auf Dauer mit ihr aushalten würde, war eine andere Frage. Und wie wurde er Chantal los, ohne dass Christine ihm die Schuld dafür gab? Er musste über viele Dinge nachdenken. Die Stimmen wurden wieder lauter. Watzke stellte sich schlafend und imitierte Schnarchgeräusche.

»Ich muss hier raus, Mutti, sonst werde ich verrückt.« Chantals Stimme war am Überschnappen. »Irgendwas muss uns einfallen, um von hier abzuhauen. Ich bin sicher, es gibt noch eine zweite Fluchtmöglichkeit. Man hockt sich doch nicht in ein tiefes Loch mit nur einem wackeligen Flaschenzug als Ausgang.«

Sie weinte wieder verzweifelt. Dass sie den offensichtlich einzigen Ausweg nach draußen zerstört hatte, ging ihr immer noch an die Nieren. Nun war sie es, die ruhelos in der Höhle hin und her lief. Christine wusste, was kommen würde. Sie hielt sich vorsorglich die Ohren zu. Watzke tat das Gleiche.

»Ich will hier raus!«, brüllte Chantal schließlich und es hallte mehrfach nach. »Ich will raus, raus, raus!«

Sie war noch lange nicht fertig. Erst wenn sie erschöpft war und schier zusammenbrach unter ihrer Verzweiflung, würde sie aufhören.

Christine rannen die Tränen über das Gesicht. Es tat ihr

so leid um ihre Tochter. Sie selbst hatte immerhin ein Leben gehabt. Aber Chantal? Seit sie in die Schule gekommen war, hatte sie nichts wirklich Aufregendes mehr erlebt. Immer träumte sie von der großen Chance, davon, dass sich etwas Grundlegendes ändern und dass sie viel Geld haben würde, um ein schönes Leben zu führen. Bisher war nichts davon eingetreten. Wie auch? Außer bei den seltenen Kurierfahrten über die Grenze und den paar Aushilfsjobs in einem Pizzaservice hatte sie ihre Tochter in letzter Zeit nur essend vor dem Fernseher erlebt.

Chantal brüllte immer noch. Ihre fettigen Haare hingen unordentlich um ihr eigentlich hübsches Gesicht. Jetzt sah sie irgendwie irre aus, dachte Christine, aber sie schämte sich sofort für den Gedanken.

Detlef Watzke war es leid. Er stand auf, ging auf Chantal zu und knallte ihr eine. Seine Hand hinterließ rote Striemen auf ihrer blassen Wange. Sie sah ihn hasserfüllt an und machte keinen Mucks mehr.

»Das hysterische Rumgeschreie wird dich hier nicht rausbringen. Also lass es. Das geht mir auf die Nerven«, sagte er knapp und kehrte wieder zurück zum Bett.

Christine seufzte, stand auf und nahm Chantal in den Arm. Tröstend streichelte sie ihr den Rücken.

Leo wachte aus einem Albtraum auf. Er sah verzerrte Gesichter, sich selbst auf einer Eisscholle sitzen und dahinter, wie einen käsigen Mond, immer wieder das blutüberströmte Gesicht seines Großvaters. Er hatte ihn damals gefunden, als er morgens in die Schule geradelt war. Das Bild seiner verkrümmt im Straßengraben liegenden Gestalt, dieses zerstörte Gesicht – das alles hatte sich tief in sein neunjähriges Gehirn eingegraben.

Mühsam rappelte er sich auf. Das Liegen auf dem harten, kalten Steinboden machte ihn steif und führte dazu, dass er jeden einzelnen Knochen im Leib spürte. Die Gesichter des Albtraums verschwanden, auch das seines toten Großvaters. Lange Zeit hatte er nach diesem Fund nur noch mit Onkel Josef geredet. Onkel Josef, der Polizist in Fürstenfeldbruck, der einzige noch verbliebene Mann in seiner kleinen Familie. Logisch wollte er von da an zur Polizei. Er hatte das Gefühl, dass er die Dinge wieder ins Gleichgewicht bringen musste. Onkel Josef hatte ihn gut beraten damals. Das Analysieren und das Beobachten, das Zusammensuchen von Puzzleteilen, das alles lag ihm. Leo kramte in seiner Jackentasche nach dem kleinen, roten Stofffetzen und ließ ihn zärtlich durch die Finger gleiten.

Wie gern würde er jetzt mit Onkel Josef reden! Der ältere Bruder seiner Mutter war immer ein Anker in seinem Leben gewesen. Ob Onkel Josef spürte, wie sehr er seine Hilfe jetzt brauchte?

Leo kroch aus dem Stollen hinaus ins Freie, um seine Wasserstelle auszuschlürfen. Es reichte gerade mal für einen Schluck. Der Himmel war zwar wolkig, aber es hatte seit dem Morgen nur noch genieselt.

Wenn es die nächsten drei Tage trocken bleibt, bin ich tot, dachte Leo. Der Hunger ließ langsam nach. Das war normal, wie er wusste. Sein Organismus stellte sich jetzt um. Solange er genug Wasser hatte, würde er noch ein bis zwei Wochen durchhalten. Große Fettreserven hatte er zwar nicht, aber sein Körper würde erst die Muskeln abbauen, bevor es an die wirklich wichtigen Organe ging. Irgendwie tröstete ihn dieses Wissen nicht. Er war noch nicht mal achtundvierzig Stunden in diesem vermaledeiten Loch gefangen, und schon machte er sich ernsthaft Gedanken über das Sterben und den Tod.

Damals, als Junge, hatte er den Tod seines Opas, der so schnöde nachts von einem unfallflüchtigen Autofahrer angefahren und vom Fahrrad geholt worden war, einfach nur schrecklich gefunden. Aber jetzt, angesichts der Aussicht, dass er sich selbst bald beim Verhungern und Verdursten zusehen musste, hätte er sich gewünscht, lieber auch so zu sterben. Schnell und unverhofft.

Er versuchte, sich auf etwas Positives zu konzentrieren; starrte das rote Stückchen Stoff an und dachte an Veronika, seine Mutter, seine Oma. Sie alle würden nicht wollen, dass er sich hier unten schon nach so kurzer Zeit aufgäbe. Er presste das rote Stück Stoff an seine Lippen und hoffte, dass es ihm Glück bringen würde, ihm helfen würde, durchzuhalten. Vermutlich war das Quatsch. Aber irgendwo in seinem rational und sachlich funktionierenden Gehirn hatte sich eine Ecke aufgetan, in der er gerne daran glauben wollte, dass dieses rote Läppchen ihm Glück bringen würde, dass es ihm helfen würde, mit den Menschen, die er liebte, in Verbindung zu treten. Für diese drei Frauen musste er ums Überleben kämpfen. Für sie und für Sandra Kruse und Sascha Pröve, dem es inzwischen hoffentlich wieder gut ging.

Aber wie kämpft man, wenn man nichts tun kann, außer auf Hilfe warten? Wieder und wieder hatte Leo überlegt, wie er sich bemerkbar machen könnte. Aber er hatte weder ein Feuerzeug noch etwas zu verbrennen, außer ein paar morsche alte Bretter, die so feucht waren, dass sie ohnehin nicht Feuer fangen würden. Wann immer er den Eindruck hatte, dass sich draußen, da oben, außerhalb seines Verlieses etwas bewegte, warf er Steine hinaus, aber der Vorrat ging allmählich zur Neige. Er hatte nur noch schlammige Erde, Moos und Grasbüschel. Mit dem Rufen versuchte er es auch immer wieder, aber bisher hatte ihn niemand gehört. Seine Hoffnung konzentrierte sich auf den Montag. Wenn er morgens nicht im Präsidium erschien, würden Sandra und sein Chef sich erkundigen. Sie würden irgendwann reagieren und ihn suchen. Bestimmt. Ach, Sandra, dachte er, ich bin oft nicht nett zu dir, weil mich dein Perfektionismus nervt, du immer Recht haben und dir von niemanden etwas sagen lassen willst. Aber jetzt wäre ich dir so dankbar, wenn dir dein untrügliches

Bauchgefühl einflüstern würde, dass ich deine Hilfe brauche. Leo ging ein paar Schritte, um sich aufzuwärmen. Dabei konzentrierte er sich darauf, Gedanken an die Menschen zu schicken, die ihm wichtig waren.

Wie ein gefangenes Tier lief er im Kreis und versuchte, ein paar wärmende Sonnenstrahlen zu erhaschen. Als sein Bein wieder zu schmerzen begann, setzte er sich hin.

Inzwischen wusste er, dass er genau vierundzwanzig Baumwipfel aus dem Loch heraus sehen konnte. Entdeckt hatte er zwei verschiedene Ameisenarten und neu hinzugekommen war eine gefleckte Spinne, die auf halber Höhe der Felswand tatsächlich ihr Netz gesponnen hatte. Er hatte keine Ahnung, was für eine Spinne das war, aber er wusste, dass zu den Spinnentieren auch die Skorpione, die Milben und die Zecken gehörten. Während der Körper der Insekten dreigeteilt war, ist er bei den Spinnentieren nur zweigeteilt. Außerdem haben Spinnentiere vier Beinpaare im Gegensatz zu den drei Paaren der Insekten. Die meisten Spinnentiere jagten ihre Beute mit Gift – Leo konnte nur hoffen, dass die Exemplare, die um ihn herum ihre Netze bauten, nicht auf die Idee kamen, ihn als Beute zu betrachten. Aber das war ziemlich abwegig. Lieber sollte er überlegen, ob er nicht ein paar Spinnen essen wollte. »Aber so weit bin ich noch nicht«, dachte Leo.

Was den aktuellen Fall anging, hatte er eine Theorie entwickelt: Die beiden Frauen hatten sich wahrscheinlich oben auf dem Feldweg mit dem Dealer Jatzek Novotny getroffen, um wie immer den Stoff auszutauschen. Dabei waren sie wahrscheinlich von einer rivalisierenden Gruppe von Drogendealern beschattet und dann überfallen worden. Er ging davon aus, dass viel mehr Crystal im Pajero gewesen war, als die Untersuchung des Wagens ergeben hatte. Die Unruhe im Markt, alles, was Uwe Kröger ihm noch berichtet hatte, deutete darauf hin, dass die Frauen eine große Menge Drogen transportierten und diese Lieferung ausgefallen war. Leo nahm an, dass die kleine Menge im Verbandskasten längst nicht alles war. Die andere Gruppe hatte die größte Menge von dem Stoff mitgenommen und dazu die beiden Frauen. Er befürchtete das Schlimmste für die zwei. Den Pajero dann einfach den Hang herunterzuschieben und ihn in den Wald rollen zu lassen, war zwar merkwürdig, aber wie sich gezeigt hatte, war die Methode gar nicht so schlecht gewesen, um die Ermittlungen zu verzögern. Dass der Geländewagen nun ausgerechnet in einem Holzschuppen gelandet war, folgerte Leo, war sicher Zufall. Pawel Ostrowni hatte wahrscheinlich einen Peilsender in seinen Kurierfahrzeugen und deshalb hatte er den Wagen gefunden. Der Tod Ostrownis, möglicherweise ein als Unfall getarnter Mord, beunruhigte ihn sehr. Dahinter vermutete er eine gewalttätige, gut organisierte Gruppe. Leo war sich dennoch nicht sicher. Ein dummer Zufall, ein Unglück kam ihm auch nicht unwahrscheinlich vor. Ostrownis Instinkte waren geschärft, er wäre nicht blauäugig in einen Hinterhalt gelaufen. Vielleicht hatte er einfach Pech gehabt und ein rostiger, alter Nagel hatte ihm den Garaus gemacht. Ein schmutziger, würdeloser Tod für einen geschniegelten Drogenboss im Maßanzug. Manchmal war das Leben eben doch gerecht.

Dieser ominöse Bewohner des Umgebindehauses war höchstwahrscheinlich ein harmloser Sonderling, der in den nächsten Tagen von irgendeinem UFO-Kongress, einem Klassentreffen oder einem Seminar zu mittelalterlicher Minneliteratur zurückkehren würde und sehr erstaunt darüber wäre, was sich inzwischen in seinem Garten zugetragen hatte.

Leo hatte verdammt viel Zeit zum Nachdenken.

Olli setzte Sandra an Leo Reisingers Wohnung in der Alaunstraße ab und fuhr frustriert mit Laika nach Hause. Den Sonntag hatte er sich deutlich anders vorgestellt.

Sandra tat er leid, aber es war absolut richtig, was sie jetzt tat. Sie musste einfach wissen, was mit Leo los war. Auch auf mehrmaliges Klingeln an der Wohnungstür rührte sich nichts. Da sie keinen Schlüssel hatte, läutete sie bei der Hausbesitzerin. Leo hatte im Büro einmal erzählt, dass seine Vermieterin im gleichen Haus lebte, sich für Polizeigeschichten begeisterte und sich wahrscheinlich nur wegen seines Berufs für ihn als Mieter entschieden hatte. Frau Fleischhauer war nur zu gern bereit, sie in die Wohnung des Herrn Kommissar zu lassen. Offenbar schaute sie von morgens bis abends Krimis. »Sie sind also auch eine Kriminalkommissarin?«, versicherte sie sich ehrfürchtig, als Sandra ihr den Ausweis zeigte. »Der Herr Reisinger, also, der kommt ja aus Bayern, aber der ist trotzdem ganz nett, müssen Sie wissen. Der ist manchmal noch bis tief in die Nacht unterwegs, um Verbrecher zu jagen, manchmal auch am Wochenende«, erklärte die schwergewichtige Frau im Wallekleid. Schnaufend folgte sie Sandra die Treppe hinauf in den dritten Stock.

»Ach ja?«, fragte Sandra spitz zurück. Frau Fleischhauer machte am Treppenabsatz eine kurze Pause und nickte heftig. Sie war außer Atem.

»Der ist fast rund um die Uhr im Dienst, wie?«

Ihr Arm, gehüllt in mehrere Lagen grünen Stoffs, deutete nach oben, die erste Tür rechts. Sandra nahm ihr den Schlüssel aus der Hand. Es wäre ihr lieber gewesen, wenn die Hausbesitzerin sie allein in die Wohnung gelassen hätte, aber die dachte nicht daran, sich das entgehen zu lassen.

Als Sandra die Tür geöffnet hatte und im Flur stand, kam Frau Fleischhauer keuchend hinter ihr her.

»Bitte nichts anfassen, Frau Fleischhauer«, ermahnte sie die neugierige Dame. Sandra warf einen Blick in das spartanisch eingerichtete Wohnzimmer. Die Wände waren kahl, über dem Sofa hatten aber wohl zwei Poster gehangen, die Tesastreifen klebten noch an der Wand. Das Bücherregal aus Metall war vollgestopft, daneben lag ein Stapel Bücher auf dem Boden. Das Schlafzimmer war unberührt, die Bettdecke ordentlich über die Matratze geschlagen, das Bad leer und unauffällig, genauso wie die Küche. Die ganze Wohnung atmete das Flair einer Studentenbude – nicht dafür gemacht, auf Dauer zu bleiben. Von Leo Reisinger fehlte jede Spur.

Am Telefonhörer blinkte die Lampe des Anrufbeantworters. Sandra zögerte. Ihr war klar, dass sie das eigentlich nicht durfte. Vermutlich würde ihr Leo den Kopf abreißen, wenn er jetzt von einem längeren Wochenendausflug zurückkäme. Sie wusste genau, wie falsch es war, aber gleichzeitig war sie so sehr davon überzeugt, dass sie das Richtige tat. Sie nahm den Hörer ab, setzte sich mit Stift und Papier an den Couchtisch und drückte die blinkende Taste.

Freitag, 20:13 Uhr, eine Nummer aus Bayern: Keine Nachricht hinterlassen.

Freitag, 21:37 Uhr, die gleiche Nummer: Eine Frauenstimme fragt: »Leo? Warum rufst du mich nicht an?«

Samstag, 9:52 Uhr, eine Nummer aus Bayern: »Grüß dich, Leo, ich bin's, Mama. Melde dich doch mal, Bub, hab schon ein paar Tage nix mehr von dir gehört. Der Oma geht es übrigens wieder gut, und Onkel Josef lässt schöne Grüße ausrichten. Servus!«

Samstag, 15:52 Uhr, die gleiche Nummer wie am Vormittag: »Herrschaft, jetzt ruf halt zurück, Leo. Ich muss mit dir noch wegen des Geburtstagsgeschenks für die Tante Walli reden. Servus!«

Samstag, 19:11 Uhr, die Frauenstimme vom Freitag: »Leo, hier ist Veronika. Ich kann einfach nicht glauben, dass du nach allem, was wir besprochen haben, jetzt einfach nicht mehr mit mir reden willst. Wenn dir irgendwas an mir liegt, dann melde dich!«

Sonntag, 10:30 Uhr, Leos Mutter: »Herrschaftszeiten, noch einmal! Jetzt ist der schon wieder nicht da. Leo, jetzt ruf mich endlich mal an, an dein Handy gehst du ja auch nicht. Wie soll ich da was mit dir bereden?«

Sandra legte den Hörer auf den Tisch und dachte nach. Er war ganz offensichtlich am Freitagabend schon nicht mehr nach Hause gekommen. Irgendetwas war passiert. Sie würde ihren Chef, Reinhard Richter, informieren müssen.

In diesem Moment klingelte das Telefon. Die Nummer dieser Veronika, die seit Freitag dreimal angerufen hatte, erschien auf dem Display. Spontan griff Sandra noch einmal zum Hörer und meldete sich mit »Hallo, Kruse hier, bitte nicht auflegen!«

Schweigen am anderen Ende. Dann vorsichtig mit unverkennbar bayerischem Dialekt: »Wer ist da bitte?«

Sandra holte tief Luft und versuchte der Frau zu erklären, warum sie in Leos Wohnung war und an sein Telefon ging. Sie berichtete ihr kurz über den aktuellen Fall und darüber, dass Leo mit Sascha Pröve am Freitag noch draußen bei einer Ermittlung gewesen war.

»Sie sind eine Freundin, nicht wahr? Ich versuche seit Freitagabend ebenfalls, ihn zu erreichen, aber er meldet sich einfach nicht. Das passt nicht zu ihm. Ich habe das Gefühl, dass ihm etwas passiert ist. Deshalb bin ich in seine Wohnung gegangen.«

Schweigen am anderen Ende. Sandra wartete.

»Sie sind also seine Kollegin Sandra Kruse? Ich glaube, Leo hat von Ihnen gesprochen. Ich bin froh, dass Sie das Gleiche fühlen wie ich«, sagte Veronika. »Ich kam mir so lächerlich vor, aber ich habe seit Samstag das Gefühl, dass mit Leo etwas nicht stimmt. Jetzt, wo Sie mir das erzählen ... Wissen Sie was, ich komme nach Dresden. Sagen Sie Leos Vermieterin, dass ich Leos Freundin bin und mir den Schlüssel bei ihr hole. Die Adresse habe ich ja. Und dann geben Sie mir bitte Ihre Telefonnummer, damit ich mich morgen früh bei Ihnen melden kann. Falls er doch noch heimkommt, oder dass ich nachfragen kann.«

Sandra gab ihr die Dienstnummer im Büro und ihre Mobilnummer. Sie fühlte sich bestärkt durch die Besorgnis von Leos Freundin. Die klang ganz nett am Telefon, auch wenn sie sich anhörte wie aus einem alpenländischem Heimatfilm. Sie war gespannt darauf, wie diese Veronika aussah. Wahrscheinlich würde sie mit einem Dirndlkleid aufkreuzen, so hörte sie sich jedenfalls an.

Frau Fleischhauer hatte sich nur bis zur Wohnzimmertür getraut.

»Was ist los?«, fragte sie jetzt mit aufgerissenen Augen.

Als Sandra ihr erklärte, dass Leo Reisingers Freundin Veronika am späten Abend bei ihr den Schlüssel für die Wohnung abholen würde, war sie begierig, mehr zu erfahren.

Aber Sandra konnte und wollte ihr weiter nichts erzählen, sie wusste ja selbst nicht mehr, als dass Leo Reisinger offensichtlich seit Freitagabend verschollen war.

Der Leiter der Abteilung, Reinhard Richter, hörte Sandra sehr genau zu, als sie ihn gegen fünf Uhr am Nachmittag zuhause anrief, um ihm vom aktuellen Fall in Ottendorf, von Sascha Pröves Vergiftung und von Leo Reisingers Verschwinden zu berichten.

»Frau Kruse, ruhen Sie sich aus, Sie haben das heute hervorragend gemanagt. Ich gebe die Informationen weiter an die Bereitschaft und ziehe Uwe Kröger hinzu. Als Erstes fahnden wir nach Reisingers Wagen und nach seinem Handy. Ich kümmere mich darum. Sie können sich jetzt entspannen. Morgen früh sehen wir uns im Büro und tragen zusammen, was wir wissen. Genießen Sie den Sonntagabend!« Sandra war erleichtert, die Verantwortung abgeben zu können.

Sie schaltete ihr Diensthandy stumm und hängte es zum Aufladen ans Kabel im Flur. Dann zog sie ihre Wanderhose und das Fleece-Shirt aus. In Unterwäsche tänzelte sie in ihr Wohnzimmer. Da lagen Olli und Laika nebeneinander auf dem Sofa vor dem Fernseher.

»Ich brauche jetzt eine Dusche. Hast du Lust, mitzukommen?«

Olli sah auf und lächelte. »Oh, ja!« Er schob den Kopf der unwillig grunzenden Laika von seinem Schoß und folgte Sandra ins Bad.

Montag

Die Gruppe, die Reinhard Richter am Montagmorgen um halb acht zu einer Dringlichkeitssitzung im Besprechungsraum versammelte, war deutlich kleiner als üblich. Nicht nur Leo Reisinger, auch Sascha Pröve fehlte. Uwe Kröger wusste Bescheid, aber Kai Nolde und Frau Kerschensteiner waren sichtlich erschrocken, als sie von Sandra die neuesten Informationen bekamen. Allen war klar, dass Leo weder über den zusätzlichen Crystal-Fund im Auto noch über die Vergangenheit Watzkes und die Leiche in dessen Blumenbeet Bescheid wusste. Ein bisschen war Sandra nun sogar dankbar, dass Leo sie am Freitag wegen Laika zurück ins Büro geschickt hatte. Wer weiß, wo sie ansonsten jetzt wäre?

»Unser Kollege Pröve wird heute Nachmittag aus dem Krankenhaus entlassen«, erklärte Richter, »er hat die ganze Geschichte gut überstanden, wird aber erst am Mittwoch wieder zum Dienst erscheinen. Der Arzt hat ihm Ruhe verordnet.«

Er übergab an Uwe Kröger, der sich noch am Sonntagabend an die Arbeit gemacht hatte. Kröger war der dienstälteste Kriminalkommissar der Gruppe und die Ruhe in Person. Er hatte im Laufe seiner Dienstjahre schon fast alles gesehen. Seine sonore Stimme hallte nun unaufgeregt durch den spärlich besetzten Konferenzraum:

»Reisingers Mobiltelefon wurde zuletzt im Bereich von Ottendorf benutzt, das war am Freitag um 18:12 Uhr. Da hat er Wachtmeister Regenschütz angerufen, der anschließend das Haus in Ottendorf wieder versiegelte«, berichtete Kröger. »Danach verliert sich die Spur, wir haben keine Aktivität in benachbarten Mobilfunkzellen finden können. Wenn das Telefon also nicht völlig abgeschaltet wurde, nachdem er Regenschütz angerufen hat, müsste es immer noch in der Gegend sein.«

»Sein Auto allerdings«, er machte eine lange Pause und sah in die Runde, »sein Auto wurde heute Morgen gegen sechs Uhr von zwei Grenzpolizisten kurz vor dem Grenzübergang in Schmilka auf einem Parkplatz gefunden.«

»Was?!?« Sandra sprang auf. »Sein Auto steht in Schmilka? Und Leo?«

Kröger nickte. »Nur das Auto; von Leo keine Spur. Die beiden haben es gemeldet, den Wagen aber nicht angerührt. Am besten fahren wir raus und schauen uns das an.«

»Die Frage ist: Was wollte Leo in Schmilka?«, Sandra zog ihre Stirn in Falten.

»Vielleicht haben ihn die Drogendealer entführt. Diese eine Vietnamesin hat merkwürdig reagiert, als wir zusammen auf dem Markt in Hřensko zu den beiden verschwundenen Böhmer-Frauen recherchiert haben. Leo ist damals einem jungen Kerl hinterhergespurtet, der auffällig eilig wegwollte, nachdem wir die Fotos herumgezeigt hatten. Er hat ihn aber nicht mehr erwischt, weil der mit dem Fahrrad unterwegs war. Vielleicht ist das Haus im Wald doch so eine Art Umschlagplatz für Drogen, und die sind dazugekommen, als Leo noch da war.«

Richter schüttelte den Kopf. »Nein, das kann nicht sein, Frau Kruse. Sie haben doch gehört, dass er weggefahren ist und vom Auto aus diesen Regenschütz angerufen hat, damit er das Haus versiegelt. Danach war also nur noch der Regenschütz da. Die müssen, wenn sie Reisinger entführt haben sollten, woanders auf ihn zugegriffen haben.«

»Für eine Entführung gibt es überhaupt keine Anzeichen«, wandte Kröger mit Bestimmtheit ein. »Alles, was wir wissen, ist, dass sein Dienstwagen dort steht. Wir wissen noch nicht mal, ob er ihn selbst dahin gefahren hat.«

»Ich mache mir wirklich Sorgen, Leute«, stieß Sandra hervor. »Dieser Watzke hat eine ziemlich bewegte Vergangenheit als Mitglied einer antiimperialistischen Terrorgruppe. Der fackelt wahrscheinlich nicht lange, wenn ihm jemand auf den Keks geht. Der könnte diesen Drogendealer und seinen Chef genauso wie die Böhmer-Frauen auf dem Gewissen haben. Dazu die Leiche in seinem Vorgarten. Die geht ja wohl auch auf sein Konto. Bei dieser Bilanz fällt einer mehr ja kaum noch auf.« In ihrer Stimme schwang Panik mit.

»Wir geben eine Vermisstenmeldung an alle Polizeistationen raus und wir schicken ein Suchteam nach Schmilka, das erst mal den Bereich um das Auto abgrast«, entschied Richter.

»Was ist mit diesem Steinhaufen, den wir in dem angrenzenden Stallgebäude gefunden haben?«, fragte Sandra. »Das deutet doch darauf hin, dass dieser Watzke irgendwo eine Höhle oder eine Grube gegraben hat. Können wir das Geröll nicht untersuchen lassen, um herauszufinden, wo die Steine herkommen?«

»Hm.« Kröger kratzte sich umständlich an seiner Nase. »Das stelle ich mir schwierig vor, aber einen Versuch ist es wert. Für irgendwas Wichtiges werden diese Steine wohl Platz gemacht haben, sonst hätte sich Watzke ja nicht solche Mühe gemacht. Was schlägst du vor?«

»Mein Freund Olli sagt, dass es in Dresden eine Forschergruppe gibt, die sich mit Höhlen beschäftigt. Darunter ist auch ein Geologe, ein gewisser Dr. Winkelmeier. Den würde ich gerne dahin bitten, damit er sich das ansieht.«

Richter nickte. »Okay. Dann übernimmt Herr Kröger die Aktion um das verlassene Dienstauto, und Sie, Frau Kruse, nehmen Kontakt zu diesem Geologen auf. Ich setze mich mit den übergeordneten Kriminalämtern in Verbindung. Watzke ist als ehemaliger Terrorist ein spezieller Fall. Wenn wir den nicht schnell finden, nimmt uns das Bundeskriminalamt ganz schnell aus dem Rennen. Andererseits sollten wir deutlich mehr Ressourcen bekommen, um ihn aufzutreiben.«

Frau Kerschensteiners Telefon klingelte. Als Sekretärin war sie immer erreichbar.

»Am Empfang, sagen Sie? Gut, ich gehe runter und hole sie ab.« Sie stand auf. »Da sind zwei Besucher für Frau Kruse unten. Ein Herr Böhmer und eine Veronika Brandhuber. Kennen Sie die?«

Sandra stand ebenfalls auf. »Das eine ist der Ehemann und Vater der Böhmer-Frauen, die Dame ist Leos Freundin. Ich gehe selbst runter.«

Kai Nolde und Uwe Kröger sahen sich an. »Der hat eine Freundin in Bayern? Davon hat er nie was gesagt«, meinte Kröger.

»Naja, und außerdem hat er es hier ja auch ganz schön krachen lassen, der liebe Leo«, meinte Nolde. »Aber das ist mal wieder typisch. Der hat ja nie was Privates erzählt.«

Sandra nahm den Lift hinunter in den Eingangsbereich des Polizeigebäudes. Dietmar Böhmer wirkte ziemlich mitgenommen: dunkle Augenringe, Drei-Tage-Bart. Trotz der dicken Jacke sah er irgendwie eingefallen aus, fand Sandra. Neben ihm stand eine Frau in ihrem Alter, ein sportlicher Typ mit Kurzhaarschnitt und lässiger Röhrenjeans. Sie nickte ihr zu. Noch bevor Sandra Leos Freundin begrüßen konnte, stürzte Dietmar Böhmer auf sie zu.

»Wann finden Se de Christine denn nun endlich? Ich komme ni zurecht so alleine.« Er war kurz davor, in Tränen auszubrechen. Sandra tat er zum ersten Mal richtig leid.

»Herr Böhmer, ich verstehe Sie ja. Ich kann Ihnen sagen, dass wir wirklich alles tun, um Ihre Frau und übrigens auch Ihre Tochter wiederzufinden, aber bis jetzt haben wir sie noch nicht. Wir haben nur das Auto gefunden, mit dem die beiden unterwegs gewesen sind.«

»Waren da meine Zigaretten drin? Die Christine bringt mir immer ne Stange mit aus der Tschechei, wissen Se. Da sind die viel billiger. Wir haben's ja nicht so dicke.«

»Leider nein, Herr Böhmer. Ist Ihnen denn noch etwas eingefallen, das uns helfen könnte, die beiden zu finden? Oder hatten Sie vielleicht noch mal einen Besucher?«

»Nee, bei mir war keiner mehr! Aber wenn Se de Christine ni bald finden, muss ich mich beschweren! Das kann doch ni so lange dauern! Ich habe keine sauberen Sachen mehr im Schrank, der Kühlschrank ist leer und de Bockwurst hängt mir langsam zum Halse heraus.«

Sandra klopfte ihm tröstend auf den Rücken. »Sie schaffen das schon, Herr Böhmer. Wer einen Fernseher anschalten kann, kann auch eine Waschmaschine bedienen, glauben Sie mir! Und Kochen ist auch keine Hexerei.«

»Können Sie mal mitkommen und mir zeigen, wie das geht?«, er sah sie bittend an.

»Nein, Herr Böhmer. Fragen Sie Ihre Nachbarn. Da findet sich schon jemand, der Ihnen hilft, wenn Sie nett fragen.« Sandra legte ihm die Hand auf den Arm. »Brauchen Sie einen Seelsorger? Jemanden, der Sie psychologisch unterstützt? Da könnte ich Ihnen jemanden vermitteln.«

Böhmer sah sie groß an. »Ich brauch keinen Seelenklempner, ich brauch eine Frau, die meine Wäsche wäscht, aufräumt, kocht und guckt, dass alles in Ordnung ist.«

»Ach so«, Sandra wurde ungeduldig. »Hätte ja sein können, dass Sie vor Sorgen um Ihre Frau und Tochter nicht mehr schlafen können.«

»Nee, schlafen kann ich immer«, meinte Böhmer. »Damit habe ich noch nie ein Problem gehabt, de Christine, müssen Se wissen, die sagt immer ...«

Sandra schob Böhmer energisch in Richtung Ausgang. »Ich habe jetzt leider keine Zeit mehr, Herr Böhmer, ich muss nach Ihrer Frau und Ihrer Tochter suchen.«

Böhmer zog grummelnd von dannen.

Veronika Brandhuber schaute ihm mit großen Augen hinterher. »Da gibt es ja wohl noch ein paar Vermisste, wie ich höre. Grüß Gott, Veronika Brandhuber. Sie sind Sandra Kruse, oder?«

Sandra nickte und nahm sie mit durch die Eingangskontrolle.

»Gibt es schon was Neues von Leo?«, fragte Veronika leise, als sie in den Lift stiegen.

Im silbergrauen Lack des VW Golf spiegelten sich die Wolken. Uwe Kröger ging langsam um Leos Dienstwagen herum und spähte hinein. Im Hintergrund des geteerten Platzes prangte an einem silberblauen Gebäude ein langes Schild mit dem Wortungetüm »Wassergütemessstation Schmilka«. Gegenüber stand das neu eröffnete Café Richter. Der Parkplatz am Elbufer war nur mäßig gefüllt. Das Wetter war zwar wieder trocken, aber windig.

Kröger und auch Manni Tannhauser von der Spurensicherung konnten am Fahrzeug nichts Verdächtiges feststellen. Tannhauser nahm Fingerabdrücke von den Türgriffen, dann öffneten sie den unverriegelten Wagen. Das Handschuhfach stand offen, das Funkgerät war noch eingeschaltet. Ganz offensichtlich war Leo in großer Eile aus dem Auto gestiegen, sonst hätte er es nicht so verlassen. Kröger fand das bedenklich. Auf dem Rücksitz lag die Zeitung vom Freitag. Als Kröger sie anhob, lag Leos Dienstwaffe darunter. Für einen kurzen Moment befürchtete er das Schlimmste und überprüfte, ob die Waffe benutzt worden war, aber das war nicht der Fall.

»Hm«, brummte Kröger und ließ die Zeitung wieder sinken, »das spricht dafür, dass er selbst hergefahren ist. Ein Entführer hätte sich die Gelegenheit, so einfach an eine Waffe zu kommen, nicht entgehen lassen.« Der Kofferraum bot auf den ersten Blick nichts Interessantes.

»Nimm den Wagen mit«, entschied Kröger und übergab ihn Manni Tannhauser.

Er stand auf dem Parkplatz und blickte sich um. Restaurants, Hotels und Pensionen säumten die Straße Richtung Tschechien. Was hatte sein Kollege am Freitagabend hier gewollt? Wohin war er gegangen? Kröger wollte sich von Sandras Ängsten nicht anstecken lassen, aber auch er war besorgt. Dass Detlef Watzke mit dem Drogenmilieu zu tun hatte, wollte er nicht recht glauben. Diese Verbindung erschien ihm nicht schlüssig, und nach allem, was er über das Haus wusste, waren dort nicht die geringsten Spuren von Crystal oder anderen Drogen gefunden worden. Dass sowohl Jatzek Novotny als auch Pawel Ostrowni in unmittelbarer Nähe tot aufgefunden worden waren, war allerdings ein Rätsel. Seine Erfahrung sagte ihm, dass hier keine eiligen Schlussfolgerungen gezogen werden durften.

Er fand es auch merkwürdig, dass Leos Handy nicht in diesem Sektor geortet worden war. Wenn Leo es bei sich gehabt hätte, als er hierhergefahren war, hätte es nachverfolgt werden können.

Da die Dienstwaffe noch auf dem Rücksitz des unversperrten Wagens lag, war anzunehmen, dass Leo hier nur kurz aussteigen wollte. Andernfalls hätte er das Auto zumindest verriegelt, folgerte Kröger. Eine Entführung schloss er deshalb aus. Er schickte drei seiner sechs Beamten aus, um in den umliegenden Häusern Erkundigungen einzuholen. Vielleicht hatte ja jemand mitbekommen, wann und von wem der Wagen abgestellt worden war. Außerdem hatten die Beamten ein Foto von Leo dabei, um zu überprüfen, ob ihn jemand gesehen hatte.

Die übrigen drei Polizisten wies er an, das Elbufer zu durchkämmen. Breitbeinig stand er auf dem Parkplatz mit dem Gesicht zum Fluss und telefonierte. Reinhard Richter hielt ihn auf dem Laufenden, was den Kontakt zum BKA anging, Sandra recherchierte nach dem Höhlenforscher.

Die Bilanz nach zwei Stunden Suche war ernüchternd. Das Elbufer gab außer dem üblichen Müll nichts preis, was auf Leos Anwesenheit hätte deuten können. Auch die Befragung der Anwohner brachte kein nennenswertes Ergebnis. Niemand konnte sich daran erinnern, einen Mann mit Leos Aussehen gesehen zu haben. Allerdings erinnerte sich der Bäcker aus der Backstube in der Mühlenbäckerei daran, dass Leos Dienstwagen mindestens schon seit Samstag auf dem Parkplatz stand. Samstagmorgen, als er gegen vier Uhr zur Arbeit gekommen sei, sei das der einzige Wagen auf dem Parkplatz gewesen. Dass er heute Morgen immer noch dastand, sei ihm aufgefallen, aber nicht verdächtig erschienen.

Auch auf der tschechischen Seite wurde nun nach Leo gesucht, bisher jedoch ebenfalls ohne Erfolg.

Sollte er, oder sollte er nicht? Watzke war hin und her gerissen. Die Batterien waren knapp. Er fand das Glas mit den Pilzen nicht. Das brauchte er aber, wenn er Chantal außer Gefecht setzen wollte, ohne dass Christine das mitbekam.

»Kann ich dir helfen?« Christine hatte ihm eine Weile lang interessiert beim Suchen zugesehen. Chantal schlief.

Watzke zögerte. Er würde sie keinesfalls einweihen. Dann kam ihm eine gute Idee.

»Mir ist eingefallen, dass ich irgendwann auch mal ein paar Gläser getrocknete Pilze mit heruntergebracht habe. Du weißt ja, dass mir das Essen nicht wichtig ist, aber die habe ich selbst gesammelt und getrocknet. Die könnten wir zur Abwechslung in unseren Eintopf mischen.«

»Getrocknete Pilze? Oh, das ist ja wunderbar!« Christine war begeistert. Sie und Chantal waren zwar froh, etwas zu essen zu haben, aber Watzkes eintöniger Speiseplan, der nur zwischen zwei Eintöpfen wechselte, ging ihnen auf die Nerven.

»Wie groß ist das Glas, wie sieht es aus?« Sie sah ihn erwartungsvoll an.

Watzke beschrieb ihr das Glas und entschloss sich, doch die Taschenlampe zu benutzen. Der Lichtkegel erhellte auch die niedrigen Ränder der Höhle. Die Konservendosen waren in einer Nische aufgestapelt, die nur knapp 1,50 Meter hoch war. Als Christine zum ersten Mal die schiere Menge der Dosen im hellen Licht sah, war sie erstaunt.

»Professor, wie lange wolltest du denn hier unten bleiben? Etwa den Rest deines Lebens?«

»Da draußen ist alles voller Verräter«, sagte Watzke. Er kroch noch weiter in die Nische.

»Was für Verräter?«, fragte Christine vorsichtig.

»Du kannst keinem trauen. Glaub mir, ich weiß das. Vertrau niemandem!«

»Aber du musst doch Menschen haben, denen du vertraust und die du liebst.«

Sie kroch auf Knien hinter Watzke her, vorbei an hoch aufgestapelten Dosen mit Eintopf.

»Nein! Ich habe einmal Leuten vertraut und die haben mich fallen lassen. Diesen Fehler mache ich nie wieder.« Er wunderte sich über sich selbst. Wieso erzählte er dieser Frau so viel über sich? Das konnte gefährlich werden. Es war Zeit, damit aufzuhören.

»Ah, da sind die Pilze.« Er robbte noch ein paar Zentimeter vor und griff sich das Glas. Dann drehte er sich um und fand sich auf allen Vieren Christine gegenüber, die hinter ihm her gekrabbelt war. Watzke schaltete die Taschenlampe aus und wartete, dass Christine den Rückwärtsgang einlegte.

Doch sie tat nicht dergleichen. »Herr Professor, so kann man nicht leben«, sagte sie bestimmt. Seit ein paar Tagen nannte Christine ihn so, da er nicht bereit war, seinen Namen preiszugeben.

»Doch!«

»Nein! Dafür sind Menschen nicht gemacht.«

»Ich schon. Und jetzt dreh dich um und geh raus!«

Christine rührte sich nicht. Ihr Gesicht war höchstens zwanzig Zentimeter von seinem entfernt.

Aber es war zu dunkel, um ihre Augenfarbe zu sehen. Hoffentlich nicht grün, dachte Watzke, nicht wie Sybilles.

»Professor, gibt es wirklich keinen einzigen Weg hier heraus?«, fragte Christine.

Eine Idee blitzte in seinem Gehirn auf. »Wenn es einen gäbe, was würdest du tun, damit ich ihn dir verrate?«

Watzke konnte hören, wie Christine überrascht die Luft einsog. Sie zögerte nur kurz. Dann sagte sie: »Alles!«

Watzke nickte. »Ich denke drüber nach. Jetzt geh raus hier.« Er schob sie vor sich her, bis sie sich wieder aufrichten konnten.

»Was heißt das: Du denkst drüber nach? Warum lässt du uns nicht einfach raus?«, fragte sie mit großen Augen. Hier im Dämmerlicht seiner Energiesparbirne konnte er sehen, dass ihre Augen braun waren.

»Nichts ist einfach. Es geht nicht einfach. Ich muss darüber nachdenken. Wehe, du sagst deiner Tochter gegenüber auch nur einen Ton! Erst wenn alles spruchreif ist, weihen wir sie ein.«

Er legte ihr drohend den Zeigefinger auf die Lippen. Beide zuckten bei der Berührung zusammen. Christine trat einen Schritt zurück und nickte.

874, 875, 876. Leo spürte, wie sein Puls raste und seine Hände zu zittern begannen. Er blieb in geduckter Haltung stehen. Die absolute Dunkelheit um ihn herum, diese pechschwarze Finsternis, war beängstigend. Sie überrollte ihn wie eine Flutwelle. Er hatte das Gefühl, sich in ihr aufzulösen, in einem Strudel zu kreiseln. Keiner seiner Sinne taugte mehr dazu, sich zu orientieren. Außer seinen Schritten und seinen Atemzügen war nichts zu hören. Seine Augen konnte er genauso gut schließen, denn er sah nichts, absolut nichts. Noch nie in seinem Leben hatte er eine so tiefe, so absolute Finsternis erlebt. Er zwang sich, tief durchzuatmen und sich langsam zu beruhigen. Eigentlich hatte er eintausend Schritte hinein in den Stollen machen wollen, aber nun beschloss er, umzukehren. Die Angst in seinem Bauch war immer noch übermächtig. Er tastete nach der Stollenwand und war froh, wenigstens so noch etwas Verlässliches zu finden. Die Wand fühlte sich kalt, rau und trocken an. Vorsichtig und langsam, um bloß nicht die Orientierung zu verlieren, machte er eine Drehung um hundertachtzig Grad und begann mit lauter Stimme, jeden einzelnen, tastenden Schritt rückwärts zu zählen: »875, 874, 873«. Das Zählen half ihm, im Kopf zu bleiben, sich nicht von seiner Angst übermannen zu lassen. »835, 834, 833.« Dankbar war Leo über den dünnen Fichtenzweig, den er wie einen Blindenstock vor sich über den unebenen Boden gleiten ließ. Damit konnte er den Untergrund vor sich besser einschätzen. Trotzdem machte er sehr kleine, vorsichtige Schritte. Hier, in dieser Dunkelheit, zu stürzen, das wäre ein Albtraum. Dass der Stollen nach hinten zu immer niedriger geworden war, er also geduckt und zusammengekrümmt gehen musste, um sich nicht den Kopf anzuschlagen, verstärkte das beklemmende Gefühl.

Als er mit dem Rückwärtszählen bei fünfhundert angekommen war, tauchte eine Ahnung von Licht auf. Mit jedem Meter wurde es nun leichter, die Last wich langsam von seinen Schultern, sein Puls beruhigte sich wieder. Erleichtert begrüßte Leo das Sonnenlicht, als er wieder am Ausgang des Stollens stand.

Er sah auf seine Uhr. Es war neun Uhr morgens. Er hatte nicht länger als vierzig Minuten gebraucht, obwohl er langsam und vorsichtig gegangen war. Leo stand mitten im Loch und blickte nach oben. Der Ausschnitt, den er überblicken konnte, war nicht groß, aber groß genug, um zu sehen, dass es stürmisch war. Die Wolken zogen schnell, die Baumwipfel bewegten sich im Wind. Unten, bei ihm, kam nichts von diesem Wind an. Leider auch kein Wasser. Die Kuhle, sein Brunnen, wie er ihn inzwischen nannte, war leer. Den nächtlichen Tau, der sich gesammelt hatte, hatte er schon morgens vor seinem Ausflug in den Stollen weggeschlürft.

Leo setzte sich und ruhte sich aus.

Veronika würde nun an ihrem Bankschalter stehen, freundlich ihre Kunden bedienen und ihn endgültig aus ihren Lebensplänen streichen. Leo wollte lieber nicht daran denken.

Seine Gedanken wanderten in die Schießgasse nach Dresden, in sein Büro im Polizeipräsidium. Die Kollegen würden sich wahrscheinlich langsam wundern, wo er blieb. Sie würden beim üblichen Montagsfrühstück im Konferenzraum sitzen, sich fragen, warum er nicht mit seiner Leberkäs-Semmel auftauchte, und auf ihre Brötchen diesen rohen Hackepeter streichen, der ihm inzwischen wie ein Festmahl erschien. Leo lief das Wasser im Mund zusammen.

Aber ab heute würden seine Kollegen anfangen, ihn zu suchen, da war er ganz sicher. Er klammerte sich mit aller Kraft an diesen Gedanken. Hoffentlich würden sie an der richtigen Stelle suchen, sein Auto finden, daraus folgern, dass er nahe bei Ottendorf zu suchen sei, vielleicht sogar die Bewohner Ottendorfs befragen und mit viel Glück auch Helga Dünnebier. Dann könnte er bis zum Nachmittag damit rechnen, dass jemand an diesem verdammten Loch auftauchte und ihn herausholte.

Das würde der wichtigste Tag in seinem Leben werden, und er würde einiges verändern. Ganz sicher. Bei der Vorstellung, wie sie ihn hier mit einer Leiter oder einem Seil herausholen würden, wurde ihm warm ums Herz. Es war egal, dass er verdreckt war und sich selbst schon nicht mehr riechen konnte. Die Jeans schlackerte an seinen

Hüften, er hatte sicher schon zwei Kilo abgenommen. Wahrscheinlich waren seine Augen eingefallen und sein Gesicht so faltig wie seine Hände, weil er zu wenig Wasser bekam. Aber er würde rauskommen, weiterleben. Er musste nur noch warten.

Doch warten war schwer.

Während sich Reinhard Richter um eine Spürhundstaffel, Hubschrauber mit Wärmebildkameras und Polizisten kümmerte, klärte Sandra Veronika über den aktuellen Stand der Suche nach Leo auf. »Sie können in seinem Büro warten, während ich telefoniere«, sagte sie und deutete auf die offenstehende Tür. Dann versuchte sie Dr. Winkelmeier, den Höhlenforscher, zu erreichen. Sie erwischte ihn schließlich an seinem Arbeitsplatz im Geologischen Institut der Dresdner Universität.

»Herr Dr. Winkelmeier, ich brauche Sie als Fachmann, um einen Steinhaufen zu beurteilen. Am liebsten wäre mir, wenn Sie sich das Geröll anschauen und mir sagen könnten, wo es herkommt.«

Dr. Winkelmeier lachte herzlich. Er wurde aber schnell wieder ernst, als Sandra ihm erklärte, worum es hier ging.

»Sie glauben also, dass jemand ein Loch oder so etwas ausgehoben hat, um etwas oder jemanden zu verstecken?«

»Genau das glaube ich. Wir suchen nach zwei verschwunden Frauen und seit Freitagabend ist auch ein Kollege von uns nicht mehr auffindbar. Es eilt also!«

Winkelmeier war bereit, sie um zwölf Uhr zu treffen und mit ihr hinaus nach Ottendorf zu fahren.

Veronika Brandhuber war inzwischen in Sandras Büro gekommen und sah sie angespannt an. »Nehmen Sie mich mit, wenn Sie mit diesem Geologen rausfahren?«

Sandra schüttelte unwillig den Kopf und stand auf. »Nein, ich kann bei der Arbeit keine Zuschauer brauchen.« Das klang unfreundlicher, als es gemeint war. Leos

Freundin vor ihrem Schreibtisch stehen zu haben, machte sie nervös.

Sie griff wieder zum Telefon und schickte zwei Beamte in die Wohnung von Chantal Böhmer, um Spuren für ihre Tätigkeit als Drogenkurier zu suchen. Noch während sie telefonierte, stand sie auf, um ihre Jacke aus dem Schrank zu holen. Sie hatte es jetzt eilig. Veronika setzte sich auf den zweiten Stuhl in ihrem Büro und wartete, bis Sandra ihr Telefonat beendet hatte.

»Läuft da etwas zwischen Ihnen und Leo?« Die Frage kam so unvorbereitet, dass Sandra sich erstaunt umdrehte.

»Bitte was? Nein. Unser Kontakt ist rein beruflich.« Das hatte ihr gerade noch gefehlt, eine Eifersuchtsszene im Büro! Energisch zog sie ihre Jacke an und ging zur Tür.

»Ich muss jetzt los, bitte bleiben Sie telefonisch erreichbar.« Von der offenen Tür aus bedeutete sie Veronika, ihr zu folgen.

»Gut. Aber lassen Sie mich halt irgendwas machen, das hilft!« Veronika folgte ihr zögernd.

»Ich kann Ihnen doch keine Polizeiarbeit geben, wie stellen Sie sich das vor?«

»Aber ich will etwas Sinnvolles tun.«

»Dann gehen Sie in Leos Wohnung. Schauen Sie, ob er nicht doch inzwischen zurück ist, sich gemeldet oder irgendwas auf dem Anrufbeantworter hinterlassen hat! Ich muss jetzt los.«

Sandra griff sich die Autoschlüssel und wandte sich zum Lift.

Dr. Lothar Winkelmeier erwies sich als freundlicher älterer Herr mit runder Metallbrille und grauen Haaren, die wie Igelstacheln von seinem Schädel abstanden. Er trug eine putzige, grünkarierte Fliege zu seinem weißen Hemd und liebte große, ausladende Gesten.

Auf dem Weg nach Ottendorf versuchte Sandra, ihm so genau wie möglich zu berichten, was bisher vorgefallen war.

»Der Bewohner des einsamen Hauses im Wald ist jedenfalls verschwunden und wir wüssten gerne, warum er diesen Steinschutt in seinem Haus gelagert hat und wo die Steine herkommen«, schloss sie ihren Bericht.

»Meine Güte, das hört sich ja wirklich dramatisch an! Das ist doch genau da, wo letzte Woche dieser tote junge Mann gefunden wurde.« Dr. Winkelmeier war entsetzt.

»Ich habe meinen Koffer für Gesteinsproben dabei, und ich kann auch vor Ort ein paar Analysen machen, sofern das notwendig ist. Die Sandsteine in der Sächsischen Schweiz unterscheiden sich aber von Gebiet zu Gebiet nur unwesentlich. Es wird also nicht leicht werden, aber ich tue, was ich kann.«

Sie bogen von der schmalen, gewundenen Dorfstraße, die von Ottendorf hinunter ins Kirnitzschtal führte, in den Waldweg ein.

Es hatte wieder begonnen zu nieseln, das Wetter wurde deutlich herbstlicher, der erste Nachtfrost würde nicht mehr lange auf sich warten lassen.

Die Felsspalte, in der das Quellwasser verschwand, roch nach menschlichen Abfällen. Sie lag im hinteren Teil, an der flachsten Stelle der Wohnhöhle. Sein Fels-Versteck hatte Watzke immer an die Form eines Wanderschuhs erinnert. Vorn, da wo nun nutzlos der Flaschenzug baumelte, war der Schaft. Auf der anderen Seite, da, wo die Zehen wären, klaffte der Spalt im Boden. Er war etwa einen halben Meter breit.

Watzke konnte schon länger kaum noch den Blick von dem Hohlraum wenden, der sich dort hinten, in der dunklen Ecke hinter der Spalte öffnete. Er fragte sich, wie er Chantal dazu bewegen könnte, da hineinzukriechen. Er kannte den Hohlraum, eine 1,80 Meter hohe Einsturzhöhle, die sich gut zehn Meter weiter hinein in den Fels zog. Er hatte sie nicht weiter verbreitert und benutzt, weil seine Höhle groß genug für ihn war und er keinesfalls riskieren wollte, den Spalt zu verschütten. Der kam ihm sehr gelegen, weil er die Abwässer wegleitete und irgendwo im Fels in dunkle Hohlräume spülte. Weiter unten im Tal trat das Wasser wieder aus dem Felsen aus. Solche Rinnsale gab es überall im Wald.

In einem unbeobachteten Moment inspizierte Watzke die Felsdecke des Hohlraums genau. Wenn er genügend Knete an den richtigen Stellen anbringen würde, könnte es funktionieren. Chantal würde unter ein paar Tonnen Stein und Geröll verschwinden. Er und Christine würden möglicherweise mit einem geplatzten Trommelfell und ein paar Tage lang mit ziemlich viel Staub in der Luft leben müssen. Aber er war sicher, dass er das hinbekommen würde. In den letzten drei Jahren hatte er öfter mit Sprengungen hantiert und damit die Wohnhöhle geschickt vergrößert. Genug Platz für eine Person, möglicherweise für zwei, aber ganz sicher nicht für drei.

Wenn er an Chantal dachte, presste er die Kiefer aufeinander. Dieses Weib musste weg!

Die Frage war, ob Christine ihm die Geschichte mit dem Unfall glauben würde. Sie hatte allerdings keine andere Chance, als sie ihm abzunehmen, denn so oder so würde sie mit ihm eingesperrt bleiben.

»Oh, entschuldige«, Christine stand hinter ihm und machte wieder kehrt. Diese Ecke der Höhle war eigentlich der einzige Ort, der ein wenig Sichtschutz bot, denn die Spalte samt Hohlraum war hinter einer kleinen Felsnase versteckt.

»Schon gut, Christine«, er wandte sich um und ging zum Wasserschlauch um zu trinken. Dann kehrte er zurück in den möblierten Bereich. Watzke setzte sich an seinen Tisch und klappte das Heft mit den Kreuzworträtseln auf. Statt sich in die Lösung der Fragen zu vertiefen, ließ er seine Gedanken schweifen. Die Höhle mit Christine zu teilen, das konnte er sich vorstellen. Sie war besonnen, kümmerte sich um ihn und war freundlich. Das Beste war, dass sie ihn nicht verlassen konnte. Nie und nimmer. Was ihm Sybille angetan hatte, würde ihm nie wieder eine Frau antun können. Alles andere, Watzke lächelte still vor sich hin, alles andere würde von allein kommen. Er hatte Zeit. Er hatte so lange gewartet, da kam es auf ein paar Monate mehr oder weniger nicht an.

Dr. Winkelmeier stand eine ganze Weile sinnend vor dem Geröllhaufen, der sich aus dem Stallgebäude auf den Hof hinter dem Umgebindehaus geschoben hatte. Sandra beobachtete ihn nervös. Wollte er die Steine hypnotisieren, oder was tat er da? Sie war ungeduldig. Alles dauerte viel zu lange.

Schließlich stieg der Geologe mitten hinein in den Haufen und hob einzelne Stücke auf. Mit einer kleinen Schaufel, die er mitgebracht hatte, versuchte er verschiedene Brocken umzudrehen oder auszugraben. Konzentriert sah sie der Geologe von allen Seiten an. Mit einem »Ha!« stürzte er sich auf einen Stein, fand noch einen, der ihm offenbar etwas Interessantes verriet, sammelte hier einen Brocken und da ein Felsstück ein.

Mit dem Arm voller Steine kam er zurück zu Sandra.

»Sie haben Glück, ich denke, ich kann Ihnen weiterhelfen«, sagte er und stellte sich unter ihren Schirm.

»Das hier ist kein Sandstein, wie Sie sehen, es handelt sich um ein Stück Granit.« Er hielt ihr einen kantigen, walnussgroßen Stein vor die Nase.

Sandra nickte. Der Brocken war zackig, scharfkantig, gefleckt, ganz anders beschaffen als der meist runde, raue, gelbe Sandstein.

»Die Tatsache, dass hier eine Mischung aus Sandstein und Granit zu finden ist, schränkt das Gebiet, wo dieser Abraum herkommt, deutlich ein. Es muss sich an der Lausitzer Verwerfung befinden, wo sich vor ca. dreiundsechzig Millionen Jahren am Ende der Kreidezeit durch tektonische Bewegungen der Erdkruste die Lausitzer Granitplatte über den Sandstein geschoben hat.«

Winkelmeier schob die Hände übereinander, um das Schieben der einen Seite über die andere zu demonstrieren. »Die Sandsteinplatte hat das jedoch übelgenommen und ist zerbrochen. Es entstand eine Abbruchkante von einigen hundert Metern Höhe.«

Die Schlussfolgerung von Winkelmeier leuchtete Sandra ein.

»Sie sagen also, wir haben es hier mit zwei verschiedenen Gesteinen zu tun und müssen entlang dieser Grenzlinie suchen? Aber der Boden sieht hier doch überall gleich aus, man erkennt nicht, ob unter dem Waldboden nun Sandstein oder Granit oder sonst was liegt.«

Dr. Winkelmeier lächelte sie freundlich an. »Doch, meine Liebe, wir können es relativ gut sehen und man kann es an den Namen ablesen. Wir haben in der Sächsischen Schweiz neben Granit und Sandstein auch Basaltvorkommen, zum Beispiel in Stolpen, wo er sogar als achteckige Säulen ans Tageslicht kommt. Aber auch andere Stellen im Gebirge haben einen Basaltkern, und diese Erhebungen kennt der Volksmund als Berg. Zum Beispiel der Große Winterberg, ein astreiner Basaltberg. Außerdem wachsen auf diesem Basaltboden die prächtigsten Buchen. Wenn wir es mit Sandstein zu tun haben, nennt der Volksmund die Erhebungen Stein, also den Lilienstein, den Falkenstein und so weiter. Auch von Bewuchs sind sie anders, hier findet man vermehrt Fichten, Tannen und Mischwald. Bei Granituntergrund haben wir es dagegen mit Laubbäumen wie Erlen, Eschen und anderen Edellaubbäumen zu tun. Sie sehen, man kann oben sehr gut erkennen, was drunter liegt.«

Sandra zog den Mantel enger um sich. Sie hoffte, dass Richter und die Hundeführer bald kommen würden.

»Wo also würden Sie uns raten, zu suchen, Herr Winkelmeier?«, fragte sie ihn.

»Die Linie der Lausitzer Verwerfung geht hier in diesem Gebiet etwa von Hinterhermsdorf über Hohnstein nach Pillnitz. Das berühmte Schloss Eckberg in Dresden liegt auf dem allerletzten Zipfel Granit, wussten Sie das?«

Sandra schüttelte den Kopf. Nein, das war ihr bisher nicht bewusst gewesen.

»Ich brauche also eine Landkarte von hier. Können Sie mir diese Verwerfungslinie einzeichnen?«

Winkelmeier bedeutete ihr zu warten. Er war noch nicht fertig.

Er hielt ihr einen Sandsteinbrocken vor die Nase, der auf einer Seite voll mit einem weichen, hellbraunen Material war, das sich leicht mit dem Fingernagel wegschieben ließ.

»Lößlehm. Solche Lehme sind alt, und man findet sie in der Regel in sogenannten Klufthöhlen, wohin sie zum Ende der Eiszeit eingeschwemmt wurden. Das sind die Höhlen, die sich durch Talschub gebildet haben. Eine Sandsteinschicht wandert auf einer darunterliegenden Schicht Richtung Tal. Die Höhlen liegen parallel zum Hang und die meisten der tiefen Höhlen in der Sächsischen Schweiz sind Klufthöhlen.«

»Ja, und was bedeutet das jetzt für unsere Suche?« Sandra wollte dringend so viele Leute wie möglich losschicken, um die Umgebung zu durchforsten.

»Das bedeutet, dass wir ein Höhlenverzeichnis brauchen und uns alle Höhlen entlang der Verwerfung ansehen sollten.«

»Ein Höhlenverzeichnis? Wo bekomme ich das her?«

»Aus meinem Büro.« Die Miene, mit der Winkelmeier das sagte, sprach Bände. Das würde eine weitere Stunde dauern.

Nachdem die Suche in Schmilka auch nach Stunden kein nennenswertes Ergebnis erzielt hatte, hatte Kröger beschlossen, zurück ins Büro zu fahren. Er war unzufrieden mit der ganzen Aktion. Zehn Leute waren den ganzen Vormittag beschäftigt gewesen, um nichts weiter herauszufinden, als dass Leos Dienstwagen seit mindestens Samstagmorgen um vier Uhr auf diesem Parkplatz stand. Mehr hatten sie nicht.

Frau Kerschensteiner reichte ihm im Flur die neu eingetrudelten Dokumente, unter anderem den Bericht von Dr. Gräber bezüglich des im Garten des Ottendorfer Häuschens gefunden Skeletts. Der Bürostuhl ächzte laut, als Kröger seine achtzig Kilo hineinfallen ließ, um sich durch den Stapel Papier zu arbeiten.

Dr. Gräber hatte die Knochen als weiblich und deutlich über sechzig Jahre alt identifiziert. Das sprach dafür, dass es sich um die Überreste von Hermine Protzsche handelte, allerdings lag noch kein Zahnschema der alten Dame vor. Danach wurde noch gesucht. Dr. Gräber hatte an den Knochen keine Verletzungen feststellen können.

»Leichen pflastern seinen Weg«, knurrte Kröger. Zwar galt die Unschuldsvermutung, aber warum sollte Watzke seine Tante im Garten vergraben, wenn er sie nicht ermordet hatte?

Auch bei Ostrownis Leiche hatte Dr. Gräber keine Gewalteinwirkung feststellen können. Die Verletzung der Halsschlagader sei durch einen rostigen Nagel hervorgerufen worden, als der Schuppen über dem Mann zusammenbrach. Das sprach eher für einen Unfall, als für eine Verletzung durch eine dritte Person. Hundertprozentig ausschließen konnte der Pathologe eine Fremdeinwirkung allerdings nicht.

Inzwischen war es Nachmittag. Kröger arbeitete sich systematisch durch die Unterlagen des Falls Novotny, der inzwischen der Fall Novotny/Ostrowni/Böhmer geworden war. Um fünfzehn Uhr meldeten sich zwei Polizisten mit Neuigkeiten aus der Wohnung von Chantal Böhmer. Uwe Kröger sprang auf und machte sich in Höchstgeschwindigkeit auf den Weg nach Prohlis.

Kurz nach sechzehn Uhr war endlich die Höhlenkarte aus Winkelmeiers Büro in Ottendorf. Auf dem Waldweg vor dem Umgebindehaus stauten sich die Fahrzeuge, Reinhard Richter hatte alle Hebel in Bewegung gesetzt. In Kürze würde ein Hubschrauber mit einer Wärmebildkamera über den Wald rund um Ottendorf fliegen. In einem Bus waren zwanzig Polizisten herangebracht worden, die nun in einer Kette nebeneinander das Gelände durchkämmten.

Reinhard Richter hatte Seidenkrawatte und Sakko gegen eine Uniform getauscht und gab routiniert Anweisungen. Er hatte das Gelände in drei Bereiche eingeteilt, die systematisch abgesucht werden sollten.

Sandra versuchte, ihn davon zu überzeugen, dass er sich lieber auf die Höhlen konzentrieren sollte, aber Richter war anderer Meinung. »Er kann genauso gut auf eine Höhle gestoßen sein, die noch nicht erfasst ist. Wir machen das systematisch, anstatt wie aufgescheuchtes Wild mal hierhin und mal dahin zu rennen. Sie können gern zwei Polizisten aus Sebnitz mitnehmen und mit Dr. Winkelmeier die Höhlen inspizieren, aber ich werde die Gruppe ganz nach Plan durch das Gelände schicken.«

»Aber ...!« Sandra fand es viel sinnvoller, gezielt die Höhlen abzuklappern, doch sie stieß auf taube Ohren bei ihrem Chef.

Sie griff sich die beiden Polizisten aus Sebnitz, die sie am Freitag kurz kennengelernt hatte, Regenschütz und Berger, und beugte sich mit ihnen und Dr. Winkelmeier in der Küche des Umgebindehauses über eine Karte des Gebiets. Winkelmeier breitete eine Liste auf dem Tisch aus:

»Wir kennen fast fünfzig Höhlen hier in dem Gebiet von Bad Schandau bis Hinterhermsdorf. Den Kuhstall als bekannteste Höhle in diesem Gebiet können wir wohl außen vor lassen.«

Sandra ließ mutlos die Schultern sinken. »Fünfzig Höhlen? Wie sollen wir das zu viert schaffen?«

»Wir müssen das Gebiet eingrenzen«, sagte der Wissenschaftler bestimmt. »Gehen wir mal davon aus, dass das im Stall gebunkerte Gestein nicht länger als eine Stunde hierhergetragen wurde.« Mit einem Bleistift kreiste er auf der Karte den Bereich um Ottendorf ein, für den er etwa eine Stunde Fußweg veranschlagte.

»Lassen Sie uns erst mal in diesem kleinen Gebiet suchen. Welche Höhlen haben wir da?« Er deutete auf den Großen Zschand. »In der Gegend der Weberschlüchte gibt es einige.«

Berger nickte Regenschütz zu. »Lassen Sie uns losgehen. Ich kenne ein paar der Höhlen in den Weberschlüchten. Die in der Sommerwand zwar nicht, aber offenbar gibt es da ja ein paar, die interessant sein könnten.« Winkelmeier packte seine Liste ein und schloss sich den beiden Polizisten an. »Wir müssen uns ohnehin beeilen, denn in zwei Stunden ist es dunkel«, sagte er mit Blick auf die Uhr. Er setzte sich einen Regenhut auf.

»Wollen wir nicht warten, bis die Hundeführer da sind?«, fragte Sandra unsicher.

»Nee, das kann ja noch Stunden dauern. Warten Sie doch auf die Hunde und geben Sie uns Bescheid«, schlug Regenschütz vor. »Oft klappt es ja über das tschechische Handynetz.« Die drei verschwanden mit eiligen Schritten hinunter ins Tal.

Sandra blieb zurück, mit Herzklopfen und einem unguten Gefühl.

Draußen formierten sich weitere Gruppen von Polizisten für den Sucheinsatz. Neben Reinhard Richter waren nun auch der Leiter der Grenzpolizei und Kopischke, der Chef der Sebnitzer Inspektion, vor Ort.

So untätig herumzustehen war das Schlimmste, das Sandra passieren konnte. Sie schnappte sich ihren Schirm und ging mit dem Handy in der Hand so lange die Straße hoch in Richtung Dorfzentrum, bis sie endlich wieder Empfang hatte. Sie versuchte es erst bei Uwe Kröger im Büro, erreichte ihn aber nicht. Frau Kerschensteiner berichtete ihr, dass er unterwegs sei, um eine verdächtige Wohnung zu untersuchen.

»Eine weitere Wohnung?«, fragte Sandra. »Was soll das denn? Haben die am Elbufer etwas gefunden? Er hat sich bis jetzt nicht bei mir gemeldet.«

Frau Kerschensteiner informierte die Kommissarin über die unergiebige Suche am Parkplatz in Schmilka. Wo Kröger sich gerade genau befand, konnte sie Sandra aber nicht sagen.

»Übrigens hat Herr Pröve angerufen. Er wollte Sie sprechen. Außerdem diese Frau Brandhuber. Die hat auch schon dreimal nachgefragt, ob es etwas Neues gäbe«, sagte die Sekretärin noch.

Sandra rief Krögers Mobilnummer an. Der ließ sie kaum zu Wort kommen: »Wir sind in Chantal Böhmers Zweitwohnung. Du glaubst nicht, was wir hier gefunden haben. Die Frau ist alles andere als ein kleiner Drogenkurier. Wir haben Kontoauszüge gefunden, da sind uns die Augen aus dem Kopf gefallen.«

»Eine Zweitwohnung? Was bedeutet das?«

»Dass sie das Kabuff in Prohlis nur zur Tarnung bewohnt. Dort haben wir Hinweise auf das Appartement hier in Strehlen gefunden – eine Adresse mit einhundert Quadratmetern, bestens ausgestattet, gemietet unter dem Decknamen Celina Wagner. Unter diesem Namen firmiert sie auch als Geschäftsführerin von ›Pizza Nummer 3‹, einem Pizza-Lieferservice. Von hier aus hat Chantal Böhmer das Crystal verteilt. In einem Raum voll mit Pizzakartons finden sich überall Spuren der Droge.«

Sandra war verblüfft. Das hätte sie dieser jungen Frau keinesfalls zugetraut. Das war ein Lichtblick in den Ermittlungen und verbesserte ihre Laune schlagartig. Jetzt waren sie so weit vorangekommen, dass sie den Fall aufklären und die Welt wieder ein bisschen besser machen konnten. Sie müssten diese Chantal Böhmer nur noch finden. Und natürlich Leo.

»Uwe, ich brauche ein Kleidungsstück von Leo. Kannst du mir was hier nach Ottendorf bringen? Oder jemanden schicken? Wenn wir Glück haben, ist diese Veronika noch in Leos Wohnung, die kann dir was geben.«

Kaum hatte sie das Gespräch mit Kröger beendet, klingelte ihr Telefon. Diesmal war es Sascha: »Wo bist du, Sandra? Was ist mit Leo?«

Sandra versuchte ihm zu erklären, dass die Suche gerade anlief und er sich keine Sorgen machen sollte, aber Sascha kannte seine Kollegin gut genug, um zu hören, dass sie alles andere als unbesorgt war.

»Wir haben hier demnächst einen Hubschrauber im Einsatz, jede Menge Polizisten, die den Wald durchkämmen, einen Geologen, der die Höhlen der Umgebung abklappert, und jeden Moment kommen auch noch die Hundeführer.«

»Im Haus sind oben im Schlafzimmer alte Hosen und Socken, die Watzke gehören dürften«, informierte sie Sascha. »Ich komme raus und helfe euch suchen.« Auf Sandras Einwand, dass er sich doch noch ausruhen sollte, ging er mit keiner Silbe ein.

»Bleib bloß, wo du bist, wir haben hier schon jede Menge Leute herumlaufen. Wenn wir Leo oder jemand anderen finden, rufe ich dich an. Das habe ich auch Veronika, dieser Freundin von Leo, versprochen.«

»Ist sie hier, in Dresden?«, fragte Sascha erstaunt. Er ließ sich kurz erzählen, wie Sandra am Sonntag mit ihr telefoniert hatte. »Sie ist jetzt in seiner Wohnung. Da soll sie auch bleiben. Ich kann hier keine Laien brauchen«, stellte Sandra fest, »übrigens auch keine krankgeschriebenen Kollegen.«

Sandra ging im kalten Nieselregen zurück und überholte dabei zwei alte Damen in Regenmänteln. Als sie an ihnen vorbeiging, sprach sie eine der Damen an: »Gehen Sie auch runter zum Haus von der alten Protzsche gucken? Is jede Menge Polizei da! Das is viel besser als Fernsehen, stimmt's?«

»Gehen Sie wieder nach Hause«, sagte Sandra freundlich. »Behindern Sie bitte nicht die Arbeit der Polizei!«

»Behindern?«, Frau Dünnebier blieb empört stehen. »Ohne mich hätten Se den Toten oben auf der Wiese gar ni gefunden! Ich behindere ni, ich helfe. Dem einen Krimikommissar hab ich auch das ...«

Sandra hörte nicht weiter hin und eilte in den Waldweg zum Haus. Sie hatte jetzt Wichtigeres zu tun, als einen Schwatz mit zwei alten Damen zu halten.

Es dämmerte bereits. Das war nicht gut, gar nicht gut.

Als der Wald wieder ins Dunkel versank, war Leo mit den Nerven am Ende. Sie suchten ihn nicht. Er würde in diesem Loch elendiglich verdursten, verhungern, erfrieren, einfach sterben.

Er wurde das ständige Zittern nicht mehr los; er war unterkühlt, das wusste er – und, dass er etwas tun musste. Wenigstens nieselte es seit dem Spätnachmittag beständig, er hatte also mindestens einen halben Liter Wasser getrunken und fühlte sich nicht mehr so ausgetrocknet. Die Kopfschmerzen ließen nach. Dafür war aber seine Hose wieder feucht geworden, weil er immer wieder hinaus in den Regen musste, um seine Pfütze leerzutrinken. Unter der feuchten Hose fror er und bekam eine Gänsehaut. Vor allem – das fiel ihm auf, als er sich wieder auf seine sandige, trockene Stelle im Tunnel fallen ließ – vor allem spürte er die Kälte an der rechten Seite seiner Oberschenkel. Das war die Seite, die ins Innere des Stollens zeigte.

Ob da doch irgendwo noch ein Ausgang war? Eine Öffnung, die für Luftzug sorgte? Wie lang konnte so ein Stollen wohl sein, hier in der Sächsischen Schweiz? Er war ja nicht im Ruhrgebiet mit seinen Stollen über hunderte von Kilometern. Im Erzgebirge, das hatte Kröger erzählt, gab es Orte, bei denen in fast jedes Haus ein Stollen führte. Man konnte quasi vom Keller aus ins Bergwerk steigen. Er dachte an den Klassenausflug mit seiner Klassenleiterin Frau Dr. Rothfeld, der seine 6a für drei Nächte in die Jugendherberge nach Traunstein geführt hatte. Der Höhepunkt der Klassenfahrt war das Salzbergwerk in Berchtesgaden gewesen. Noch heute hatte er ein Foto davon auf seinem Bücherregal in Mammendorf stehen. Er mit Michi, dem dicken Florian und Tobias, nebeneinander in diesen ulkigen weißen Hosen und Jacken, die man für die Exkursion ins Bergwerk anziehen musste. Das Tollste war die Rutsche in die Tiefe gewesen. Meine Güte, jeweils im Viererpack waren sie diese Holzrutsche in die Dunkelheit hinuntergeglitten. Das war eine echte Mutprobe gewesen und sie hatten einen Riesenspaß gehabt. Dann die Bootsfahrt auf diesem Salzsee tief unter der Erde – wie still es da gewesen war.

Er erinnerte sich daran, dass es Kreuzungen gegeben hatte, aber auch Luftlöcher nach oben.

Bevor er hier untätig herumsaß und dabei zusah, wie er immer weniger wurde, wollte er noch einmal in den Stollen gehen! Allerdings gab er die Hoffnung nicht auf, dass ihn doch noch jemand in diesem Loch aufspüren würde. Er musste etwas hinterlassen, das half, ihn zu finden. Ein Kleidungsstück auf den Boden zu legen war völlig ausgeschlossen. Er fror ohnehin permanent. In seinen Taschen befand sich nichts, was sich wirklich eignete. Allerdings hatte er noch seine Polizeimarke in der Jackentasche. Ob die von oben gut genug zu sehen war?

Egal, er musste es riskieren. Leo platzierte seine ovale Kriminaldienstmarke mit dem Schriftzug mitten in dem kreisrunden Loch, in dem er seit Freitagabend, seit fast zweiundsiebzig Stunden, ausgeharrt hatte. Dann versuchte er mit ein paar dürftigen Tannenzweigen, Erde, Moos und Birkenblättern einen Pfeil in Richtung des Tunnels zu formen. Er hoffte, dass auch dieses Zeichen von oben gesehen und gedeutet werden konnte.

Das rote Läppchen, das ihm in besonders schwachen Stunden wie ein Glücksbringer vorgekommen war, hatte einen roten Faden an der Polizeimarke hinterlassen. Auch gut. Leo sah sich das Stück Stoff an. Inzwischen war es ziemlich schmutzig und hatte seinen blumigen Duft verloren. Trotzdem steckte er es wieder ein. Schwer atmend stand er nun im Stolleneingang und umfasste den dünnen Fichtenzweig. Er wusste, was ihm bevorstand, und er hatte einen Heidenrespekt vor dieser gewaltigen, alles durchdringenden, totalen Schwärze. Aber diesmal würde er die eintausend Schritte schaffen.

Montagnacht

Während Christine im Bett lag und schlief und Chantal auf der Plattform des Flaschenzugs vor sich hin döste, schlich Watzke vom Tisch mit seinen Kreuzworträtselheften weg und um die Ecke zur Bodenspalte. Selbst wenn Chantal mitbekommen haben sollte, wohin er ging, würde sie annehmen, dass er mal austreten musste. Die Stelle war also genial gewählt. Er stieg über die Spalte und ging gebückt in den etwa 1,80 Meter hohen Hohlraum hinein. Die Stirnlampe leuchtete ihm notdürftig einen kleinen Kreis aus, in dem er sich bewegte. Eine Spalte wäre gut, oder zumindest eine Vertiefung, in die er den Sprengstoff hineindrücken könnte. Er brachte den Klumpen, den er vor ein paar Stunden aus dem Koffer unter dem Bett geholt hatte, an einer Spalte an, die nach oben zeigte. Der Sandstein war hier klüftig, mit vielen Erosionsstellen, von der Decke tropfte es.

Das Karussell in seinem Kopf drehte sich von Stunde zu Stunde schneller, er fühlte, dass er allem hier ein Ende machen musste. Chantal musste weg. Drei Personen in seiner Höhle, das ging auf Dauer nicht gut. Mit Christine könnte er auskommen, wenn nicht, würde er sie loswerden. Aber Chantal war ein ständiger Schmerz, wie ein Glassplitter, den man sich eingetreten hatte, den man beständig spürte, mal mehr und mal weniger.

Christine würde nichts Anderes übrigbleiben, als es zu akzeptieren. Er wusste, dass er viele Ticks und komische Gewohnheiten hatte. Das war eben so, wenn man sich im Gefängnis ohne Kontakte über lange Zeit halbwegs normal und aufrecht halten wollte. Wenn man jahrelang allein lebte und immer auf der Flucht war. Wenn man niemandem mehr trauen konnte. Ob er Christine auf Dauer würde trauen können, das musste sich zeigen. Aber sie war seit Sybilles Verrat die erste Person, von der er sich wünschte, dass sie ihm wieder etwas näherkommen würde.

Watzke presste gut ein Kilo Knete in die Felsspalte und drückte den elektronischen Zünder hinein. Damit kannte er sich aus, das war ein Kinderspiel. Die Decke würde nachgeben, auf ein paar Meter herunterstürzen und Chantal so tief verschütten, dass Christine gar nicht auf die Idee käme, nach ihr zu graben, hoffte er.

Ein Meter Erde und Geröll reichten schon, um eine Leiche völlig geruchlos verschwinden zu lassen, das wusste er spätestens, seit er Tante Hermine nach ihrem plötzlichen Ableben im Blumenbeet vergraben hatte.

Reinhard Richter, Hauptwachtmeister Kopischke und die Leiter der einzelnen Suchtrupps hatten ihre Kommandozentrale in der Küche des Umgebindehauses eingerichtet. Sie sammelten dort die nach und nach hereinkommenden Meldungen, bevor sie sich auf den Weg machten, um zu überwachen, wie das Gebiet um das Haus in vier Sektoren abgesucht wurde.

Sandra stand unschlüssig in dem staubigen Wohnzimmer. Die alte Stehlampe mit dem Stoffschirm gab ein milchiges Licht und warf düstere Schatten an die stockfleckige Tapete. Ein Bellen riss sie aus ihren Gedanken. An der Haustür tauchte kurz darauf der Hundeführer auf, der schon am Freitag nach den Frauen gesucht hatte.

Hinter ihm stand eine Frau, ebenfalls mit einem Hund an der Leine.

»Guten Tag«, rief er ins Haus. »Sind Sie Frau Kruse?«

Sandra lief ihm entgegen. Sie drückte ihm die beiden Hosen in die Hand. »Das sind höchstwahrscheinlich Kleidungsstücke von Detlef Watzke. Von Leo Reisinger bekommen wir in Kürze eine Geruchsprobe.«

Sie hoffte, dass Uwe Kröger nicht mehr allzu lange unterwegs sein würde.

»Ist gut.« Der Hundeführer nickte in Richtung seines vierbeinigen Gefährten. »Das ist Pollux, mein Name ist Michael Eiselt«. Er deutete auf seine Kollegin: »Margit Grüner und Hund Rübezahl.« Sandra lächelte ihr freundlich zu.

»Könnten Sie mit mir warten und dann mit der zweiten Probe losgehen?«, fragte sie.

Margit Grüner nickte und sah sich um. Ihr Blick fiel ins Wohnzimmer. »Darf man sich da hinsetzen?«

»Ja, ist aber staubig.«

Rübezahl, ein Deutscher Schäferhund, legte sich neben das Sofa und schloss die Augen.

Reinhard Richter, in voller Montur, schaute vorbei, ein Walkie-Talkie in der Hand. »Bis jetzt haben wir weder eine Spur von den Frauen noch vom Kollegen Reisinger oder von Herrn Watzke, aber wir machen weiter bis mindestens einundzwanzig Uhr. Hat der Höhlenforscher was gefunden?«

Sandra musste ihn enttäuschen. Bisher hatte sie nichts von Regenschütz oder Berger gehört. Allerdings war die Verbindung über Mobilfunk überall in der Gegend schwierig. »Ich warte auf die Geruchsprobe von Leo Reisinger, dann gehen wir auch los.« Sie deutete auf die Kollegin mit Hund im Wohnzimmer.

»Gut. Der Hubschrauber ist ebenfalls unterwegs und hat eine Wärmebildkamera im Einsatz. Melden Sie sich, wenn Sie was finden, umgekehrt machen wir das auch so. Falls das Funkgerät nicht geht, nehmen Sie Leucht-munition, das sollte jetzt in der Dunkelheit gut zu sehen und auf jeden Fall zu hören sein.« Er drückte ihr eine Pistole für Leuchtraketen in die Hand und verschwand nach draußen.

Sandra setzte sich zu Margit Grüner und holte sich ein paar Erziehungstipps für Laika. Aber schon nach zehn Minuten hörte sie Saschas Stimme am Eingang.

Sie sprang auf und begrüßte ihren Kollegen, hinter ihm stand Veronika Brandhuber.

»Schön, dich gesund und munter zu sehen«, sagte Sandra, und mit Blick auf Veronika: »Wir können sie nicht mitnehmen, das weißt du.«

»Logisch nehmen wir sie mit«, entgegnete Sascha. Er sah hellwach aus, keine Spur von Erschöpfung. Das Kranken-haus hatte ihm offenbar gutgetan.

»Sie stört überhaupt nicht, wenn wir jetzt mit dem Hund losgehen, oder?« Sascha hatte sich an die Hunde-führerin gewandt.

»Das ist gegen alle Vorschriften. Sie bleibt hier«, be-stimmte Sandra. Sascha zog eine Schnute, zog die ent-täuschte Veronika kurz zur Seite und flüsterte ihr etwas zu. Sie nickte und setzte sich resigniert auf das staubige Wohnzimmersofa.

»Hat jeder eine Taschenlampe?«, fragte Sandra in die Runde.

Sascha hielt Rübezahl, dem Schäferhund, Leos Lauf-schuhe vor die Nase. Rübezahl schnüffelte ausgiebig, bevor Margit Grüner ihn vor das Haus führte. Zu dritt folgten sie dem Hund, der in Zickzacklinien über den Hinterhof lief, die Nase immer dicht am Boden. Margit Grüner schlug sich mit ihm hinter dem fast zusammengebro-chenen Holzschuppen in den Wald. Auch hier fand Rübe-zahl die Fährte offensichtlich wieder. Er lief zielstrebig den steilen Hang hinauf. Sascha war in eine dicke Winter-jacke gehüllt – eine gute Idee, wie Sandra fand, denn sie fror langsam in ihrer dünnen Regenjacke. Es würde wohl den ersten Bodenfrost geben in dieser Nacht, die Temperatur fiel gegen null Grad.

»Eigentlich hatte ich ja Kröger erwartet«, sagte sie zu Sascha, »der wollte auch rauskommen. Er hat Chantal Böhmers Drogenumschlagplatz gefunden. Das ist kein braves kleines Mädchen, das nichts zustande bringt und an Mamas Rockzipfel hängt. Das ist alles Tarnung. Die ist skrupellos und gut organisiert.«

Sascha war von Frau Kerschensteiner zwar über Watzkes Vergangenheit informiert worden, aber diese Neuigkeit kannte er noch nicht. »Dann hat Chantal Böhmer also ihre Kunden mit Hilfe eines Pizzaservice' mit Crystal Meth versorgt«, staunte er. »Da werden wir ganz schnell noch mal bei diesem arroganten Agenturchef in Blasewitz vorbeischauen und ein paar Drogentests machen«, freute er sich.

Sandra nickte. »Ja. Und die tschechische Drogenfahndung muss sich dringend den Tschechenmarkt in Hřensko ansehen. Aber jetzt müssen wir sie erst mal finden, die Frauen, Leo und diesen Watzke.«

Jeder von ihnen leuchtete mit einer Taschenlampe den Weg aus, den der Hund nahm. Trotz Beleuchtung war es gar nicht so einfach, ihm durch das Gelände zu folgen, denn es ging ziemlich steil bergan und das nasse Laub war rutschig. Nach zehn Minuten kehrte Rübezahl um und lief, immer noch die Nase am Boden, wieder zurück zum Haus. Die Hundeführerin versuchte es auf Sandras Geheiß noch vor dem Gartentor, den Waldweg entlang, obwohl der mit Polizeiwagen zugeparkt war. Aber Rübezahl führte sie immer wieder zurück zu Watzkes Haus.

»Was machen wir jetzt?«, fragte Sandra entmutigt. Über ihnen wummerte der Rotor des Polizeihubschraubers.

Leo überlegte nicht eine Sekunde, ob er sich beim Hinunterrutschen an dieser steilen, gut vier Meter hohen Felswand am Ende verletzten könnte. Er sah Licht, er sah eine Frau und er ließ los.

Mit den Füßen voraus schlitterte er zum Boden der großen Höhle und federte sich so gut es ging ab. Die Frau entdeckte ihn und sah ihm entgeistert zu. Nur ein schleifendes Geräusch auf der Felswand war zu hören, sonst nichts. Die Frau gab keinen Ton von sich.

Als er unten nach mehreren schmerzhaften Rollen zum Liegen kam, eilte sie zu ihm. Leo erkannte Chantal Böhmer. Ihre Haare waren strähnig, das ungeschminkte Gesicht sah müde und grau aus. Aber das konnte auch an der düsteren Beleuchtung durch die zwei Glühbirnen liegen, die an der Wand befestigt waren.

»Hallo Frau Böhmer«, sagte er matt. »Ich habe Sie gesucht. Haben Sie etwas zu essen für mich?«

Chantal zog ihn hoch. Die junge Frau flüsterte mit weit aufgerissen Augen: »Sie haben mich gesucht? Kommen Sie von Jatzek Novotny?«

Leo nickte matt. »Ja, den kenne ich. Und Pawel Ostrowni auch.«

Chantal sah sich erschrocken um. Dann führte sie ihn an den Tisch. Dankbar ließ sich Leo auf dem einzigen Stuhl nieder. Wie angenehm es doch war, nach all den Tagen nicht mehr auf dem Boden sitzen zu müssen. »Ich habe drei Tage nichts gegessen. Gibt es hier etwas?«

Sie nickte, verschwand einen kurzen Moment und kam mit zwei Scheiben Zwieback wieder.

Leo stutzte, aber einen Schweinebraten konnte er hier unten wohl kaum erwarten. Dankbar biss er in den Zwieback und kaute genüsslich auf den knusprigen Scheiben. Obwohl sein Mund die ganze Zeit trocken gewesen war, floss der Speichel nun in Strömen. Er schluckte beglückt den Zwieback hinunter und konzentrierte sich ganz auf das Gefühl, das der in seinem Magen auslöste. Sie eilte davon und brachte ihm eine leere Konservendose voll mit klarem Wasser. Auch das stürzte er dankbar hinunter.

»Wie heißt du?«, fragte Chantal.

»Leo.«

»Gut, Leo. Ich gehe davon aus, dass du auf meiner Seite bist?« Sie sah ihn prüfend an.

Leo starrte derweil auf ihr rotes Sweatshirt, das vorn ein alberner Comic-Hund zierte. Dessen rechtes Ohr war noch auf dem Sweatshirt festgenäht, das linke fehlte. Er wusste, wo es war.

Leo nickte zerstreut. Er konnte Chantal nicht genau zuhören. Dass dieses blöde Schlappohr von Chantals Sweatshirt sein Hoffnungsschimmer, sein Talisman, sein Sprachrohr zu den Frauen, die er liebte, gewesen war, erschütterte ihn. Wie dumm man doch sein konnte, wenn man unter Stress stand. Wie verrückt das Gehirn eines Menschen doch manchmal funktionierte. Fast schämte er sich dafür.

»Hör zu, Leo. Meine Mutter und ich sind hier bei einem völlig durchgeknallten Mann gelandet. Der ist total irre, lebt freiwillig in diesem Loch und wir haben ihn in seiner Einsiedelei gestört. Ich habe seinen blöden Lastenaufzug kaputt gemacht, er hat sich irgendwie verklemmt. Der Typ behauptet, dass das der einzige Ausgang war. Aber das glaube ich nicht. Irgendwie müssen wir hier rauskommen. Ganz bestimmt gibt es noch einen zweiten Ausweg.«

Leo war so müde im Kopf, so langsam im Denken und nun hatte auch noch sein Magen endlich wieder etwas zu tun. Er konnte Chantal nicht wirklich folgen.

»Wo ist deine Mutter, Chantal?«, fragte er.

»Da drüben.« Chantal deutete unfreundlich mit dem Kopf zu einer in der Luft hängenden Holzplattform. Undeutlich erkannte Leo darauf eine in eine Decke gehüllte Person. Dann zeigte Chantal in die hintere Ecke der Höhle. Im Dämmerlicht erkannte er ein Metallbett, in dem ebenfalls ein Mensch lag.

»Die zwei schlafen«, sagte Chantal. »Ich glaube, dieser Mensch ist komplett wahnsinnig. Aber meine Mutter, ich weiß nicht, sie kümmert sich um ihn wie um einen guten Freund. Die zwei sind mir unheimlich. Wenn der aufwacht und dich hier sieht, flippt er wahrscheinlich aus. Dann kann ihn nur noch meine Mutter beruhigen.«

Leo schaute Chantal an. Sie war ganz offensichtlich auch kurz vor einem Nervenzusammenbruch. Ihre Augen flitzten beständig hin und her, ihre Hände zitterten. Sollte er ihr sagen, dass er Polizist und ihr auf den Fersen war? Die Situation war so absurd, er konnte sich nicht entscheiden, was er tun sollte.

»Ich muss hier raus, verstehst du? Koste es, was es wolle. Ich habe so viel Geld auf der Bank, aber das nützt mir hier einen Scheißdreck.«

Leo hob den Kopf um Chantal anzusehen. Was hatte sie gerade gesagt?

»Wie viel würdest du bezahlen, wenn ich dich hier heraushole?«, fragte er, einem Impuls gehorchend, der ihm selbst verrückt vorkam.

Chantal sah ihn an. »Ich kann jede Menge Kohle lockermachen. Aber ich möchte mal wissen, wie du Jammergestalt mich hier rausholen möchtest.«

Das fragte er sich auch. Aber zusätzlich fragte sich Leo, woher Chantal so viel Geld hatte. Zuerst wollte er herausbekommen, wer diese pummelige, unschuldig wirkende junge Frau wirklich war. Mit einer Handvoll Kalorien im Bauch war er nun auch wieder bereit, die Welt ins Gleichgewicht zu bringen. Diese Chantal und ihre Mutter, das wurde ihm jetzt klar, waren keine einfachen Drogenkuriere.

Doch gleichzeitig befürchtete er, von der Hölle ins Inferno geraten zu sein. Schließlich hatte er keine Ahnung, wer dieser Irre war, von dem Chantal berichtete. Er saß hier wie ein Häuflein Elend mit einer Drogendealerin in einer Höhle. Für noch zwei Scheiben Zwieback würde er wahrscheinlich die unvernünftigsten Dinge tun. Es war wohl das Beste, den Polizisten erst mal außen vor zu lassen und zu sehen, dass sie alle hier lebend herauskamen. Chantal interpretierte sein Lächeln falsch. Aufgeregt beugte sie sich zu ihm hinunter. »Du hast einen Plan, oder?«

Leo konzentrierte sich.

Ein tanzendes Licht im Wald erregte Sandras Aufmerksamkeit. Rübezahl begann freudig mit dem Schwanz zu wedeln.

»Michael und Pollux kommen zurück«, sagte die Hundeführerin und ließ Rübezahl von der Leine.

»Ich bin auf eine Art Einstieg gestoßen, könnte so was wie eine Felsspalte sein. Aber ich brauche eine Leiter und möglicherweise Seile, jedenfalls sollte da jemand mitgehen, der klettern kann.« Michael Eiselt war außer Atem, weil er in schnellem Tempo zurückgelaufen war. Endlich hatten sie etwas gefunden! Sascha informierte per SMS den Chef Richter, Sandra versuchte Winkelmeier zu erreichen. Sie lief den Hang hinauf und bekam ihn tatsächlich ans Telefon, wenn auch mit Aussetzern.

Er versprach, mit den beiden Polizeibeamten sofort zum Haus zurückzukommen. Nein, die vier Höhlen, die sie untersucht hätten, wären alle leer und unberührt gewesen.

Sascha organisierte inzwischen eine Leiter, die aber von der Ottendorfer Feuerwehr besorgt werden musste. Dazu Kletterseile, LED-Lampen und vor allem Verpflegung. Das dauerte wieder und Sandra griff dankbar zu, als jemand mit belegten Brötchen durchs Haus lief.

Zwanzig Minuten später kam Dr. Winkelmeier mit den Polizisten Regenschütz und Berger zurück zum Haus. Sie waren ziemlich verdreckt, aber das war wohl kein Wunder, nachdem sie durch vier Höhlen gekrochen waren.

Nach einer kurzen Verschnaufpause folgten Dr. Winkelmeier, Sandra, Sascha und die beiden Sebnitzer Beamten Michael und seinem Hund Pollux in den stockdunklen

Wald. Eine halbe Stunde später standen sie vor einem für das Tal typischen Felsmassiv. Davor ragte eine Sandsteinwand wie eine Tischplatte aus dem Waldboden. Dahinter lag ein schmaler Durchgang, gefüllt mit Laub.

»Hier endet die Spur«, sagte Michael Eiselt leise. Er stand eingeklemmt in dem Felszwischenraum, der nicht breiter als einen Meter war. Sandra und Sascha sahen sich mit den Taschenlampen um. Der starke Kontrast zwischen den harten Schlagschatten und den hell ausgeleuchteten Flecken machte es schwer, etwas zu erkennen.

»Leuchten Sie nach oben«, flüsterte der Hundeführer. Sandra richtete den Strahl ihrer Lampe hinauf. In etwa drei Metern Höhe spaltete sich die Wand des Massivs auf. Konnte das der Eingang zu einer Höhle sein? Eigentlich sah es nur wie ein tiefer Spalt im überhängenden Sandstein aus.

»Wo ist die Leiter?« Regenschütz und Berger bugsierten die lange Aluleiter um die Ecke und versuchten, in dem weichen, mit Laub bedeckten Sandboden einen festen Stand zu finden. Nach einigem vorsichtigen Hin-und-Her-Schieben hatten sie den auch. Die Leiter stand erstaunlich gerade und fest. Sandra bückte sich und scharrte das Laub auseinander. Schon nach wenigen Zentimetern stieß sie auf eine Betonplatte.

Allen war schlagartig klar, was das bedeutete: Sie hatten höchstwahrscheinlich den Einstieg zu Watzkes Versteck gefunden.

»Du musst nicht mitkommen, Sascha«, flüsterte Sandra ihrem Kollegen zu. »Du bist noch im Krankenstand.«

»Blödsinn, ich geh mit. Ich habe alles dabei.« Er schlug seine Jacke auf und zeigte Sandra seine Dienstwaffe.

Die beiden Polizisten waren ebenfalls bewaffnet, sie hatte hingegen nur die Leuchtpistole, die Richter ihr gegeben hatte. Sollte sie ihn und sein Team informieren und riskieren, dass Watzke mitbekam, dass sie hier waren? Sandra entschied sich dagegen. Sie stieg auf die erste

Leitersprosse und stieg langsam hoch. Als sie oben war, hatten sich ihre Augen soweit an die Dunkelheit gewöhnt, dass sie den Spalt genauer betrachten konnte. Er war ziemlich tief und schmal. Ob Sascha sich würde durchquetschen können, war fraglich. Sie leuchtete mit wenig Licht in den Spalt. Fast ebenerdig ging es hinter eine Steinsäule um die Ecke. Sie stieg von der Leiter hinüber auf das Felsriff. Von dort zwängte sie sich durch den Spalt. Sascha zog eine Schnute, als er sah, wie Sandra gerade noch so durchkam. Polizeiwachtmeister Regenschütz, ein schmaler, drahtiger Mann, stieg als Nächster hoch. Er reichte Sandra zwei Kletterseile und einen Klettergurt hinüber. Nach Regenschütz kam Berger, auch er passte durch den Spalt. Unten standen Sascha, Dr. Winkelmeier und der Hundeführer und schauten erwartungsvoll nach oben. Sascha zögerte, hochzusteigen. Sandra winkte ihn dennoch die Leiter hoch, reichte ihm die Leuchtpistole hinaus und bat darum, dass er in fünf Minuten ein Signal abgeben sollte. Bis dahin würden sie wissen, was sich in der Spalte verbarg.

Bevor sie wieder in der Felsspalte verschwand, löste Sascha seine Waffe aus dem Halfter und drückte sie Sandra in die Hand. Sie nahm sie dankbar an.

Watzke wachte auf und spürte sofort, dass etwas anders war. Er stand auf und sah die beiden Frauen am Tisch stehen. Auf seinem Stuhl saß mit dem Rücken zu ihm ein Mann. Jetzt hatten sie ihn also! Zunächst lag er starr vor Schreck, dann lichtete sich das Chaos widerstrebender Ängste und Gedanken in seinem Kopf. Es gab nur noch eine Lösung für diese Situation und er musste schnell handeln. Leise stand er auf. Die drei waren so beschäftigt, dass keiner ihn bemerkte. Er holte das lange, spitze Brotmesser aus dem Versteck, hielt es hinter seinem Rücken und ging langsam auf die Gruppe zu.

Christine Böhmer gab Leo gerade noch eine Scheibe Zwieback.

»Nicht gerade üppig, aber auf einen so leeren Magen besser, als wenn du gleich Bohneneintopf bekommst.« Sie sagte das so überzeugend, als ob sie im Café säßen. Es ärgerte Watzke sehr, dass Christine offenbar zu jedem nett war. Dann entdeckte ihn Chantal und während sie »Vorsicht!« rief, sprang er mit einem Satz in den Rücken des Mannes und hielt dem Neuankömmling das Messer an die Kehle

»Wo kommst du her?«, zischte er.

»Mammendorf«, antwortete der Mann spontan. Watzke stutzte. War das ein Code, ein Passwort? Die Frauen sahen ihn wütend an. »Was soll das?«, zischte Chantal und begann ihn zu beschimpfen.

Christine versuchte beruhigend auf ihn einzureden, dass der arme Kerl Hunger hätte und nicht gefährlich sei, dass man ihm helfen müsse ...

»Ruhe!«, brüllte Watzke. Die Frauen erstarrten.

Der Mann in seinem Schwitzkasten entspannte sich ein wenig. Watzke ging um ihn herum, ohne das Messer abzusetzen. Er war höchst nervös und hielt es ihm direkt an die Kehle. Der Mann war deutlich jünger als er und trug eine schmutzige Jeans und eine verdreckte Lederjacke.

»Was willst du hier? Bist du allein?«, herrschte er ihn an.

»Ich war wandern und bin in das Loch gefallen«, sagte Leo, »genau wie die beiden Frauen hier.« Er deutete auf Chantal und Christine.

Watzke wischte sich verzweifelt über sein Gesicht. »Liegt dieser verdammte Stolleneingang neben der Hauptstraße von Ottendorf? Muss ich damit rechnen, dass zukünftig jede Woche Besuch hereinschneit? Kommt demnächst die Blaskapelle vorbei?«

Er erwartete keine ernsthafte Antwort. Sein Versteck war kein Versteck mehr, nur noch eine Falle.

»Naja, es kann schon sein, dass da demnächst wieder jemand reinschaut ...«, sagte der Mann vor ihm zögernd. Er war eindeutig kein Einheimischer. Möglicherweise tatsächlich ein harmloser Tourist aus Bayern.

Watzkes Augen huschten in einem nervösen Stakkato hin und her. Wie sollte er den Kerl ausschalten? Seine Gedanken überschlugen sich. Was für einen schrecklichen Fehler er doch gemacht hatte!

»Ich hätte das überprüfen müssen«, murmelte er. Die Messerspitze zeigte immer noch auf Leos Hals.

Als sich diese großartige, natürliche Höhle nach nur einer Sprengung aufgetan hatte, war er so begeistert gewesen, dass er den Spalt da oben einfach ignoriert hatte. Eine weitere, kleine Höhle, die sich irgendwo im Sandsteinfels verlief, das hatte er angenommen. Dass ein Stollen wie ein Spazierweg ausgerechnet an seinem Versteck vorbeiführte, das war, das war ... – je länger Watzke überlegte, desto klarer wurde ihm, dass das Schicksal war. Karma. Bestimmung. Es hatte nicht sein sollen. Er konnte sich nicht vor der Welt verstecken. Das Zeichen war eindeutig. Es gab nur noch einen Ausweg.

Abrupt drehte sich Watzke um.

Sandra hatte das Licht ihrer Taschenlampe auf die niedrigste Leistung gestellt. Sie tastete sich vorsichtig in der Felsspalte nach vorn, bis diese sich weitete. Sie konnte nun mit den beiden Polizisten nebeneinanderstehen. Die Höhle war schmal und zog sich mit einer leichten Steigung weiter in den Berg hinein. Eine solide Holzleiter lag seitlich an der Wand. »Wenn die Leiter hier oben ist, muss auch Watzke hier irgendwo sein«, flüsterte Sandra ihren beiden Begleitern zu. Die zwei nickten.

Sie versuchten so wenig Geräusche wie möglich zu machen, verständigten sich mit Gesten und tasteten vorsichtig den Boden ab, bevor sie einen Schritt machten.

Glücklicherweise war der Untergrund sandig. Hinter jeder Biegung konnte der Ex-Terrorist Watzke sitzen und sie bedrohen, das war allen klar.

Dann hörten sie ein Geräusch. Sandra spürte eine Gänsehaut über ihre Arme rieseln und ihren Puls steigen. Der Adrenalinschub schärfte ihre Sinne und machte sie hellwach. Sekundenschnell zogen alle drei ihre Waffen und leuchteten in Richtung des Scharrens. Es kam nicht von vorne, sondern von hinten.

Im Lichtkegel dreier Taschenlampen stand Sascha. Er war etwas außer Atem und schützte seine Augen gegen das grelle Licht.

»Sorry, Leute, ich konnte nicht da draußen herumstehen und warten. Habe den Bauch eingezogen, dann ging es.«

Regenschütz atmete hörbar aus. Sandra schüttelte den Kopf und winkte die Gruppe weiter. »Warte«, Sascha hielt sie zurück. »Wir haben die Leuchtrakete abgeschossen, aber kurz zuvor haben die anderen ebenfalls eine in den Nachthimmel gejagt. Sie müssen auch etwas gefunden haben. Ist also noch nicht sicher, ob das hier wirklich die richtige Höhle ist. Eiselt und Dr. Winkelmeier halten draußen die Stellung.« Sandra nickte. Jede Faser ihres Körpers war angespannt und ihr Gehirn arbeitete auf Hochtouren. Wenn Richters Gruppe auch auf einen Eingang gestoßen war, was bedeutete das? Gab es noch ein Versteck? Würden sie hier nur Watzke finden? Oder die Frauen? Und wo war Leo?

Mit nur wenig Licht tasteten sie sich vorwärts, bis Sandra hinter einer kleinen Biegung einen Lichtschimmer wahrnahm. Sie warnte die Männer hinter sich und schaltete das Licht aus. Zentimeter für Zentimeter robbten die Polizisten auf dem sandigen Boden weiter, bis sie in die Tiefe schauen konnten.

Detlef Watzke funktionierte ab sofort nur noch wie in Trance. Er hatte sich dieses Szenario immer wieder vorgestellt, aber nicht in seiner Höhle. Diese Höhle hier, die war ihm die letzten vier Jahre erschienen wie seine Rettung, die Lösung aller Probleme, aber nun wurde sie zur Hölle, zum Hades, zum Inferno.

Wenn er hier nicht mehr sicher war, dann gab es keine Alternative. Watzke hatte zwar die niedrige Höhle für Chantal präpariert, aber nun würde er alles sprengen.

Drohend hielt er das Messer in der Hand und lief aufgeregt vor dem Tisch hin und her. Wann immer Leo aufzustehen versuchte, stach er damit wie mit einem Schwert in seine Richtung. Dann hielt er inne und scheuchte sie wie Tiere auf. »Los, da rüber! Los! Los!« Die Frauen gingen ihm zu langsam, der vermeintliche Wanderer blieb mit seinem Bein am Tisch hängen. Watzke nahm den Stuhl wie ein Schild in die Linke, fuchtelte weiter mit dem Messer und stieß sie vorwärts, bis ans Ende der Höhle. Der Mann taumelte. Gut so, offenbar war er ziemlich schwach. Watzke zwang die Gruppe über den Felsspalt, in dem das Wasser und ihre Abfälle versickerten, in den hinteren Hohlraum. Der, den er für Chantal vorgesehen hatte. »Rein da!«, schrie er. Als der Mann sich umdrehte, stieß Watzke ihm das Stuhlbein so hart an die Brust, dass er rückwärts umfiel. Verschreckt halfen die Frauen dem auf Bayrisch vor sich hin Fluchenden auf und zerrten ihn nach hinten, hinein in die stockfinstere Nebenhöhle. »Jeder, der wieder rauskommt, wird es bereuen! Habt ihr verstanden?«

Die Angst in Christines Augen schmerzte Watzke ein wenig, aber darauf konnte er jetzt keine Rücksicht mehr nehmen. Er holte seinen Koffer unter dem Bett hervor. Für den hatte sich Chantal vor ein paar Tagen interessiert, bis er ihr weisgemacht hatte, dass er nur weitere Kreuzworträtselhefte enthielte. Sie hatte daraufhin die Finger von ihm gelassen.

Er wuchtete den Koffer auf das Bett und öffnete ihn. Drinnen war sein wertvollster Besitz. Hinter dem war nicht nur die Polizei her – eine ganze Reihe von Leuten würde einiges darum geben, sein Semtex zu besitzen. Immer wieder huschte sein Blick hinüber Richtung Nebenhöhle, aber da war nichts zu sehen.

Vorsichtig, fast liebevoll, holte er die zwölf verbliebenen Pakete Semtex heraus. Er kannte sich bestens aus mit seiner gelben Knete, wie er sie scherzhaft nannte. Semtex H, bestehend aus fast fünfzig Prozent PETN und fünfzig Prozent Hexogen. Dazu ein wenig Weichmacher, Binder und Antioxidans. Ein wirkungsvoller plastischer Sprengstoff, der sich hervorragend für die Arbeit unter Tage eignete, aber eben auch, um Löcher in Botschaften oder Ministerien zu sprengen. Für den Anschlag auf das Innenministerium in Berlin hatte er nur zwei Kilo verwendet, die Fuge, die er dafür ausgesucht hatte, hatte so genial gelegen, dass es garantiert ein riesiges Loch in die Wand gerissen hätte. Aber leider war er vorher aufgeflogen. Die Jahre im Gefängnis hatte er nicht in guter Erinnerung. Sybille hatte ihn nicht ein einziges Mal besucht, das war das Schlimmste gewesen.

Die Pakete verströmten einen Geruch nach Nitro, ein Duft, der ihm wohlig vertraut war. Über Jahre hatte er mit dem Semtex gearbeitet, hatte es sogar direkt in der Fabrik, gut einhundert Kilometer östlich von Prag, eingekauft. Mit den richtigen Verbindungsleuten kam man in den unruhigen Zeiten nach dem Mauerfall und der Auflösung der politischen Blöcke an fast alles heran, was es auf dem westlichen Markt nicht zu kaufen gab. Waffen, Geschütze, sogar Panzer wurden angeboten.

Watzke wählte die Seitenwand, über der der Stollen endete. Sie würde in die Höhle stürzen, den Stollen zerstören und alles so weit verschütten, dass niemand mehr am Leben bleiben würde. Wenn er nicht hier sein konnte, sollte auch kein anderer hier sein.

Er drehte sich um, um sich zu vergewissern, dass die drei Störenfriede in dem Hohlraum blieben. Dort rührte sich nichts. Gut so.

Leo richtete sich langsam wieder auf. Der Stoß auf sein Sternum war so heftig gewesen, dass ihm die Luft weggeblieben war. Chantal hatte ihn nach hinten in diese niedrige Höhle gezogen und er war ihr stolpernd gefolgt. Um nicht dauernd an der Felsendecke anzustoßen, setzte er sich. Er musste erst mal wieder einen klaren Kopf bekommen. Was war hier los?

»Was wisst ihr über diesen Mann?«, fragte er.

»Dass er verrückt ist«, zischte Chantal.

»So gut wie nichts. Keinen Namen, nicht, wo er herkommt oder was er früher gemacht hat«, ergänzte Christine.

»Er ist ein Ungeheuer«, flüsterte Chantal.

»Nein, nur ein wenig verschroben. Aber klug«, hielt Christine dagegen.

»Klug? Inwiefern klug?« Leo rang noch immer nach Luft.

»Er löst dauernd Kreuzworträtsel. Richtig schwierige und das in Rekordzeit«, sagte Christine.

Kreuzworträtsel? Wo hatte er erst kürzlich Kreuzworträtselhefte …? Der Mann aus dem verlassenen Haus! Leo war sich mit einem Schlag sicher, dass er es mit dem Bewohner des heruntergekommenen Hofs von Hermine Protzsche zu tun hatte. Die Steine im Gebäude, die Kreuzworträtsel, das leichte Berlinern, alles passte.

»Ich glaube, ich weiß, wer das ist«, sagte er und mühte sich aufzustehen. Chantal half ihm hoch. »Du kennst den Mann?«, fragte sie ungläubig. »Nein«, Leo machte eine abwehrende Handbewegung. »Kennen ist zu viel gesagt. Ich erkläre euch das später. Jetzt müssen wir erst mal was unternehmen.«

»Geh mal gucken, Mutti, was er macht«, sagte Chantal.

Watzke suchte mit geübten Augen die Höhlenwände nach Spalten und Ecken ab, platzierte das Semtex und steckte Zünder hinein.

»Was tust du da?« Christines Stimme riss ihn aus der Konzentration. Sie stand allein in der Ecke vor der Felsspalte, die beiden anderen sah er nicht.

»Ich hole uns jetzt raus!« Er freute sich über die gelungene Formulierung. »Geh sofort wieder in der Höhle in Deckung ...«

»Aber, Professor, das ist doch Wahnsinn!« Christine klang verzweifelt, es tat ihm ein wenig leid. Aber gleichzeitig juckte es ihn in der Kehle zu lachen.

Er drehte sich abrupt um und funkelte sie an. »Wahnsinn ist, dass erst du und deine missratene Tochter hier auftauchen und dann noch einer und nächste Woche wahrscheinlich noch jemand! Das hier ist meine Höhle, ich will sie nicht teilen, schon gar nicht mit Chantal und diesem neuen Kerl.«

»Irgendjemand wird uns finden, Professor, dann kannst du auch wieder raus. Du wolltest doch nicht ewig hier unten bleiben. Das ist doch kein Ort für einen Menschen, um zu leben.« Ihre Stimme klang schrill, sie war in Panik.

»Hör auf, dich in mein Leben einzumischen!«, schleuderte er ihr entgegen. »Geht alle hinten in Deckung! Das ist eure einzige Chance.«

»Was tut er?«, fragte Leo, als Christine aufgelöst zurückkam.

»Er hat seinen großen Koffer aufgeklappt und er sagt, er holt uns jetzt raus und wir sollen uns hier in Deckung begeben. Ich verstehe das alles nicht. Was bedeutet das?«

Christine tastete sich ganz nach hinten und hielt plötzlich inne. Sie schnupperte, sah sich in der fast dunklen Höhle um und flüsterte: »Ich brauche Licht, hier riecht es so komisch.«

Leo kroch sofort zu ihr und tastete die Decke ab. Der Nase nach fanden sie den weichen Klumpen, der in eine etwa vier Zentimeter breite Felsspalte gepresst war. Leo hatte noch nie Semtex in der Hand gehabt, aber er wusste, dass es einen typischen Geruch verströmte. Als er den Sprengstoff aus der Ritze puhlte, fühlte er auch den Zünder.

»So also sieht ein sicheres Versteck für uns aus«, knurrte er leise. »Dieser Verrückte hätte uns hier in die Luft gejagt. Keinen Ton, sonst merkt er, dass wir es gefunden haben.« Leo holte etwa ein Kilo von der gelben Knete aus dem Felsspalt. »Oh Gott, tu das weg!«, flüsterte Chantal atemlos. »Ist das Dynamit?«

Leo schüttelte den Kopf und betrachtete den Zünder. »Das ist Plastiksprengstoff. Ohne Zünder geht hier gar nichts hoch. Eine Sprengung wird elektrisch ausgelöst. Den Auslöser müssen wir finden.«

Christine erstarrte. Sie konnte nicht fassen, was Leo da sagte. »Er hätte uns einfach umgebracht? Ich dachte, er mag mich.«

»Oh Mutti, du und dein Helfersyndrom. Ich habe dir gleich gesagt, dass der völlig irre ist«, flüsterte Chantal.

»Wir müssen ihn aufhalten«, sagte Leo und kroch wieder vor Richtung Wohnhöhle.

Er würde den Mann in ein Gespräch verwickeln, ihn ablenken und dann überwältigen.

Als er um die Felsnase herumschlich und den Blick auf die komplette Höhle hatte, war Leo sofort klar, was der Verrückte da tat. Sein Blick fiel auf die ockergelben Sprengladungen, und kalte Panik rieselte seine Wirbelsäule hoch und stellte ihm die Nackenhaare auf.

Überall Semtex! Hektisch fixierte er die in zwei Spalten gepressten Klumpen. »Er sprengt die Höhle in die Luft«, flüstere er zu den beiden Frauen. Watzke hatte ihn gehört.

»Genau!«, brüllte er ihnen über die Schulter entgegen. »Ihr könnt mich nicht abhalten.« Er grinste und hielt mit der Linken drohend das Brotmesser hoch. Dann stopfte er mit der Rechten eine neue Spalte mit dem gelben Zeug voll. »Geht rüber und bringt euch in Sicherheit!«

Leo stand unschlüssig da. Er konnte nicht zulassen, dass der Typ in seinem Wahn die Höhle sprengte. Woher hatte dieser Mensch Semtex? Bisher hatte er angenommen, Chantal sei das Problem, aber nun war dieser magere Mann das viel größere. Der Kerl war nicht nur irre, er war auch extrem gefährlich. »Habt ihr ein Seil?«, fragte er.

»Da drüben.« Chantals Finger zeigte genau auf die andere Seite der Höhle. »Da liegt eins. Was willst du tun?«

»Ihn überwältigen und davon abhalten, dass er die ganze Höhle in die Luft sprengt. Das überleben wir nicht.«

»Aber wir wären doch wirklich abgeschirmt, nachdem wir dieses Zeug aus der Spalte geholt haben. Ich will hier raus, verstehst du? Wenn er die Wand wegsprengt, haben wir endlich einen Weg nach draußen.« Chantal hielt ihn am Jackenärmel fest.

»Blödsinn! Das ist die Wand, die unterhalb des Stollens liegt. Der Stollen ging fast im rechten Winkel in den Berg hinein. Wenn er also jetzt sprengt, ist das nicht die Wand nach außen, sondern irgendwo Richtung Berg. Wir werden einfach verschüttet!« Leo spürte förmlich, wie die paar Kohlehydrate aus dem Zwieback sein Gehirn und seinen Körper mit neuer Energie fluteten. Wieso hatte er das nicht gleich erkannt? Jetzt war er hellwach.

»Ich lenke ihn ab, und versuche ihn zu überwältigen. Organisiert etwas, um ihn zu fesseln!« Leo bedeutete den Frauen, hinter ihm zu bleiben, dann ging er gezielt auf den Mann zu.

»Ostwind mit sieben Buchstaben?«
Der Mann drehte sich erstaunt um und starrte ihn an.
»Levante.« Es funktionierte!
»Musikalischer Ausdruck für leidenschaftlich mit zwölf Buchstaben?« Leo tastete sich langsam vorwärts.

Watzke schloss kurz die Augen, öffnete sie wieder und sagte: »Appassionato.«

»Griechische Rachegöttin mit neun Buchstaben?«

»Tisiphone.«

Leo war fast bei ihm, als Watzke blitzschnell nach links auswich.

Mit zwei Sätzen war er um den Tisch und bei Christine und hielt ihr das Messer an die Kehle. Die stieß einen spitzen Schrei aus.

»Weg von mir und rein in die Höhle, sonst mache ich hier kurzen Prozess!«, brüllte Watzke. Christine hing mit schreckgeweiteten Augen in seiner Umklammerung.

Leo biss sich auf die Lippen. Das hatte er verbockt. Er war zu langsam gewesen. Provokation war seine letzte Chance. Mit in die Hüften gestemmten Händen baute er sich breitbeinig vor Watzke auf.

»Kurzen Prozess? So wie mit Jatzek Novotny, wie mit Pawel Ostrowni, wie mit Hermine Protzsche?« Er hatte keine Ahnung, ob dieser unberechenbare Kerl die wirklich alle auf dem Gewissen hatte, am allerwenigsten bei der alten Frau aus dem Wald. Aber Helga Dünnebier hatte ihm nun mal diesen Floh ins Ohr gesetzt, und der war eben mit herausgehüpft.

Was er erreichen wollte, passierte. Watzke hielt inne und schaute ihn erstaunt an.

»Diese Leute kenne ich nicht. Tante Hermine hatte einen Herzinfarkt, die habe ich nicht auf dem Gewissen.«

»Oder doch, um ihre Rente zu kassieren und in ihrem Haus unterzutauchen?«

»Wer bist du?«, zischte Watzke und drückte Christine das Messer so fest an den Hals, dass sie aufschrie.

Chantal zuckte zusammen. Gleichzeitig, das konnte Leo spüren, war sie plötzlich misstrauisch ihm gegenüber.

»Lass meine Mutter in Ruhe, du Irrer!« Sie packte sich einen Stuhl und erhob ihn drohend gegen Watzke. Der ließ sich kurz ablenken und Leo nutzte den Augenblick, um auf ihn zuzuspringen. Er riss ihm den Arm mit dem Messer von Christine weg und drehte ihn auf seinen Rücken, wie er es in der Polizeischule gelernt hatte, bis Watzke das Messer fallen ließ. Christine brachte sich in Sicherheit, während Watzke begann, wild um sich zu schlagen.

»Hohl das Seil, Chantal!«, rief Leo und kämpfte darum, die Oberhand zu behalten. Watzke versuchte, sich zu entwinden und trat mit den Beinen nach ihm. Leo spürte, dass er längst nicht so fit war wie üblich. Aber das war nach den strapaziösen Tagen im Loch da draußen auch nicht verwunderlich. Watzke schlug ihm hart ins Gesicht. Mit allerletzter Kraft hielt Leo seinen Gegner fest und versuchte, ihn in den Schwitzkasten zu nehmen. Er stellte Watzke ein Bein und ließ sich auf ihn fallen, aber der wehrte sich heftig. Verzweifelt spürte Leo, dass er den Mann nicht lange würde halten können. Seine Armmuskeln zitterten bedenklich.

In diesem Augenblick wurde es plötzlich hell.

Sandra hatte mit Sascha, Regenschütz und Berger an der Felskante zur Höhle gekauert und perplex die Szenerie beobachtet, die sich unter ihnen darbot. Christine Böhmer hatte mit einem langen Messer in der Hand neben Chantal gestanden und angespannt zugesehen, wie zwei Männer auf dem Boden miteinander rangen. Sobald Sandra im matten Licht der beiden Glühbirnen Leo erkannt hatte, hatte sie ihre Taschenlampe auf volle Kraft geschaltet und hinunter geleuchtet.

Die vier Eingeschlossenen blinzelten in das unvermittelt helle Licht. Leo ließ Watzke nicht los, brüllte aber nach oben:

»Die Höhle ist voll mit Plastiksprengstoff! Ich brauche sofort Hilfe, um diesen Mann hier festzunehmen!«

Christine Böhmer schaute entgeistert von den kämpfenden Männern zur Lichtquelle und zurück. »Was kann ich tun?«, rief sie. »Wer ist da oben? Holen Sie uns raus, helfen Sie uns!« Chantal Böhmer hielt ein Seil in der Hand und wirkte wie zur Salzsäule erstarrt.

Plastiksprengstoff? Oh Gott, was für ein Chaos, schoss es Sandra durch den Kopf. Sie suchte hektisch mit der Taschenlampe die Felswände ab. Tatsächlich entdeckte sie zwei ockergelbe Flecken in denen kleine Metallröhrchen, wahrscheinlich die Zünder, steckten. Unten kämpfte Leo mit diesem Watzke. Sie sah keine Möglichkeit, Leo zu helfen, es sei denn, sie wäre die fünf Meter nach unten gesprungen. Die Leiter, die sie zum Aufstieg benutzt hatten, war längst nicht lang genug, um diese Höhe zu überwinden. »Wir müssen da so schnell wie möglich runter«, raunte sie ihren Begleitern zu. Regenschütz hatte wohl genau das Gleiche gedacht. Er schlang bereits ein Seil um eine Sandsteinsäule, um sich zu sichern, während Berger den Flaschenzug zu sich zog.

»Aha, das Seil ist aus der Holzrolle gehüpft. Aber das Gewicht der Plattform unten war zu groß, als dass sie das Seil aus der verklemmten Position hätten befreien können.« Sandra sah wieder nach unten.

Die Frage war, wie lange Leo noch durchhalten würde. Er sah schlimm aus. Völlig verdreckt, mit eingefallenen Augen und einem Drei-Tage-Bart, der die Schatten in seinem Gesicht verstärkte.

Während Regenschütz das Seil in den Karabiner seines Klettergurtes einhakte, versuchte sie es mit drohender Autorität:

»Hier ist die Kriminalpolizei Dresden. Herr Watzke, Sie lassen jetzt sofort meinen Kollegen los und stellen sich mit erhobenen Händen hin. In wenigen Minuten werden wir unten bei Ihnen sein und Sie festnehmen. Sie haben überhaupt keine Chance, dem zu entgehen.«

Watzke keuchte und hielt kurz still. Dann reckte er den linken Mittelfinger hoch ins Licht und krächzte: »Mich kriegt ihr nicht mehr ins Gefängnis. Nie wieder!«

Sandra konnte ihn nur undeutlich verstehen, aber sie sah, dass er versuchte, etwas aus der linken Hosentasche zu holen.

Siedendheiß wurde ihr klar, dass er versuchte, die Zünder zu aktivieren. »Hier, leuchte!« Sie entsicherte Saschas Waffe und zielte, während Sascha den Lichtstrahl auf die beiden Männer hielt. Leo und Watzke kämpften noch immer verbissen und rollten auf dem Höhlenboden herum. Sie ließ die Waffe sinken, denn sie hätte jederzeit Leo treffen können.

Ihre Hand zitterte, sie versuchte sich zu konzentrieren. Wo waren die beiden Frauen, eben hatte sie doch Chantal gesehen. Wo war Christine Böhmer?

»Frau Böhmer, sind Sie da unten?«, rief sie.

Christine Böhmer trat in den hellen Lichtkegel und blinzelte zu ihr hoch.

»Frau Böhmer, ich bin Sandra Kruse von der Kriminalpolizei Dresden. Helfen Sie meinem Kollegen. Wir holen Sie so schnell wie möglich raus, aber jetzt müssen Sie verhindern, dass die Höhle in die Luft gesprengt wird.«

Christine stand unschlüssig neben den beiden ineinander verkeilten Männern. Hilfesuchend sah sie sich nach Chantal um. Die kam plötzlich auf ihre Mutter zu und riss ihr das Messer aus der Hand. Dann trat sie Watzke mit voller Wucht in die Seite. Der schrie auf und hielt inne. Geistesgegenwärtig verpasste Leo ihm einen Schlag an die Schläfe. Watzke sank bewusstlos zusammen. Sandra sah, dass Leo mit seinen Kräften am Ende war. Sie mussten ganz schnell und dringend hinunter. Regenschütz schwang sich über den Abgrund und begann, sich mit geübten Sprüngen abzuseilen.

Während Leo sich schwer atmend auf die Seite sinken ließ, versuchte Sandra, die Stimmung unten zu beschwichtigen. »Wir kommen jetzt runter und holen Sie da raus. Es wird alles gut! Es ist vorbei.«

Regenschütz hangelte sich langsam nach unten, Sandra drehte sich kurz um und sah, dass sich auch Berger für den Abstieg fertigmachte. Sie würde als nächstes gehen. Als sie wieder nach unten schaute, warf Chantal eine Seilschlinge um den erschöpften Leo und zog sie straff. In Windeseile wickelte sie ihm das Seil um Arme und Oberkörper, kniete sich dann hinter ihn und hielt ihm das lange Messer an die Kehle. Er hatte keine Chance, sich zu wehren.

»Chantal Böhmer, was um Himmels willen treiben Sie da?«, brüllte Sandra nach unten. Watzke lag offenbar bewusstlos am Boden, Christine Böhmer stand wie erstarrt in der Mitte der Höhle und schaute ihre Tochter an. Chantal hob nun den Blick ins Licht von Sandras Taschenlampe und rief: »Sie holen mich jetzt hier raus, und ich bekomme ein Fluchtfahrzeug, freies Geleit und einen Vorsprung von einer Stunde. Ansonsten ist Ihr Kollege hier tot.«

Sandra hörte atemlos zu. Sie sah Sascha an.

Der bedeutete ihr, dass sie ihm die Taschenlampe geben solle. Sie stand auf und sah, dass Regenschütz inzwischen auf dem Höhlenboden stand und sich Berger routiniert das Seil um seinen Körper schlang. Sascha deutete auf den Klettergurt, den Berger dagelassen hatte. Sandra nickte und stand auf.

Sascha übernahm ihren Platz.

»Chantal Böhmer«, begann er mit ruhiger, samtiger Stimme. »du bist doch nicht doof, Mädchen. Du handelst mit Drogen, okay. Aber du wirst doch hier nicht vor den Augen von zehn Polizisten einen von uns umbringen.« Das machte Sascha gut, fand Sandra, und legte sich den Klettergurt um. Als Friedensstifter war er unschlagbar.

»Das werdet ihr schon sehen«, rief Chantal und drückte das Messer noch ein bisschen tiefer. Sandra konnte Angst in Leos Augen sehen und eine Blutspur, die vom Messer in seinen Hemdkragen rann. »Blende sie, damit wir an sie ran können!«, raunte sie Sascha zu, bevor sie das Seil in den Karabiner einhakte und sich ins Gedächtnis rief, wie man sich ordentlich abseilte. Gut, dass ihr Freund

Olli sie immer und immer wieder in der Halle des Sächsischen Bergsteigerbundes hatte üben lassen.

»Chantal, du bist noch so jung, hast dein Leben noch vor dir. Jetzt mach keinen Fehler, mit dem du dir alles versaust. Wenn du meinen Kollegen jetzt loslässt, vergessen wir das Ganze und du hast die Chance, da noch glimpflich herauszukommen«, hörte sie Sascha sagen.

Sandra schwang sich über den Rand in die Tiefe. Fünf Meter können verdammt hoch sein. Sie war noch nicht weit gekommen, als unter ihr wieder Hektik ausbrach.

»Mutti!? Was machst du? Hör auf!« Chantal schrie wütend. Sandra ließ noch einmal Seil nach und stand schließlich auf dem felsigen Höhlenboden.

»Meine einzige Tochter tut mir so was an«, Christine Böhmer bewarf Chantal mit einer Dose Eintopf. Chantal versuchte auszuweichen und fuchtelte mit dem Messer vor Leos Gesicht herum.

»Du bist eine Kriminelle! Und mir hast du erzählt, die Kreuzfahrt hättest du in einem Preisausschreiben gewonnen. Du lügst mich an. Meine Tochter! Wo ich immer alles für dich getan habe!« Christine kreischte sich in Rage.

Sandra bedeutete Berger und Regenschütz, sich von verschiedenen Seiten der Gruppe zu nähern. Mit gezückter Waffe pirschten sich alle drei an Chantal heran. Der Lichtkegel der Taschenlampe war so hell, dass sie die Polizisten kaum sehen würde. Aber Christine Böhmer hatte noch mehr Munition. Sie traf Chantal mit einer Dose Bohneneintopf so hart an der Schulter, dass diese das Messer fallen ließ. Leo bäumte sich auf, um Chantal abzuwerfen und bekam deshalb die nächste Dose an den Kopf. Im gleichen Moment sprangen Sandra und ihre beiden Begleiter aus dem Dunkel.

»Hände hoch!«, brüllte Sandra und hielt Chantal die Waffe vors Gesicht.

Regenschütz half Christine auf und Leo lag stöhnend am Boden.

Da brüllte Sascha von oben: »Achtung, Watzke!«

Watzke war wieder aufgewacht und hielt den Zündmechanismus in der Hand. Sandra wirbelte herum und warf sich auf ihn. Sie versuchte seinen Arm festzuhalten, bevor Regenschütz da war und ihm die Fernbedienung aus der Hand wand.

Sandra stand unter Hochspannung. Sie spürte, wie das Adrenalin ihre Hände zittern ließ. Als sie sich fragte, ob sie nun alles unter Kontrolle hatten, knipste jemand ein zusätzliches Licht an.

Plötzlich war die Höhle von einem vielschichtigen Stimmengewirr erfüllt. In einem Spalt, gut vier Meter über dem Höhlenboden, tauchte Richters Kopf auf, dazu der von Kopischke und von noch ein paar Polizisten in Uniform. Sascha leuchtete hinüber, und unten wurde es dunkel. Dann fiel das Licht aus dem Spalt wieder in die Höhle. Es war ein Tohuwabohu aus Lichtern, Befehlen und Rufen.

»Sascha, leuchte hier zu uns!«, brüllte Sandra. Als sie wieder Licht hatte, sah sie, dass Regenschütz Watzke festhielt, Leo offenbar ohnmächtig war, Berger die hyperventilierende Chantal am Wickel hatte und sie selbst mit der Pistole in der Hand vor Christine Böhmer stand, die mit schreckgeweiteten Augen eine Dose Bohneneintopf umklammerte.

Als Leo wieder zu sich kam, sah er tanzende Lichter und fremde Menschen. Seine Schläfe pochte schmerzhaft.

Träumte er? Leo schloss noch mal die Augen, aber dann wurde er angesprochen. »Kommissar Reisinger?« Man hatte ihn mit Watzkes Bettdecke zugedeckt. Ein Polizist kniete neben ihm und tastete nach dem Puls an seinem Handgelenk. »Nu, da ist er wieder«, sagte er zufrieden. Leo setzte sich auf und spürte Schwindel. »Wo sind der Verrückte mit dem Sprengstoff und die Böhmer-Frauen?«, fragte er.

»Festgenommen und eben mit der Plattform hochgezogen. Die haben wir von oben ganz schnell wieder in Gang bekommen. Es war nur das Seil aus der Rolle gehüpft.« Leo schaute sich um. Tannhauser winkte ihm zu. Einige Polizisten dokumentierten bereits die Einrichtung in der Höhle und machten Fotos.

»Das war ja 'n Ding«, sagte der Polizist anerkennend. »Oberwachtmeister Berger, wir kennen uns von letzter Woche. Ich habe Ihre Kollegin Kruse begleitet und alles mit angesehen.«

Leo nickte matt. »Ich will raus hier, Berger.«

Nachdem er wie alle anderen mit der reparierten Plattform nach oben gezogen worden war, nahm Sascha ihn in Empfang und umarmte ihn.

»Oh Mann, es tut so gut, dich zu sehen«, sagte Sascha. Leo ließ sich diese Umarmung gern gefallen.

»Warte es ab, es kommt noch besser«, sagte Sascha und half ihm in der Höhle bis vor zur Leiter. Draußen war der Wald hell erleuchtet, ein Hubschrauber schwebte mit schwerem Motorengeräusch über ihnen und machte die Nacht zum Tag. Leo konnte nur undeutlich sehen, dass jede Menge Leute unten im Wald standen. Wo war Sandra?

Sascha stieg vor ihm die Leiter hinunter und bewachte jeden seiner Schritte. Leos Knie zitterten bedenklich. Als er von der letzten Leitersprosse auf das Laub zwischen den beiden Steinmauern trat, stürmte Reinhard Richter, sein Chef, auf ihn zu.

»Reisinger! Gottlob sind Sie wieder da und unverletzt.« Richter umarmte ihn nicht, aber das war gut so. Wo war Sandra? Er wollte sich so dringend bei ihr bedanken. Er sah sich um und entdeckte sie bei Kröger und Sascha. »Kann ich mit euch runtergehen, ich bin noch ein bisschen zittrig auf den Beinen. Und, Sandra: Danke!« Er drückte seine Kollegin gerührt an sich.

»Junge, Junge, du brauchst dringend eine Dusche«, sagte sie, ließ ihn aber nicht los. Als er die Augen wieder öffnete, fiel sein Blick auf ... er konnte es kaum glauben ... »Veronika?«

Blass und mit einem tapferen Lächeln trat sie auf ihn zu und nahm ihn in die Arme.

Seine Knie gaben nach, aber Leo fing sich wieder. »Himmel, bin ich froh, dass es dir gut geht«, sagte sie mit zitternder Stimme. Er konnte hören, dass sie fast weinte. »Ich habe in den letzten drei Tagen viel Zeit zum Nachdenken gehabt, Vroni. Ich muss dir so viel sagen.« Nun war es seine Stimme, die fast kippte.

Veronika nickte und legte seinen rechten Arm über ihre Schulter. Ihre Mundwinkel zuckten, sie sah ihm lange in die Augen.

»Da staunst du jetzt, was? Du bayrisches Urvieh«, sagte Sandra und griff sich Leos anderen Arm. Gemeinsam stützten sie ihn in kleinen, vorsichtigen Schritten hinunter ins Tal.

Taghelle Scheinwerfer tauchten Watzkes altes Haus in grelles Licht. Gleich hinter der Absperrung hatten sich zahlreiche Schaulustige versammelt. Als Leo mit Sandra und Veronika an ihnen vorbeiging, entdeckte er ein bekanntes Gesicht. »Grüß Gott, Frau Dünnebier!« Er winkte ihr zu. »Ah, der Krimikommissar aus Bayern, ich hab mich schon gewundert, wo Se bleiben. Is ja ordentlich was los hier.« Helga Dünnebier strahlte ihn an. Leo lächelte zurück, obwohl er völlig erschöpft war und die Beule an seiner Stirn bei jedem Schritt schmerzte. Ja, er war wieder aufgetaucht. Das helle Licht und die beiden Frauen an seiner Seite kamen ihm wie ein Geschenk vor. Er wollte nach Hause.

Epilog I

»Was hat sich diese blöde Schlampe bloß dabei gedacht!?«
Langsam rollte der schwarze BMW aus, bis er auf dem abschüssigen Weg vor dem Pajero zum Stehen kam. Jatzek Novotny zog die Handbremse an und stieg aus. Er war so was von sauer. »Das war deine letzte Fahrt! Ich mach dich fertig!«, fluchte er und lief um den Geländewagen herum. Der war leer und verschlossen. Novotny ging zurück zu seinem BMW und holte den Ersatzschlüssel aus dem Handschuhfach. Er entriegelte den Pajero, der mit dem Heck zum Hang stand, und warf den Autoschlüssel wieder zurück. Dann lief er um den sandfarbenen Wagen herum und öffnete die Heckklappe. Innerhalb von Sekunden hatte er die Box aufgerissen und sich davon überzeugt, dass die Lieferung noch da war.

Erleichtert setzte er sich auf den Rand des Kofferraumes. Der Boss kam erst am Montagmorgen zurück, er brauchte nicht unbedingt zu wissen, dass einer seiner Kuriere verschwunden war. Hauptsache, der Stoff war da. Um diese Schlampe würde er sich später kümmern, die würde schon wieder auftauchen. Jetzt musste er erst mal seine angespannten Nerven beruhigen. Novotny öffnete eine der Tüten, nahm eine Prise, zerrieb sie zwischen seinen Fingern und schnupfte sie.

In seinem Kopf explodierten augenblicklich mehrere Sonnen. Das Zeug war richtig stark! Sein Puls raste nach oben. Er spürte, wie ihn eine warme, weiche Welle überschwemmte. Ihm wurde schwarz vor Augen. Mit dem Gesicht voran kippte Novotny hinter dem Geländewagen auf den Weg.

Das ließ auch den Pajero erzittern. Kaum spürbar, doch das genügte. Wie immer hatte die Fahrerin vergessen, die Handbremse anzuziehen. Nun setzte sich der Wagen auf dem leicht abschüssigen Pfad in Bewegung. Gemächlich rollte das rechte Hinterrad über Novotnys Schienbein.

Der heftige Schmerz brachte ihn beinahe wieder zur Besinnung. Die Vorderräder beschrieben eine leichte Kurve. Es war das linke, das über seinen Nacken rollte. Und es waren knapp zwei Tonnen Gewicht, die ihm das Genick brachen. Der Geländewagen nahm nun Fahrt auf und holperte über die Wiese hinunter in den Wald.

Über der Sächsischen Schweiz braute sich eine dichte Wolkenwand zusammen. Für das Wochenende war Dauerregen angesagt.

Epilog II

Am Freitagabend saß Leo bei Uwe Krögers Geburtstagsparty, es waren fast alle Kollegen aus der Abteilung mit ihren Partnern gekommen. Nachdem es die beiden Wochen zuvor ungemütlich kalt und regnerisch gewesen war, bescherte Hoch Benedicta Sachsen seit zwei Tagen einen prächtigen Altweibersommer mit sommerlichen Temperaturen und Sonnenschein. Kröger hatte deshalb beschlossen, die Feier in den Garten zu verlegen. Sandra war mit ihrem Olli und mit Laika erschienen. Sascha war zwar allein gekommen, aber bestens gelaunt. Leo hatte vor Aufregung rote Flecken auf den Wangen, wohl, weil Veronika neben ihm saß. Er hatte sie überredet, nach der ganzen Aufregung noch bis zum Wochenende in Dresden zu bleiben. Sie würde erst am Sonntagnachmittag wieder nach Hause fahren. Leo ließ sie nicht aus den Augen und suchte immer wieder Körperkontakt, er hielt ihre Hand oder legte den Arm um sie.

Dazu saßen noch ein paar Freunde von Kröger mit am großen Gartentisch. Der Hausherr trug eine Grillschürze um den Bauch gebunden und erläuterte mit großen Gesten und einer riesigen Gabel in der Hand, was er alles auf seinen Hochleistungsgrill zu legen gedachte: »Leute, es gibt Schweinenacken, Bratwürste und Lamm.« Seine

Frau trug Schüsseln mit Salaten und frischen Kartoffeln, Brot und Soßen aus der Küche, bis der Tisch komplett voll war.

Sandra druckste ein wenig herum. »Äh, Uwe, ich wollte dir das vorhin schon sagen, Olli und ich sind seit einiger Zeit Vegetarier. Kannst du uns ein bisschen Gemüse grillen?«

Kröger sah sie entgeistert an und tippte dann auf seine Schürze. Da stand in großen Buchstaben: »Fleisch ist mein Gemüse.«

»Mensch Sandra, was ist das denn nun wieder? Menschen sind Allesfresser, das ist medizinisch gesichert.«

»Aber es ist ökologisch sinnvoll und schont unseren Planeten, wenn weniger Fleisch produziert und gegessen wird«, antwortete Sandra.

»Das stimmt«, mischte sich Leo ein. »Eine Kuh erzeugt allein drei Tonnen CO_2 pro Jahr und braucht viel Wasser. Vegetarier leben ökologisch deutlich sparsamer.«

Sandra warf ihm einen dankbaren Blick zu.

Krögers Frau rettete die Situation: »Ich geh mal gucken, was ich so an Gemüse dahabe. Da wird sich schon was zum Grillen finden.«

»Na, dann bekommt eben Laika dein Fleisch«, sagte Kröger.

»Nein!« Sandra schüttelte bestimmt den Kopf. »Laika soll auch kein Fleisch mehr fressen. Olli ist zwar dagegen, aber ich habe vegetarisches Hundefutter gefunden. Man kann einen Hund durchaus auch ökologisch verantwortungsvoll ernähren. Wir müssen schließlich an die Zukunft denken.«

Leo war platt: »Du kannst doch einen Hund nicht vegetarisch ernähren, Sandra. Das ist komplett gegen seine Natur.«

Aber sie ließ sich nicht beirren. »Dass ihr Männer immer so scharf auf Fleisch seid ...« Sie tätschelte Olli liebevoll den Oberschenkel. »Ich bin ganz sicher, dass Laika damit gut zurechtkommt. Wo ist sie überhaupt?«

Laika war begeistert in Krögers Garten herumgestromert und hatte ausgiebig jede Ecke und jeden Strauch beschnüffelt. Aber nun war sie nicht mehr zu sehen.

Olli stand auf und suchte sie.

Bald holte er seine Hundepfeife aus der Hose, um sie zu rufen.

Alle hielten Ausschau nach dem Hund und fast alle entdeckten ihn gleichzeitig. Laika kam aus Nachbars Garten gelaufen und schleppte etwas Großes im Maul. Mit einem eleganten Satz sprang sie über den niedrigen Drahtzaun und blieb stehen, um ihren braunen Fang mit heftigen Kopfbewegungen hin und her zu schleudern.

»Oh Gott, was ist das denn?«, fragte Sandra zaghaft.

Olli ging auf Laika zu. Die junge Hündin war ein einziges Schütteln.

»Oh, nein, bitte lass es nicht das sein, was ich befürchte«, murmelte Kröger und stand auf.

Der Rest der Gruppe sah gebannt zu. Olli nahm der widerstrebenden Laika ihre Beute aus dem Maul und hielt sie hoch.

»Es ist ein Kaninchen!«

»Scheiße!«, sagte Kröger. Er schüttelte genervt den Kopf.

Olli gab ihm das Tier, das schlaff und tot in seiner Hand hing. »Leute, das ist ganz großer Mist. Das ist Romeo, der Liebling von Gernot, meinem Nachbar. Ein Rammler, mit dem er schon ein paar Preise gewonnen hat, auf die er mächtig stolz ist.«

Sandra hatte sich inzwischen zu ihrem Hund und den beiden Männern gesellt. »Laika, du böser Hund!« Die wedelte sie begeistert an. Die Gäste am Gartentisch, die zuerst noch munter weiter geplaudert hatten, bemerkten die veränderte Stimmungslage und scharten sich um Kröger.

»Gernot redet nie wieder mit uns, wenn er erfährt, dass wir seinen Romeo auf dem Gewissen haben«, stöhnte Krögers Frau.

Sandra biss sich schuldbewusst auf die Lippe. »Ich gehe hin und sage ihm, dass es unser Hund war. Damit habt ihr gar nichts zu tun.«

Kai Nolde besah sich derweil das Kaninchen genauer. »So richtig kaputtgemacht hat eure Laika den Burschen hier ja nicht. Ich schlage vor, wir machen ihn ein bisschen hübsch, und dann setzen wir ihn wieder in den Stall. So ein Kaninchen kann durchaus aus heiterem Himmel einen Herzinfarkt oder so was bekommen, oder nicht?« Er sah sich in der Runde um. Da keine Tiermediziner dabei und die meisten auch schon beim zweiten oder dritten Bier angelangt waren, fand die Idee eifrige Verfechter. Kröger gab das Tier nur ungern her, aber Noldes Frau Steffi holte sofort ihre Haarbürste aus der Handtasche, setzte sich mit dem braunen Kaninchen auf einen Stuhl und begann es zu bürsten.

»Es ist ganz schön dreckig. Wie hat Laika das auf dieser kurzen Strecke nur geschafft?«, fragte sie. »Los, Kai, Sandra, kommt mal mit.« Alle drei verschwanden in Krögers Haus. Die Stimmung in der Runde wurde wieder besser. Kröger legte noch eine Runde Fleisch auf den Grill.

Nach einer guten Weile kamen die drei mit dem Kaninchen wieder. Steffi hielt es im Arm, als ob es quicklebendig wäre und vom Herunterspringen abgehalten werden müsste. »Frisch gebadet, geföhnt und gebürstet! Na, was sagt ihr jetzt?« Das Kaninchen wurde allseits bewundert, dann stiegen Noldes feixend über den Zaun zum Nachbarn. Dort setzten sie den herausgeputzten Romeo wieder in sein Gehege.

Leo fand die Idee zwar verrückt, aber Veronika konnte kaum aufhören zu kichern, deshalb behielt er seine Bedenken für sich.

Als mit der einbrechenden Dunkelheit alle zu frieren begannen, beschlossen die Krögers, die Feier ins Wohnzimmer zu verlegen. Alle packten mit an, räumten Stühle in den Schuppen und Teller in die Küche. Das Geräusch

eines einparkenden Wagens vor dem Haus ließ alle auf-
horchen.

Feixend suchte sich jeder eine Aufgabe, um im Garten
bleiben zu können.

Sie mussten nicht lange warten. Kurz nachdem die
Gartentür geöffnet worden war, ertönte ein spitzer Schrei
im nachbarlichen Garten. Kröger bemühte sich um einen
besorgten Ton und rief: »Gernot, was ist los?«

Der Angesprochene taumelte zum Gartenzaun: »Ihr
glaubt nicht, was hier passiert ist. Gestern ist mein gutster
Romeo gestorben. Ich hab ihn da hinten zwischen den
Rosenbüschen begraben. Und nun, nun sitzt er wieder in
seinem Gehege. Das ist ein Wunder!«

Danke!

Wenn Sie dieses Buch mit Vergnügen gelesen haben, freut mich das sehr. Wie bei fast allen Dingen, die locker und leicht daherkommen, merkt man nicht, wie viel Arbeit in diesen Seiten steckt, und das ist auch gut so.

Ich würde ja gerne behaupten, dass dieser Krimi ganz allein mein Verdienst ist, aber das ist er nicht. Eine ganze Reihe von Menschen haben viel Energie und Arbeit hineingesteckt, und denen möchte ich hier ganz herzlich Danke sagen dafür, dass sie mich tatkräftig dabei unterstützen, meinen Traum vom Schreiben zu verwirklichen.

Zuerst gebührt der Dank meinem Mann Uwe. Er inspiriert mich durch seine Begeisterung für seine sächsische Heimat, seine Familiengeschichte, seine tausend Anekdoten, seinen Humor und sein umfangreiches Wissen.

Ganz wichtig sind die hilfreichen Tipps und Korrekturen durch meine Erstleser Renate Lehmann, Petra Jacobi und Romana Kaufmann. Auch Klaudia Blake und Martina Steenken haben den Text in einem frühen Stadium gelesen und Verbesserungen angeregt.

Bernd Hamann, der unerbittliche Kämpfer für saubere Grammatik, hat das Manuskript ebenfalls durchgearbeitet und korrigiert.

Deutlich gewonnen hat der Text dann durch die intensive Zusammenarbeit mit meinem Lektor Enrico Bach. Ihm gebührt ebenso großer Dank wie Cornelia Michaelis und Romy Werner vom Saxo'Phon Verlag. Beide haben mich in dem Projekt bestärkt zu einem Zeitpunkt, als ich mich völlig im Wald verirrt hatte.

Thea Lehmann

Weitere Sächsische-Schweiz-Krimis von Thea Lehmann:

ISBN 978-3-943444-47-6

Der erste Fall für Leo Reisinger – und die Ermittlungen werfen unzählige Fragen auf, beunruhigenderweise auch zu seinem eigenen Leben ...

ISBN 978-3-943444-66-7

Mord in der Dresdner Neustadt: Musste der Restaurator sterben, weil er Spielschulden nicht bezahlen konnte? Reisingers Ermittlungen führen in die Kunstszene ...

ISBN 978-3-943444-76-6

Unterhalb des Kuhstalls wird ein toter Mann gefunden. Der Fall ist äußerst dubios, denn vor Jahren gab es an der gleichen Stelle einen Toten ...

Neu: Dresden-Krimis von Victoria Krebs

ISBN 978-3-943444-80-3

Die taffe Kommissarin Maria Wagenried jagt einen Frauenmörder, der bereits zwei Frauen umgebracht und enthauptet hat ...

ISBN 978-3-943444-82-7

Zwei Morde, die nichts miteinander zu verbinden scheint. Bis auf eine Gemeinsamkeit: beiden Opfern fehlt ein Stück Haut ...

www.editionSZ.de